OVERLORD

5

王國好漢 上

OVERLORD [5] The men in the Kingdom

丸山くがね

插畫◉so-bin

Kugane Maruyama | illustration by so-bin

目錄 Contents

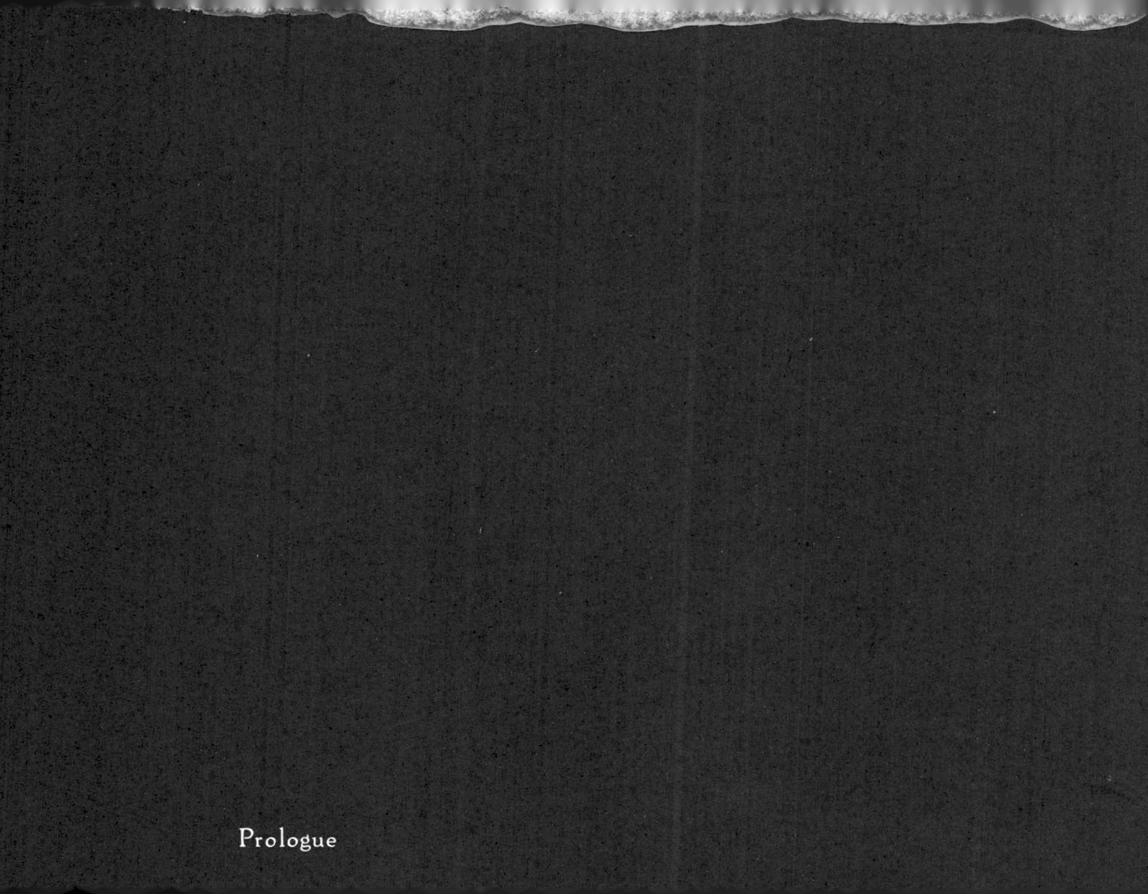

Prologue

下火月〔九月〕一日 14：15

抬頭仰望，從一早就覆蓋整片天空的烏雲，彷彿終於忍耐不住，吐出了濛濛細雨。看著眼前煙雨濛濛的世界，王國戰士長葛傑夫・史托羅諾夫嘖了一聲。

要是能早點離開，也許就能及時回家，不用淋這場雨了。

舉目瞭望天空，厚重的烏雲密不透風地籠罩著里・耶斯提傑王國的王都里・耶斯提傑，看不見一點隙縫。就算繼續等下去，恐怕也盼不到雨停了。

他放棄留在王城內等雨停，披起附在斗篷(Cloak)外套上的帽子，往雨中踏出腳步。

看門守衛一看到他就直接放行，他走向王都中央大道。

這條大道平時充滿活力，不過現在沒什麼人，只有幾個人在溼透發黑的路面上小心翼翼地走著，以免摔倒。

看路人寥寥無幾，雨應該已經下了有一段時間。

（既然如此就沒辦法了。就算早點出來應該也是一樣。）

大雨把斗篷外套淋得越來越沉重，他默默地走在雨中，與穿著同樣雨具的幾個人擦身而過。雖說這件斗篷外套能夠當成雨具，但溼淋淋的觸感黏在肌膚上，令人相當不舒服。葛傑夫加快腳步，趕路回家。

離自己家越來越近了，很快就能從溼答答的外套獲得解放，想到這點，葛傑夫鬆了口氣。就在這時，他的意識不經意地被某個東西吸引過去。在宛如披著薄紗的世界之中，從大道往右轉進一條小路，有個絲毫不在意自己被雨淋溼，坐在地上全身髒兮兮的男子引起了葛傑夫的注意。

頭髮似乎是隨便染染，髮根處看得見原本的髮色，溼透了的頭髮貼在額頭上，滴著水滴。那人有點低垂著頭，看不見他的五官。

葛傑夫的目光之所以會停留在男子身上，並不是因為在這場雨之中，那人連雨具也沒穿，不在乎自己被淋溼而讓葛傑夫覺得奇怪。他是從男子身上感覺到一種不協調的突兀感。尤其是男子的右手，特別吸引他的目光。

那人就像孩子握著母親的手不放，緊緊握住了一把武器，與男子髒兮兮的外觀極不搭調。那是出產於據說位於遙遠南方沙漠中的都市，一種稱為「刀」的武器，非常珍奇。

（竟然握著刀……是盜賊嗎……不對。這個男人給我的感覺，不是那種貨色。彷彿讓我有幾分懷念？）

葛傑夫產生一種奇妙的心情。就像扣錯了一顆鈕釦那樣，不對勁的感覺。

葛傑夫停下腳步，一本正經地望著男子的側臉時，霎時之間，記憶如怒濤般復甦。

「你該不會是……安、安格勞斯？」

話甫出口，葛傑夫立刻有種念頭，覺得「不可能」。

過去王國御前比武之際，在決賽交戰的對手，布萊恩・安格勞斯。

與自己激烈對戰，打得難分難解的那個男人的身影，至今仍烙印在葛傑夫的腦海裡。那是自從自己握劍以來，直至今日，所遇過的戰士之中最強的敵手──也許這只是葛傑夫一廂情願的想法，但他至今仍將布萊恩當成勁敵，無法忘記他的容貌。

沒錯。這個男人瘦削的側臉，與記憶中的勁敵酷似。

可是──這不可能。

相貌的確十分神似。雖說歲月造成了些許變化，但還能清楚看出昔日風貌。然而葛傑夫記憶中的男子，從不曾露出這種懦弱的表情。他對自己的劍術充滿自信，渾身散發熊熊燃燒的激烈戰意。而不是這樣一副落水老狗的德行。

踩踏出啪唰啪唰的水聲，葛傑夫走向男子。

男子彷彿對聲音產生反應，慢吞吞地抬起頭來。

葛傑夫倒抽了口氣。從正面一瞧，讓他轉而確信。男子確實是布萊恩・安格勞斯。

只是，他已經失去了過去的光輝，完全成了條喪家之犬。葛傑夫眼前的布萊恩就是這副樣子。

布萊恩搖搖晃晃地站起來。那種稱得上懶散的笨重動作，絕不是戰士該有的舉動。就連老兵都不會是這副德性。他的目光就這樣垂落地面，不發一語地轉過身去。然後無精打采地走開了。

那背影在雨中越變越小。葛傑夫有種預感，一旦就這樣分開，自己將再也見不到布萊恩，趕緊走上前叫道：

「……安格勞斯！布萊恩‧安格勞斯！」

如果對方說「你認錯人了」，葛傑夫打算說服自己他們只是長得像罷了。然而，一個蚊子叫似的聲音傳進了葛傑夫的耳裡。

「……史托羅諾夫嗎？」

毫無氣勢的聲音。那聲音與當初揮刀斬向自己，記憶中的布萊恩的聲音，簡直判若兩人。

「怎麼了，發生了什麼事？」

他愕然問道。

這究竟是怎麼回事？

不管是什麼樣的人，都有可能墮落。這種人葛傑夫也看多了。一味逃避，追求安逸的人，常常會因為一次失敗而失去一切。

然而，他就是無法將那種人與那劍術天才布萊恩・安格勞斯聯想在一起。也許是因為他不想承認過去最強的敵手，如今竟然落魄到這個地步。

兩人的視線產生交集。

（這是什麼樣的表情啊……）

臉頰消瘦，眼眶下面浮現著極深的黑眼圈。兩眼無神，面色蒼白。簡直像個死人。

（不，死人還比較好……安格勞斯是成了行屍走肉……）

「……史托羅諾夫。毀了。」

「什麼？」

聽到這句話，葛傑夫第一個看向布萊恩握著的刀。然而，葛傑夫察覺到自己弄錯了。他說毀了，指的並不是刀——

「我說啊，我們算強嗎？」

他無法回答「強」。

葛傑夫的腦中想起了卡恩村的那件事。如果當時，神祕而強大的魔法吟唱者安茲・烏爾・恭沒來解危，自己早已與部下一同命喪黃泉了。號稱王國最強，也不過就這點程度。他絕不敢抬頭挺胸說自己有多強。

不知道是如何解讀葛傑夫的沉默，布萊恩又繼續說：

「弱啊。我們很弱。畢竟就是人類。人類就是弱。我們的劍術實力不過就是垃圾。終究只是人類這種劣等種族。」

沒錯，人類很弱。

跟龍族之類的最強種族相比，體能差距一目了然。人類既沒有堅固的鱗片、銳利的爪子或能翱翔天際的翅膀，也無法噴出毀滅萬物的吐息，哪裡能與之抗衡。

正因為如此，戰士才會嚮往屠龍的壯舉。憑著自己千錘百鍊的力量、戰友們與武具，擊敗有著壓倒性差異的種族，是一種榮譽，是只有一部分的超戰士才准許擁有的功勳。

這麼說來，布萊恩是屠龍失敗了嗎？

因為伸手企及遙遠的高處卻搆不到，因此才失去了平衡，墜入深淵了嗎？

「……我不懂。只要是戰士，不是都明白這一點嗎？人類本來就很弱啊。」

對，他不懂。誰都知道有所謂遙不可及的高處。

葛傑夫雖被讚譽為鄰近諸國最強的戰士，但他自己卻對此抱持疑問。

例如教國就有可能隱藏著比葛傑夫更強的戰士。再說比起身為人類的葛傑夫，食人魔或巨人等亞人種的基礎體能更優秀。因此，如果這些種族練成了同等程度——就算稍微差一點也行——的技術，葛傑夫必定贏不過他們。

高處只是肉眼看不見，但確實是存在的，葛傑夫很明白。難道布萊恩不明白這一點嗎？只要是戰士，誰都明白這理所當然的道理啊。

「的確有比我們更強的種族。所以才要努力戰勝他們，不是嗎？」

要相信總有一天能到達高處。

然而布萊恩用力搖頭。溼透了的頭髮將水滴飛濺至四周。

「不對！不只那種程度！」

他吐血般地吶喊。

眼前的男人終於與葛傑夫記憶中的形象產生重疊。他似乎從中感覺到布萊恩揮劍出招時的氣魄。縱然吶喊的內容與氣魄正好相反。

「史托羅諾夫！真正的強者是再怎麼努力也搆不著的。人類這種種族就是搆不著。這就是強者的真相。我們的力量不過就像拿著棒子亂揮的小孩。就像小時候玩過的扮戰士遊戲！」

他以喪失感情的平靜表情，面對著葛傑夫。

「……我說啊，史托羅諾夫。你也對劍術有自信吧？可是……那只是垃圾。你只是拿著垃圾，自以為在保護人民罷了！」

「……你看到了如此強大的力量？」

「看到了。體會到了。那是人類絕不可能征服的高峰。」

「不，」布萊恩有些自嘲地笑了。

「我看到的甚至不是強者的真本事。我的實力差太遠了，沒資格目睹真正的頂點。那只是玩玩罷了。真是滑稽。」

「那你就應該努力鍛鍊，以求有一天能看見那個頂點……」

布萊恩勃然大怒，一張臉扭曲起來。

「你什麼都不明白！人類的肉身絕不可能接近那個怪物。就算揮劍揮到超越無限次也搆不著，這是肯定的！……無聊透頂。我到底都在拿什麼當目標啊。」

葛傑夫無言以對。

葛傑夫看過這種心靈受創的人。因同伴死在眼前而灰心喪志之人。

沒有任何辦法能救他們。外人幫不了他們。他們必須自己堅強振作起來，不然旁人再怎麼伸出援手都沒用。

「……安格勞斯。」

「……我告訴你，史托羅諾夫。靠劍得到的武力不足一提。在真正的強大力量之前，那只是垃圾。」

從他身上，實在已經看不出過去的雄壯英姿了。

「……很高興最後能見到你。」

葛傑夫眼神悲痛地目送轉身離去的布萊恩。

看到過去最強的勁敵，身心受創地離去的可悲模樣，葛傑夫已經提不起精神叫住他了。

然而他離去之際留下的短短一句話，葛傑夫無法充耳不聞。

「這樣……我就死而無憾了。」

「等等！等等，布萊恩·安格勞斯！」

懷抱著烈火中燒的感情，他對著布萊恩的背影喊道。

他走過去，抓住布萊恩的肩膀一拉。

踉蹌的模樣已然失去過去的光輝。然而，即使葛傑夫是用自己的全副臂力拉住他的，但他雖然失去平衡，卻沒有摔倒。這是因為他的腰腿鍛鍊紮實，平衡感很好。

葛傑夫稍微安心了。他直覺明白到，過去的強敵實力並沒有退步。

現在還來得及。他不能就這樣見死不救。

「……你這是做什麼？」

「去我家吧。」

「住手。不要想幫助我。我只想死……我不想再活在恐懼中了。不想看到影子就害怕是不是有人在追我。我已經不想面對現實了。不想承認自己是拿著垃圾在沾沾自喜。」

布萊恩近乎哀求的語氣，讓葛傑夫心中產生一股煩躁。

「閉嘴。跟我來。」

說是叫他跟自己來，葛傑夫實際上是抓著布萊恩的手臂，逕自往前走。布萊恩步履蹣跚，也不抵抗，只是乖乖跟上來。看到他這副模樣，使葛傑夫感到一種無法言喻的不快感。

「換件衣服，把飯給我吃了，就立刻去睡覺。」

中火月（八月）二十六日　13：45

里・耶斯提傑王國的王都里・耶斯提傑。

總人口上看九百萬人的國家首都，最適合用「古老都市」這個詞來形容。不但說明它歷史悠久，也暗指其中的日常生活永遠是那麼平淡，只是個陳舊而毫無生氣的都市，一成不變——等各種含意。

只要走在馬路上，就能立刻理解這一點。

左右林立的房屋大多老舊而質樸，沒有一絲新奇或華美。不過，每個人對這樣的街景各有不同觀點。沒錯，想必有人會認為這是歷史悠久、沉穩自若的一種風骨，當然也有人會覺得這是個永久停滯、枯燥無趣的都市。

王都彷彿一路走來，始終如一，將會維持現狀繼續存在千秋萬世。殊不知沒有一種事物能長久不變。

王都內有許多道路未經鋪裝，這些路面每逢天雨就會立刻滿地泥濘，呈現一片都市內不該有的光景。然而這並不表示王國的水準低落。是帝國與教國的水準太高，一開始就無法相提並論。

道路幅度也不算寬，因此雖然沒有人會大搖大擺走在馬車前面——馬路的正中央——但市民摩肩擦踵走在馬路兩旁的模樣實在凌亂不堪。王都的居民早就習以為常，能在人群中穿梭自如。就算兩人迎面接近，也能在快要撞上的前一刻巧妙閃開。

不過塞巴斯此時行走的馬路，不同於王都內大多數的地點，少見地以石板鋪裝而成，而且道路也很寬敞。

只要瞧瞧左右兩旁就知道原因。路旁櫛比鱗次的住宅無不富麗堂皇，散發富裕的氛圍。因為這條充滿活力的馬路，正是王都的主要街道。

塞巴斯瀟灑邁步時，受到他那中年俊男的容貌與英姿煥發的氣質吸引，路過的女性幾乎沒有不回頭者。有時甚至有女性從正面對他拋媚眼，不過塞巴斯不以為意，仍然挺直背脊，緊盯前方，腳步沒有一刻產生紊亂。

本以為在抵達目的地之前絕不會停止的雙腳忽然站定，留意左右駛來的馬車後九十度轉彎，橫越了大街。

他往一個老太太的方向走去。地上放著堆滿貨物的背架，老太太在一旁摩娑著腳踝。

「怎麼了嗎？」

突然被人搭話似乎讓老太太吃了一驚，她抬起臉來，眼中滿是強烈的戒心。不過，一看到塞巴斯的相貌與那身高貴的穿著，警戒之色便淡化不少。

「您好像有困擾。有什麼我能幫忙的嗎？」

「不、不用了。怎麼好意思讓這位老爺幫我……」

「請別介意。向有困擾的人伸出援手，是理所當然的。」

塞巴斯和氣地微笑，老太太頓時紅了臉。風流倜儻的紳士展露的動人笑靨卸除了她的最後一道心防。

原來老太太做完攤販生意，打算回家，半路卻不小心扭傷了腳，正在傷腦筋。

主要街道的治安還不算壞，但不代表走在街上的市民全都是心地善良。要是隨便向人求助，運氣不好也可能被洗劫一空。老太太知道實際上發生過這種搶案，所以才不敢輕易尋求幫助。

既然如此，問題就簡單了。

「我帶您回家吧。可以請您帶路嗎？」

「老爺，真的可以嗎！」

「當然了。因為遇到需要幫助的人，本來就應該伸出援手。」

塞巴斯轉過身去，背對一再道謝的老太太。

「來，請趴在我的背上。」

「這、這個……」老太太困惑地說。「我這身髒衣服，會弄髒老爺的好衣服的！」

然而——

塞巴斯和藹地笑著。

衣服髒了又怎樣呢。幫助有困擾的人，不需要在意這點芝麻小事。

無意間他想起納薩力克地下大墳墓同事們的臉龐。他們一臉訝異，蹙眉，或是浮現明顯輕蔑的表情。不過，不管其中最瞧不起這種作法的迪米烏哥斯怎麼說，塞巴斯都確定自己做的是對的。

幫助別人是正確的行為。

他說服了一再推辭的老太太，背起了她，一隻手拎起背架。

即使拿著沉甸甸的背架卻依然步伐穩健的模樣，不只是老太太，任何看到的人都發出敬佩的嘆息。

塞巴斯在老太太的帶路下，踏出了步伐。

第一章 少年的心意

Chapter 1 | A boy's feeling

下火月〔九月〕二日　23：30

1

男人點燃了掛在腰間的提燈。提燈用的是特殊油料，因此冒出了綠色火焰，詭異的火光照亮四周。

來到室外，彷彿有一股熱氣迎面而來。男人露出厭煩的表情，但這個季節本來就熱，無可奈何。就算太陽已經下山，這個時期王國內的所有地方都是悶熱難耐。話雖如此，酷暑期都已經過了，接下來應該會徐徐增加寒意，但目前還不見絲毫轉涼的徵兆。

「唉，今天也好熱啊。」

「就是啊。聽說往北一點，海邊附近好像比較涼快些。」

男人抱怨道，今晚同行的搭檔答腔。

「要是能下場雨，就會涼快點了。」

他邊說邊抬頭看看天空，然而天氣晴朗得很，別說烏雲，連一片雲都沒有。群星看起來異樣地碩大，就只是一如往常的夜空。

「就是啊，要是能下場雨該有多好……好啦，幹活嘍。」

要說這兩個男人是普通的村民，似乎都有些不對勁。首先是他們的武裝配備。腰上掛著長劍，身穿皮甲，無一疏漏——以村落義警隊來說，裝備的武器防具似乎太過正式。不只如此，兩個男人的肉體與臉孔都不像是莊稼漢，而是隱藏著慣於施暴的氣息。

兩個男人悶不吭聲，開始在村子裡走動。

暗夜籠罩的村子悄然無聲，除了兩個男人的腳步聲外，聽不見一點聲音。在彷彿萬物滅絕的陰森氣氛裡，兩個男人鎮定地繼續前進。他們沉著的態度，證明這種巡邏是每天的例行公事。

男人們漫步的村子被高牆團團圍住，光是肉眼可及的範圍內就搭建了六座瞭望台。那結構蓋得十分穩固，即使在魔物出現頻仍的邊境村落，也看不到這麼堅固的瞭望台。

此地與其說是村落，毋寧說是個戰略據點。

不過即使如此，若是第三者來看，或許也只會覺得是個戒備森嚴的村子。然而接下來的光景才真的令人蹙眉。

那片景觀就是如此奇異。建造護牆的時候，一般都只會圍著居住的建物或倉庫蓋個一圈，田地則置於牆外。因為如果要把田地也圍進村子，建造足以圍繞廣大耕地的護牆將會勞神傷財。然而這座村子，卻把隨風搖曳的綠草當成黃金似的小心保護，圍在村子裡。

在這個奇怪村子裡走動的男人，從一座瞭望台上感受到視線。實際上，樓台上應該有裝備了弓箭的同伴。遇到狀況時只要將提燈高舉過頭搖一搖，就可以得到同伴的支援。

想到同伴的本領，男人不太想請他進行支援射擊，不過只要把鐘敲響，所有同伴都會起床，倒是讓人十分安心。

因此如果搞錯狀況錯搖了提燈，會被換班睡覺的同伴唸一頓，但男人決定只要有任何一點異狀，就要立刻搖動提燈。

他可不想為了小事丟掉性命。

說歸說，其實他不認為會發生什麼狀況。他已經幾個月以上重複同樣的巡邏工作，想必今後也會永遠繼續下去吧。

男人一邊對未來感到厭膩，一邊沿著規定的路線，在村中漫步。

當男人正好走完一半的巡邏路線時，突如其來地，一個像是蛇的物體覆蓋住男人的嘴巴。不對，那不是蛇。緊黏男人口部不放的物體，是章魚的腳。

緊接著男人的下巴被一把抬起，暴露在外的喉嚨產生一道燒燙的痛楚。一連串的動作耗時不到一秒鐘。

喉嚨處傳來嚥下某種液體的聲音。

那是男人這輩子聽到的最後一個聲音。

摀住男人嘴巴的手鬆開，從背後支撐著他免於倒地。確認刺穿喉嚨的魔法武器「吸血魔刃（Vampire Blade）」已經將血喝乾，才將它拔出。

抱著男人佇立的，是個身穿黑衣的人物。除了眼睛之外，所有部位皆以布遮掩，全身包裹著漆黑衣服。衣服本身是布製的，以護手護膝等防具提高防禦力。胸部也一樣覆蓋著金屬板，但明顯隆起，形成女性酥胸的形狀。

同樣地，另一個男子背後也有個身穿相同裝扮的人物。這人也與前者相同，覆蓋胸部的金屬板有著隆起。第一個人看向第二個人，只輕輕點了個頭。

她確定暗殺成功後，窺探周圍。看來沒有人注意到這個狀況。

她心中的某個角落鬆了口氣。

雖然有提燈照明，不過她們與兩個男人密不透風地貼在一起，從樓台上應該很難看出多了兩個人。唯一需要擔心的是襲擊的瞬間——從一個影子短距離轉移到另一個影子的「暗渡」可能遭人目擊，不過現在這種擔心也已成為過去式。

她沒去管吸了血而更增紅豔的短劍，支撐著快要倒下的男人身體。

從瞭望台上站崗的那些人來看，兩個本來在巡邏的男人應該就像停下了腳步，不過若是讓兩人繼續站著不動或是無力倒下，肯定會引起疑心。

因此得立刻採取下個手段。不過，那不是她的工作。

突然，女子隔著手心，感覺到男人無力的身軀好像打進了一根柱子。下個瞬間她知道這不是她的錯覺，男人僵硬地開始移動。

男人明明已經斷氣，竟然還能行動，但女子並不驚訝。因為一切都是照計畫來。

她放開手，同時發動特殊技能（Skill）。這是她取得的忍者技能之一「潛影」。使用這種能力的人可以完全融入任何影子當中，以一般肉眼絕對不可能辨識出來。

拋下融入影子裡的兩人，男人們像解開了鎖鍊般向前邁步，順著他們本來該走的巡邏路線步行。看起來就像是他們想起了自己的工作內容。然而他們走路的速度遲鈍而笨重。傷口並未痊癒，喉嚨上的一條紅線卻沒有繼續噴出鮮血，是因為所有血液早已流光。

這樣的兩人卻還能動，原因無他。他們只不過是變成了殭屍（Zombie），聽從製作者的命令行動罷了。

做出殭屍的人不是她們。

一般人看來，這裡只有兩個男人，縱使看穿了她們的隱形也只有四人。然而這裡其實有第五個人。這個無形的第五人，就是殭屍的製造者。

她們的眼睛也看不見其人身影。不過她們修得的忍術特殊技能中，有一項能夠檢測出以魔法或特殊技能隱藏的存在，而檢測到的反應就在眼前。

「這邊已經準備妥當。」

「完美。」

她壓低聲音向對方說，立刻得到一個同樣小聲的回應。

「嗯，知道了，我都看見了。我要前往下一個地點，得盡量抓個身分夠高的人才行。」

這也是個女子的聲音。不過她的聲音較尖，給人一種稚嫩女童的感覺。

「我們也要開始進行襲擊。另外兩人呢？」

「會不會是沒機會出場，就在摸魚？」

「怎麼可能。那兩人潛伏在村子附近。已經做好萬全準備，一旦遇到緊急情況，就從裡外兩邊同時展開攻擊行動。好。我去第一優先的那邊。妳們也按照預定行事吧。」

匿跡潛形的同伴輕飄飄地——雖然只是感覺——浮上空中。這是以「飛行(Fly)」進行的空中移動。

逐漸遠去的存在感，消失在她稱為第一優先的建築物。那是這座村子裡的其中一棟建築，也是必須當先搶下的重要據點。

其實本來應該以別的建築物為優先，之所以將這棟建築擺在第一順位，是考慮到「訊息(Message)」魔法的問題。

很多人認為這種魔法傳遞的內容缺乏可信度，不予採用。但也有人不以為意地運用。像是由國家主導培訓魔法吟唱者（Magic Caster）的帝國、以獲得第一手情報為優先的一部分大商人，還有支配這座村子的敵人都是如此。因此她們首先必須做的，就是逮住建築物裡的聯絡員。

既然同伴已經前往，她們也得早點移動到目標地點附近躲藏起來。因為一切必須在相同的時間點進行，得趁敵人尚未發覺時完成襲擊才行。

兩名忍者呼出一口氣，開始奔跑。

從暗處移動到暗處的兩道身影，常人是無法目視的。豈止如此，若是一併使用身上配戴的魔法道具，縱使是高等冒險者一樣很難發現。換句話說，這座村子裡沒有人能看見她們的身影。

並肩奔跑的同伴靈活地動著手指。雖然只不過是彎曲手指的動作，她卻一看就懂。

——幸好他們沒帶狗。

她以手指回答「同意」。

這是暗殺者常用的手語。像她們這樣技藝純熟的專家，使用手語就跟講話一樣快。她們也有教同伴使用，可惜同伴只學會打簡單的暗號或行動指示。然而她們倆的手語無論是速度還是詞彙都達到日常會話水準，兩人常常用手語像這樣說悄悄話。

——說得對。沒有狗被血腥味吸引過來，輕鬆多了。

要是巡邏人員有帶狗，暗殺就沒這麼簡單了。她們有準備應付狗的手段，不過麻煩事自然是越少越好。

她如此回答後，同伴的手指高速動著。

——那麼我前往預定的建築物。

她回答「了解」，身旁奔跑的同伴就錯開方向，往一旁去了。

剩下她一個人繼續疾走，同時側眼看了看田地。

田裡栽培的既非麥子等穀物，也不是蔬菜。農作物的真面目，是在王國內蔓延勢頭最為嚴重的違法藥物，「黑粉」的原料植物。在這高牆圍繞的村子裡有好幾處農田，但栽培的作物全都一樣。證明了這個村子正是毒品栽培的大本營之一。

這種名叫黑粉的毒品又被稱為「萊拉粉末」，是一種黑色的粉狀藥物，使用時以水調勻後飲用。

由於這種藥物大量生產，價格低廉，又能輕易帶給使用者欣快感與陶醉感，因此成了王國最知名的毒品。雖然它除了上述效能之外也具有中毒性，但使用者卻相信這種藥物沒有副作用，因而被廣為濫用。

她想起黑粉的情報，不屑地嗤笑。

沒有一種毒品不會有副作用。「只要想戒就能戒掉」，真是癡人說夢。她們解剖黑粉成癮者的遺體確認過，每具屍體的腦子都縮小到常人的五分之四。

以野生植物調合而成的黑粉，原本可是強力的毒藥。怎麼會有人相信這種劇毒植物沒有中毒性？

氾濫於大街小巷的黑粉只具有毒品效能，是因為原料是人工栽培，藥效較弱。

即使如此，這些黑粉仍然具有強烈中毒性，必須經過很長的時間才能完全排出體外。因此大多數的服用者停止服用之後，都會在毒性完全排出體外前再度開始服用。除非以神官們使用的魔法強制排毒，否則成癮到了一定階段的中毒者，幾乎不可能憑藉自己的意志力完全戒毒。

這種可怕的毒品最棘手之處，在於成癮症狀不明顯，就算陷入惡幻旅（Bad Trip）也不會產生暴力傾向，危害他人。因此王國高層人士不了解這種毒品的危險性，光是盡力取締其他藥物，黑粉幾乎受到默許。

難怪帝國要提出抗議，懷疑王國拿生產黑粉當地下產業了。

就她而言，當她還是個暗殺者時，會在某些情況下使用，組織也有栽培這種藥物，因此她並不感到排斥。這種麻醉藥品只要運用得當，也能發揮良好效果。說穿了，其實就是一種具有危險性的藥草。

不過這次的工作是受人之託，跟她個人的意見無關。只是——

（……未透過冒險者工會的委託有點危險。）

——她也不太能接受這次的委託就是了。

她蒙面布底下的表情苦澀起來。這次的委託人是小隊領隊的朋友。雖說對方會支付合理的報酬，但接受未通過工會的委託有可能引發各種問題。就算她們是王國僅有的兩支精鋼級冒險者小隊之一也一樣。

（嗯？現在好像變成三支了？）

思及於此，她想起有聽說出現了新的精鋼級冒險者——就在暗自思忖之際，她來到了代號為「二號」的建築物。

她的職責就是回收這棟建築物內的所有情報。結束之後還得在田裡放火。

熊熊燃燒的毒品冒出的濃煙確實有毒，但必須這麼做，任務才能結束。

根據當時的風向，有可能會危害到村民，但是她們沒有那麼多時間，也沒有辦法能疏散村民。

（必要的犧牲。）

她如此告訴自己，將村民的安危拋到九霄雲外。

從小被培育為暗殺者的她，很少被死亡影響心情。尤其是素不相識的人，不管遭到什麼不幸，她都無動於衷。她唯一不喜歡的，是每當有人犧牲時，領隊臉上浮現的表情。不過，在研討這次作戰計畫時，她已經獲得領隊同意。因此她絲毫沒有要救人的念頭。

況且比起這種事情，襲擊結束後她得馬上使用傳送魔法移動到別的村子，同樣放火燒村。這個計畫占據了她的所有心思。

栽培毒品原料植物的地點不只這個村子。根據她們的調查，王國內就有十處大規模的栽培地。而且恐怕還有幾個地方沒有查獲。不然栽培的分量實在不足以供應氾濫王國各地的毒品推測量。

（只能見哪裡有雜草就拔……雖然會白費許多力氣，但也沒其他辦法……）

如果能在這村子裡找到書面指示，那是再好不過，但恐怕沒這麼好的事。只能期待這個村子的負責人之類，會握有某種程度的情報。

（至少如果能掌握到組織的蛛絲馬跡……領隊也會高興。）

栽培這種毒品的強大犯罪集團，組織名稱為「八指」。名稱取自土神的從屬神「盜賊之神」只有八根手指。是盤踞王國黑社會的巨大組織。

該組織分成奴隸買賣、暗殺、走私、竊盜、毒品交易、保鑣、金融、賭博等八個部門共生共存，一般認為他們是王國內非法組織的龍頭老大。而且因為組織太過龐大，全貌籠罩著神祕面紗。

不過，有個景象輕易顯示了這個組織在王國內的勢力範圍到底多龐大。那就是她眼前的這座村莊。

在村落裡明目張膽地栽培種違法植物。光從這一點，就知道擁有這塊土地領主權的貴族也是一丘之貉。然而就算加以檢舉，貴族也不會被問罪。

就算由王族進行查問或是司法機構介入，要讓封建貴族付出法律代價仍然相當困難。這塊土地的貴族想必會說：「我不知道這種植物能成為毒品的原料。」要不然就是把責任推到村民頭上，說是他們擅作主張。

採取法律途徑彈劾成效有限，即使想抑止毒品流通，物流也會受到與組織同流合汙的貴族插手，狀況已然惡化到靠衛士等人的力量無法解決。

所以，除了放火燒田這種倚靠暴力的最終手段，她們已經無計可施了。

老實說，她認為就算燒了這些毒品，也算不上對症下藥。侵蝕王國內部的非法組織實在太過強大，勢力也深入政治領域。

「只是爭取時間……如果不能伺機一發逆轉，做這些也是徒勞……」

2

大雨如注。

雨點發出耳鳴般的嘈雜聲響。

王都的路面在鋪設時並沒有考慮到排水功能，尤其小巷子更是如此。結果導致整條巷子化為巨大湖泊。

打在湖面上的雨點飛濺出水花。水花隨風飛起，到處散播水的氣味，為王都營造出宛如沉入水中的氛圍。

被水花染成灰色的世界裡，有個男孩子。

他住在一間破房子裡。不，那地方甚至不值得用破房子來形容。屋子以只有成年男性手臂粗的細木頭支撐。破布代替屋頂披在上頭，邋遢垂下的破布就成了牆壁。

六歲左右的男孩子待在這種跟餐風露宿沒兩樣的住處，像個被隨手亂扔的垃圾蜷縮成一團，在地上鋪了塊薄布，躺在上頭。

仔細想想，無論是當作支柱的木頭，還是用破布搭蓋的屋頂與牆壁，都只是這個年紀的孩子勉強做得出來的——就像小孩子遊玩建造的祕密基地。

這個幾乎可說有等於沒有的屋子唯一一個優點，頂多就是不用直接被雨淋吧。下個不停的雨造成氣溫急遽降低，讓人簌簌發抖的寒氣包圍著男孩子的身邊。呼出的氣息只短短一瞬間顯示自己的存在，緊接著溫度便遭到剝奪，消失在空氣中。

逃進家中前，男孩子的身體早已被冷雨淋得溼透，急速失溫。

他沒有任何辦法能止住身體發抖。

不過這個徹骨的寒氣，讓遭到痛打而滿是瘀青的身體稍微舒服了點，在這惡劣至極的狀況下，恐怕也只能尋求這點小小幸福吧。

男孩子維持橫躺姿勢，眺望著再也無人經過的巷子，以及世界。

能聽見的聲音，只有雨聲與自己的呼吸。闃寂無聲的空間足以讓他相信，這世界上只剩下自己一人。

男孩子雖然年幼，但已明白自己即將死去。

由於他這個年紀還無法完全理解死亡，因此並不怎麼害怕。況且他不覺得活著是那麼有價值的一件事，會讓他捨不得放下。他至今之所以還賴活著，可以說比較像是因為怕痛而逃避。

如果能像此時此刻這樣，毫無痛楚——只是寒風侵肌——地死去的話，死亡也不是件壞事。

溼漉漉的身體徐徐失去感覺，意識開始變得朦朧。

他本來應該在開始下雨之前找個地方躲避風雨，然而運氣不好被幾個惡霸纏上，遭到拳打腳踢的身體，能回到這裡就算不錯了。

他還有一點小小的幸福。那麼剩下的一切是否全為不幸？

整整兩天什麼都沒吃是常態，所以算不上不幸。沒有雙親呵護也沒有人照顧自己，一直以來都是這樣，所以算不上不幸。穿破布當衣服，發出令人不快的臭味也是理所當然，所以算不上不幸。吃腐爛的食物充飢，喝髒水果腹是他唯一知道的生活方式，所以算不上不幸。

那麼，偶爾居住的空屋遭人奪走，努力蓋起的住處被人破壞當有趣，然後又被酒醉的男人們拳打腳踢，渾身上下疼痛不已。這些算得上是不幸嗎？

不是。

男孩子的不幸，在於他如此不幸，卻毫無自覺。

不過，這一切都即將結束。

男孩子所不知道的不幸就要在這裡結束。

死亡會平等地出現在幸運與不幸之人面前。

——對，死亡是絕對的。

他閉上眼睛。

早已漸漸感覺不到寒冷的身體，連睜開眼睛的力氣都沒有。

黑暗中，聽得見自己微弱的心跳聲。在只能聽見雨聲與這個聲音的世界裡，混雜了奇怪的聲音。

有種聲音擋住了雨勢。在逐漸消失的意識中，孩童特有的好奇受到吸引，男孩子使勁撐起眼瞼。

「那個」映入了細線般的視野。

男孩子睜大了快要闔上的雙眼。

有個好漂亮的東西。

他一瞬間無法理解那是什麼。

最好的形容詞，應該是「有如寶石」「金塊般的」吧。然而吃半腐敗廢棄物果腹度日的人，想不到這種形容詞。

對。

他只有一個想法。

——好像太陽一樣。

那是他所知道最漂亮，最伸手不可及的東西。這個詞彙浮現在腦中。

被雨染成灰色的世界。支配天空的是又厚又黑的烏雲。或許是因為這樣，太陽覺得沒有人會看到自己，出去旅行，才會出現在自己的面前吧。

他產生了這種想法。

「那個」伸出手來，撫摸了他的臉。於是——

男孩子原本不能叫做人。

沒有人把男孩子看作是人。

不過，這一天，他成為了人。

●

下火月〔九月〕三日　4：15

在里．耶斯提傑王國的王都。位於最深處的位置，外圍周長達一千四百公尺，二十座圓筒形的巨大高塔形成防衛網，以城牆圍繞廣袤土地的羅倫提城。

那間房間就位於這二十座塔的其中之一。

燈光完全熄滅，不算太寬敞的房間裡，有著一張床。床上躺著恰好介於少年與青年之間，年齡不上不下的一名男子。

金髮剪得極短，肌膚經過日曬，呈現健康的膚色。

克萊姆。

只擁有這個名字而沒有姓的他，被允許貼身護衛人稱「黃金」的女性——一身承受著許多人的妒意——是個士兵。

他起得早，總是在日出之前醒來。

當他感覺意識從深邃的暗黑世界浮上表面時，思考立即變得清晰，肉體功能幾乎完全轉為正常運作狀態。快速入睡快速起床，是克萊姆引以為傲的一個長處。

他睜大眼睛，眼角略微上揚的三白眼裡燃起鋼鐵般的意志。

掀開蓋在身上的厚毛毯——雖然時逢夏季，但置身石材圍繞的空間中，到了夜晚依然有點涼意——克萊姆從床上坐起來。

他以手指按住眼角。放開時，指尖溼了一片。

「……又是那個夢嗎？」

克萊姆拿衣袖擦擦臉，拭去眼淚。

大概是因為兩天前下了場豪雨，讓他想起了少年時期的記憶吧。

流下的眼淚絕不是出於悲傷。

人在一生當中可以遇見幾個值得尊敬的人？能夠覓得一位良主，為主人赴湯蹈火在所不惜嗎？

克萊姆在那一天，有幸邂逅了一位女性，讓他堅信隨時願意為其捨命。

這眼淚是歡喜的淚水。是感謝產生了那場邂逅的奇蹟，所流下的淚水。

克萊姆稚氣未脫的臉龐高漲著堅強的意志，他站起身。

在沒有一點光明，伸手不見五指的世界裡，克萊姆以過度訓練而變得沙啞的聲音低聲道：

「亮燈。」

對克萊姆說出的關鍵字產生反應，吊在天花板上的燈亮起白色燈光，照亮室內。這是附加了「永續光（Continual Light）」的魔法道具。

這種道具雖然一般市面上也能買到，但價格不菲，克萊姆之所以能夠擁有，不全是因為他的立場特殊。

像是以石材建造的塔，這種空氣不大流通的場所，就算是為了照明，點火燃燒某些東西總是稱不上安全。因此，縱然得花些初期費用，但這裡幾乎所有房間都安裝了魔法式的照明器具。

白光照亮的地板與牆壁都是以石材建造而成。地上敷衍了事地鋪了塊薄地毯，用以緩和地板的冰冷堅硬。房間內其他有的，就是木頭做的粗糙床鋪、做得稍微大一點，似乎連武具都放得下的衣櫃，以及附抽屜的桌子，再來就只有放了塊薄椅墊的木製椅子了。

第三者看起來，或許會覺得寒酸，不過以他這種地位的人來說，已經是受之有愧的優渥待遇了。

一般士兵不會分配到個人房，都過著在通鋪睡雙層床的團體生活。他們分配到的家具，除了床鋪之外，就只有收納私人物品的上鎖木箱而已。

再看看安放在房間角落的白色全身鎧（Full Plate）。這件光澤毫無暗沉，彷彿是從自己身上散發光輝，製作精美的鎧甲，當然不可能是一般士兵的配給品。

這種特別待遇絕非克萊姆憑自己的力量贏得的。這是克萊姆捨命效忠的主人出於一片美意而送給他的。所以自己會成為嫉妒的對象，也是無可厚非。

他打開衣櫃，從裡面拿出衣服。

一邊看著衣櫃裡的穿衣鏡，一邊整理儀容。

穿上金屬氣味洗也洗不掉的舊衣服，最後套上鍊甲衫（Chain Shirt）。本來應該要再穿上鎧甲，不過現在不用那麼正式。取而代之地穿上附有好幾個口袋的背心與褲子，就穿戴完成了。手上提著裝有毛巾的桶子。

最後他再看看穿衣鏡，檢查有沒有奇怪的地方，或是服裝有無凌亂。

克萊姆的失態，一個弄不好，會被當成抨擊他效忠的公主「黃金」的材料。

所以他必須多加小心。自己待在這裡不是為了給主人找麻煩。自己是為了將一切奉獻給她，才會待在這裡。

克萊姆在鏡子前閉上眼睛，想起自己主人的容顏。

黃金公主——拉娜．提耶兒．夏爾敦．萊兒．凡瑟芙。

恍如女神下凡的神聖氣度；不愧其高貴血統，慈悲為懷的精神光輝；構思出多種政策的睿智。

真是貴族中的貴族，公主中的公主。最完美的女性。

如此金光閃耀，一塵不染的寶石，不可以留下一點刮痕。

以戒指來譬喻，拉娜這位女性就好比明亮式切割的碩大鑽石。至於克萊姆，則是四周固定的戒爪。戒爪的廉價已經降低了戒指的價值，不能再做出有損價值的行為。

克萊姆想到主人的事，無法阻止胸膛發熱。

縱然是篤信神祇的的虔誠信徒，也比不上此時克萊姆的心意吧。

打量了一會兒自己的模樣，確定不會讓主人臉上無光後，克萊姆滿意地點了個頭，走出房間。

3

下火月〔九月〕三日　4：35

他正在前往占據塔中一整層樓，作為訓練所使用的敞廳。

平時這裡總是充斥著士兵們的熱意，不過畢竟時間還早，所以沒有半個人。空蕩蕩的空間悄然無聲，聽見的只有寂靜。由於四面八方都以石材圍繞，因此克萊姆發出的腳步聲形成了響亮回音。

半永久發光的魔法燈具將敞廳照得明亮。

大廳裡並列著綁在椅子上的鎧甲，還有稻草做的人偶，用來當作箭靶。牆邊可以看到排列著各種未開鋒武器的武器櫃。

訓練所原本應該設置在野外，之所以會設置在室內，是有原因的。

羅倫提城內有弗藍西亞宮殿。因此如果士兵們在戶外進行訓練，他們的模樣會被外國使節等人士看見，認為這樣缺乏格調，所以才在塔內設置了幾處訓練所。

精悍兵士雄壯威武地練兵的景象，照理來說應該也能當成外交上的「亮牌」，然而王國不喜歡這種作法。在這個國家有種風氣，認為在外賓面前，應該永遠表現出優雅、華麗、貴族式的風範。

話雖如此，也有些訓練非得在戶外進行，這種時候士兵必須躲在角落偷偷訓練，或是在城外的運動場或王都外進行。

克萊姆彷彿撥開冰涼的空氣，踏進靜悄悄的大廳，在角落慢慢做起伸展運動。

仔細做了三十分鐘的伸展運動，克萊姆的臉漲得不是普通的紅。額頭滲出汗水，呼氣中也含有運動的熱氣。

克萊姆伸手拭去額頭上的汗，走到武器櫃前，以一再長水泡、破皮而變硬的手，拔起未開鋒的練習用厚重鐵劍。他確定握著的手感，檢查自己的手握起來是否吻合。

接著將金屬塊裝進口袋，蓋上袋蓋然後扣好，以免金屬塊掉出來。

裝了好幾塊金屬的衣服，變成跟全身鎧一樣重的裝備。未施加魔法的普通全身鎧，雖然堅固耐打，但缺點是十分沉重，而且關節的可動範圍也受到限制。因此，考慮到實戰需求，應該穿上全身鎧進行訓練才算正確。

然而，克萊姆不太會為了一般訓練特地拿出全身鎧。況且他領取的白色鎧甲不適合在訓練時穿著。所以才要這樣裝金屬塊代替。

用力握緊比巨劍更巨大的鐵劍，持舉上段架勢後，克萊姆一邊吐氣，一邊慢慢揮劍。在揮下的劍打中地板前的最後一刻停住，然後吸氣，再舉到上段架勢。他一步步加快揮劍練習的速度，眼神銳利地瞪著眼前的空間，只是心無旁鶩地專注練習。

重複這個步驟三百次以上。

克萊姆的臉漲到不能再紅，滴落的汗水沿著臉流下。呼吸彷彿吐出體內逐漸累積的熱氣，急速升溫。

克萊姆以士兵來說經過嚴格鍛鍊，但大型巨劍的重量對他來說仍然很重。尤其是將劍往下揮時，還得控制速度不敲到地板，需要相當強壯的臂力。

超過五百次時，克萊姆的雙臂開始抽筋，像在發出哀嚎。臉上汗水有如泉湧。

克萊姆自己也明白練到這裡已經是極限了。即使如此，克萊姆仍然不打算就此打住。

不過——

「——差不多該休息了吧？」

有個第三者出聲叫住他。克萊姆急忙轉向聲音方向一看，一位男性的身影闖進視野裡。

沒有比精悍二字更適合形容他的詞了。就是這麼一條鐵錚錚的漢子。巖石般的臉龐皺了起來，浮現出許多皺紋，看起來比實際年紀更老。結實賁起的肌肉證明了這名男子並非泛泛之輩。

王國中的士兵想必沒有人不認識他。

「——史托羅諾夫大人。」

王國戰士長葛傑夫．史托羅諾夫。被譽為王國最強，放眼鄰近諸國也無人能及的戰士。

「再繼續練下去就過頭了。勉強自己是沒用的。」

克萊姆放下了劍，看了看自己發抖不止的手臂。

「您說的是。我有點太勉強自己了。」

見克萊姆面無表情地表示謝意，葛傑夫輕輕聳聳肩。

「如果你真的這麼想，就別讓我老是講一樣的話。都不曉得是第幾次了……」

「非常抱歉。」

見克萊姆低頭道歉，葛傑夫再度聳聳肩。

這段交談對兩人來說就像見面打招呼，已經重複過無數次了。不過按照以往，兩人應該會就此打住，各自專心做自己的訓練。但今天不一樣。

「如何，克萊姆。要不要試著與我對劍一次？」

聽到葛傑夫這樣說，克萊姆平板的表情一瞬間差點失常。

以往兩人即使在這裡碰到，也從不曾對過劍。這是兩人間的潛規則。

因為兩人進行訓練沒有好處。不對，好處是有，只是壞處太大了。

現今王國分成了擁王派，以及六大貴族之中的三家聯手組成的貴族派，兩個派系進行權力鬥爭，國勢十分危急。甚至有人認為，國家之所以尚免於分裂，是因為每年還得與帝國發動戰爭。

在這種情勢下，國王的心腹，王國戰士長葛傑夫．史托羅諾夫——其實他不可能會輸，只是打個比方——萬一落敗，等於是給了敵對的貴族派最好的抨擊材料。

至於克萊姆更不用說，若是慘敗，貴族一定會說不能讓這種人貼身保護公主(拉娜)。既是絕世美女，又沒有婚約對象的公主，重用克萊姆這樣一個來路不明的士兵，讓他當自己的貼身侍衛，招惹了很多貴族的反感。

基於上述狀況，兩人的立場不允許雙方敗北。

更不能讓人看見弱點，暴露出要害，給予敵人攻擊的話柄。兩人同樣是平民出身，都萬事小心提防，不願給主人找麻煩。

而葛傑夫卻打破了這條潛規則，究竟是出於何種理由呢。

克萊姆環顧周遭。

不可能是因為這裡四下無人。城裡可是龍蛇雜處。少不了有人從遠處監視，或是從暗處偷窺。可是，他又想不到其他理由。

克萊姆猜不透是好的理由，還是壞的理由，感到困惑又驚愕，但不曾變成表情顯示出來。

然而，站在克萊姆面前的是人稱王國最強的戰士。一般人感覺不到的感情的瞬間紊亂，也被他敏銳地察覺，說出答案：

「最近我體會到自己武藝不精。所以想跟有點能耐的傢伙一起練武。」

「史托羅諾夫大人竟然會這樣認為？」

究竟是什麼樣的狀況，能讓人稱王國最強的葛傑夫體認自己武藝不精？這時，克萊姆想起葛傑夫指揮的部隊，最近少了幾個成員。

克萊姆沒有親近的同袍，因此只在餐廳聽過傳聞。聽說部隊好像被捲入某起事件，因而失去了幾個人。

「是啊。要不是遇見了一位慈悲為懷的魔法吟唱者，並且得到對方出手相助，我現在恐怕不會站在這裡——」

聽到這番話，克萊姆感覺再也把持不住自己的鐵面具。不，誰聽到這番話能不吃驚呢。他忍不住好奇地問：

「那位慈悲為懷的魔法吟唱者是什麼人？」

「……對方自稱安茲．烏爾．恭。據我推測，這位人物恐怕能與帝國的那個怪物級魔法師匹敵。」

克萊姆沒聽過這個名字。

克萊姆崇拜英雄，有著蒐集英雄傳記這種不為人知的興趣。而且不分種族。不只如此，鄰近各國知名冒險者的冒險傳奇，只要是能打聽到的，他都一一蒐集起來。但他對葛傑夫此時提到的名字沒有任何印象。

當然，也有可能用的是假名。

「那、那──嗯嗯！」

克萊姆壓下想問個仔細的心情。

（怎麼可以興奮浮躁地問人家失去部下的事件經過……太失禮了。）

「那位大人的名號，我會記在心裡……那麼，真的可以請您陪我練武嗎？」

「算不上練武，只是對劍罷了。能不能從中掌握到些什麼，就看你自己了……因為你在我國的士兵當中，有著一流的水準。我鍛鍊起來也比較起勁。」

雖然得到了高度評價，但克萊姆卻只當這是客套話。

不是克萊姆特別厲害，是平均值太低了。純粹只是因為王國士兵的本領比一般人好不了多少，比起帝國的專業士兵「騎士」來說弱得多，沒有人能以勇武揚名鄰近諸國罷了。葛傑夫直屬的士兵確實很強，但還是比克萊姆差一點。

克萊姆本身的實力若以冒險者等級評斷，在銅、鐵、銀、金、白金、祕銀、山銅、精鋼當中，頂多被歸類為金吧。雖然不算弱，但多的是比自己實力高超的人。

像自己這樣的小角色，真的能讓葛傑夫這位冒險者等級確實達到精鋼的男人覺得起勁嗎？

克萊姆趕走了懦弱的心志。

王國最強的男人陪自己練武，可是非常難得的機會。就算結果會害葛傑夫失望，他也不會後悔。

「那麼，請您陪我過招。」

葛傑夫咧嘴一笑，重重點了個頭。

兩人一同走向武器櫃，拿出大小適合自己的劍。葛傑夫選了變形劍，克萊姆則是小型盾牌與闊劍。

接著，克萊姆從口袋中取出鐵塊。與實力高於自己之人對戰，帶著這種東西太失禮了。而且他必須全力應戰，否則無法獲得成長。對方可是王國最強的戰士。自己應當卯足全力，感受厚重的高牆。

等到克萊姆做好萬全準備後，葛傑夫問他：

「那你的手臂還好嗎？麻痺退了沒？」

「是，已經沒事了。雖然還覺得有點發熱，不過握力什麼的都沒問題。」

克萊姆揮揮雙手，葛傑夫看他的動作，知道他沒說謊，便點點頭。

「是嗎……從某方面來說，這倒有點可惜了。在戰場等各種場面上，能以萬全狀態戰鬥的機會不多。如果握力降低了，就得想出配合握力的戰鬥方式。你有學過這些嗎？」

「沒、沒有，我沒學過。那麼我再揮一遍劍……」

「啊，不用，沒必要做到那種地步。只是，你常常需要保護公主殿下。練習一下在不允許帶劍的場所遇襲的戰鬥方法，或是使用各種武器的戰鬥技巧，對你沒有壞處。」

「是！」

「……劍、盾、槍、斧頭、短劍、武器護手、弓箭、棍棒、投擲武器。這些稱為『九武藝』，是武器戰鬥的基礎功夫……但若是想無所不學，常常會博而不精。建議你可以專挑兩、三樣進行訓練。好啦，閒話講多了。」

「別這麼說，史托羅諾夫大人，謝謝您的教誨！」

葛傑夫面露苦笑，揮揮手回應克萊姆的道謝。

「那麼，如果你準備好了，我們就開始吧。總之你先以目前的狀態向我出招看看。之後看時間……這個嘛，雖然無法帶你練武，但我會找機會教你使用九武藝其他武器等等的戰鬥訣竅。」

「是，那麼請您不吝賜教。」

「好。不過，我沒把這當作是訓練。你就當成是實際戰鬥上吧。」

克萊姆慢慢將劍放到下段，以藏在盾牌後方的左半身朝向葛傑夫。克萊姆的視線銳利，也不再是訓練心態。同樣地，葛傑夫也散發出有如實戰的氛圍。

兩人互瞪，然而，克萊姆無法主動出招。

他剛才拿掉了鐵塊，因此行動起來方便多了，但即使如此，他還是不覺得自己能贏過葛傑夫。無論是體能還是經驗，葛傑夫都比他強太多了。

隨意踏進對手懷裡，恐怕只會輕易遭到迎擊。因為對方實力在自己之上，這或許無可奈何。然而，如果這是實際戰鬥，難道要一句無可奈何，就丟失性命嗎？

既非如此，那該怎麼做？

答案就是：只能針對葛傑夫弱勢的部分進攻。

肉體、經驗與精神，論戰士所需的能力，克萊姆沒一樣比得上他。雙方之間若有差距，那就是武裝層面了。

葛傑夫的武器是變形劍。相較之下，克萊姆的是闊劍與小盾。如果是魔法武器的話還有差距，但這是訓練用裝備。武器上沒有差距。

不過，葛傑夫只有一件武器，克萊姆則是兩件——盾也能當作武器使用。如此雖然力量會分散，但優點是攻擊手段較多。

——用盾牌彈回一擊，然後揮劍。或是用劍卸力，以盾牌打擊。

克萊姆制定戰略，決定伺機反擊，而認真觀察葛傑夫的動作。

經過個幾秒鐘，葛傑夫笑了笑。

「你不過來嗎？那麼，就由我——準備出招嘍？」

向對手表現得遊刃有餘，葛傑夫舉起了劍。他稍微沉下腰，肉體如壓住彈簧般開始蓄積力量。克萊姆也於全身灌注力道，以備隨時遇到劍擊都能彈開。接著葛傑夫踏出一步，手中之劍朝著盾牌砍下。

——好快！

克萊姆放棄移動盾牌彈開攻擊。他將全身神經與能力都用作單純防禦，以撐過攻擊。

下個瞬間——驚人的衝擊撞向盾牌。

那道衝擊強烈到令人懷疑盾牌或許已被擊碎，剛強的攻擊更是讓持盾的手麻到完全無法動彈。想擋下這種攻擊，除了用上全身的力道別無他法。

（還說什麼彈開呢！這種攻擊哪有可能配合時機去反彈！至少得設法卸力化解……）

克萊姆對自己的天真想法啐了一聲，腹部忽然受到另一道衝擊。

「嘎啊！」

克萊姆的身體被打飛出去。背部撞上硬梆梆的石板地。空氣被逼出了肺部。發生了什麼事，只要看看葛傑夫便一目了然。

他正好在收回猛力踹飛克萊姆的那隻腳。

「……因為我只拿著劍，就只注意我的手，不太好喔。有時候可是會像剛才那樣吃上腳踢的。我剛才踢的是你的肚子，不過本來應該找鎧甲更薄的地方踢。比方說踢斷膝蓋之類……還有，就算在胯下加裝護襠，要是被金屬護腳踢中下體，運氣不好可是會破的喔？要看清對手的全身上下，注意對手的一舉一動。」

「……是。」

克萊姆忍受著腹部湧起的鈍痛，慢慢站起來。

王國最強的戰士葛傑夫，體能也相當驚人。一旦葛傑夫認真起來，就算克萊姆身上穿著鍊甲衫，也能輕易踢斷他的肋骨，或是讓他失去戰力吧。然而克萊姆並沒有遭到那種下場，八成是因為葛傑夫並沒拿出真本事，而是先用腳瞄準再使力，目的只是把他踢飛而已。

（果然是訓練……真是太謝謝您了。）

克萊姆深切體會到王國最強的戰士正在帶自己練武，心懷感激地再次舉起劍。

這段時間不知有多貴重。他得千萬小心，別讓這段時間太早結束。

克萊姆再度以盾遮住身體，一步步靠近葛傑夫。葛傑夫沉默地注視著克萊姆。繼續這樣下去只會重蹈方才的覆轍。克萊姆逼近對手的同時，被迫重新制定戰術。

葛傑夫平靜地等候對手過來的身影，讓人感受到令人懾服的從容。克萊姆絲毫沒能讓葛傑夫使出全力。

若是覺得懊惱，那是傲慢。

克萊姆就快接近極限了。他這樣一大清早進行劍術修行，成長速度卻比老牛走路還慢。從最早開始學劍的時期算起，進步得實在太慢了。縱然今後能夠藉由鍛鍊肉體提升劍術的速度與力道，恐怕也無法獲得戰技之類的特殊能力。

這樣的克萊姆面對天資過人的男子，若是氣惱對方不拿出真本事，那就太失禮了。應該怨怪自己缺乏才能，無法讓對方全力以赴才是。

剛才葛傑夫叫他不要把這當作訓練，以實戰心態交戰，想必是層次遠遠高於自己的葛傑夫，在警告自己「你要用奪我性命的決心和我對戰，否則不配當我的對手」吧。

克萊姆咬牙切齒，發出低微的摩擦聲。

他恨透了自己的弱小。要是自己能再強一點，就能幫上更多的忙了。就能化身公主的寶劍，正面對抗禍國殃民的那些惡徒了。

想到公主唯一的一把劍如此脆弱，連揮劍都要小心注意，甚至讓克萊姆產生了罪惡感。

不過，克萊姆即刻擺脫了這種想法。現在他該做的，不是受到那種悲觀想法所困。而是用上自己的一切與實力高強之人交手，努力獲得任何一點成長。

胸中懷藏的心意，只有一個。

那就是成為公主的助力——

葛傑夫感嘆地呼出一口氣，表情有了些許變化。

因為站在他面前，年齡介於少年與青年之間的男人，表情不一樣了。一直到剛才，他都還像是個遇見知名人士的小孩子，散發出興奮雀躍的情緒。然而不過是踹了他一腳，那種浮躁的氛圍立即煙消雲散，變成了戰士的神情。

葛傑夫將警戒等級提高了一個階段。

葛傑夫對克萊姆的評價，比克萊姆所想的更高。他特別欣賞的一點，是克萊姆那種貪婪地想變強的真摯個性，以及如信仰般篤實的忠誠心。再來就是他的劍技。

克萊姆的劍法不是拜師學來的，而是悄悄觀察別人訓練，偷學而來的技術。他的技法不漂亮，多餘動作也多。然而，跟不經大腦思考，只是接受訓練學會用劍的人不同，自己考慮每一劍意義的劍術，是重視實戰運用的劍法，說難聽點就是殺人劍。

葛傑夫認為這是非常好的一件事。

劍這種玩意說穿了就是殺人工具。訓練中鍛鍊起來，屬於遊樂性質的劍術，在真正的戰場上發揮不了作用。保護不了想保護的人，也救不了想救的人，只能任由敵人宰割。

然而克萊姆不同。想必他能斬殺仇敵，保護重要的人吧。

然則——

「雖然你已改變心態，但你我能力差距依然懸殊喔。那麼，你做何打算？」

直截了當地說，克萊姆沒有才能。就算比任何人更加努力——不管如何嚴格鍛鍊肉體，沒有才能就是無法到達巔峰。像葛傑夫或是布萊恩·安格勞斯。這些都是克萊姆望塵莫及的對象。

克萊姆想變得比誰都強，不過是做夢或幻想。

既然如此，自己為什麼會想帶克萊姆練武呢？將時間花在更優秀的人身上，不是比較有益嗎？

答案很簡單。葛傑夫只是無法旁觀克萊姆不斷重複無用的努力。如果人類根據自身才能而有所謂的極限值，少年不斷用身體去衝撞的就是名為極限值的牆壁，這點讓他產生了憐憫之情。

所以，他想教克萊姆別種手段。

他相信才能有其極限，但經驗沒有極限。

此外還有一點，那就是他對自己最強勁敵慘不忍睹的下場深感憾恨。

（這可以說是一種替代行為吧……對克萊姆真是過意不去……不過與我交手，對這小子總是沒壞處吧。）

「——來吧，克萊姆。」

他的自言自語，得到一聲氣壯山河的回答。

「是！」

回話的同時，克萊姆腳下一蹬，飛奔而出。

不同於方才，葛傑夫神色嚴肅，慢慢將劍扛在肩上。

來自上段的揮砍。

一旦以盾牌擋下，動作將會完全遭到扼殺，若是用劍擋下又會被彈開。這種攻擊將能使得防禦行為失去意義。擋下這一擊是下下之策，但克萊姆使的武器是闊劍，比葛傑夫的變形劍短。

他只能衝進葛傑夫的懷裡。葛傑夫深知這一點，於是嚴陣以待，準備迎擊。

自投虎口的行為——但只有一瞬間的猶豫。

克萊姆闖進葛傑夫的劍擊範圍。

葛傑夫早就等著，一揮劍，克萊姆用盾擋住。驚人的衝擊比剛才那一下更強。手臂傳來的痛楚讓克萊姆皺起臉來。

「太遺憾了。竟然跟剛才落得一樣的結果。」

流露些許失望神色的葛傑夫，將腳對準克萊姆的腹部，然後——

「『要塞』！」

伴隨著克萊姆的吼叫，葛傑夫浮現出略為驚訝的表情。

戰技「要塞」並不是非得使用盾或劍才能發動。只要有心，用手或鎧甲照樣能發動。然而一般人之所以會在用劍或盾抵擋攻擊時發動，是因為發動的時機必須十分準確。用鎧甲發動時，一不小心也可能毫無防備地遭受對手攻擊。因此大家都會希望至少能用劍或盾擋住再發動，這是人之常情。

不過，像此時的克萊姆知道葛傑夫會使出腳踢，就沒有這種顧慮。

「你就在等這個嗎！」

「是！」

葛傑夫的腳踢力道彷彿被柔軟物體吸收般散去。葛傑夫伸長了腳，無法使力，只好放棄腳踢，打算踩回地面。見葛傑夫即將重整不利的態勢，克萊姆揮劍砍向他。

「『斬擊』！」

發動戰技後，再舉劍過頭，一劍砍下。

你得研發出一招能滿懷自信施展的招式。

謹記某位戰士對自己的教誨，缺乏才能的克萊姆殫精竭慮磨練出來的，就是來自上段的一擊。

克萊姆的肉體沒有大塊肌肉的鎧甲包覆。因為他的體格天生就不出色，不容易長肌肉，也沒有身手敏捷的潛能，能夠在練出一身沉重的肌肉後照樣行動自如。

正因為如此，他才會藉由近乎無限次的反覆鍛鍊，打造出特化的肌肉結構。

成果就是來自上段的揮砍。這是他唯一達到異常領域的高速斬擊，像是要掀起剛風般的劍閃。

這一擊朝著葛傑夫的頭部揮下。

若是砍中將造成致命傷，但克萊姆想不到這一點。他是對葛傑夫抱持著絕對信賴，相信強悍如葛傑夫不會因為這點程度就送命，才敢施展這招。

清脆的金屬聲響起，舉起的變形劍與揮下的闊劍激烈相撞。

到目前為之都還在預料之中。

克萊姆灌注全身力氣，試圖讓葛傑夫失去平衡。

然而——葛傑夫的身體不動如山。

即使只以一隻腳難以維持平衡，卻仍能輕易擋下克萊姆使出渾身解數的一擊。有如巨木粗壯的樹根遍布大地。

克萊姆用上全身力氣的最強一擊加上戰技。即使同時運用這兩項技術，依舊無法與單腳站立的葛傑夫並駕齊驅。克萊姆對這項事實感到震驚，眼睛卻看向自己的腹部。

以闊劍砍向敵人，就表示拉近了雙方距離。也表示葛傑夫有可能再度抬腳攻擊克萊姆的腹部。

克萊姆向後跳開的同時，腳踢襲擊了克萊姆的身體。

輕微的鈍痛。接著兩人隔著幾步距離僵持不下。

葛傑夫眼角微微下垂，嘴角泛出笑意。

那雖然是笑容，但不會讓人不快，顯得十分爽朗。面對葛傑夫露出父親看到兒子成長時會有的笑容，克萊姆感到有點難為情。

「很精彩。所以接下來我會稍微拿出真本事。」

葛傑夫的表情變了。

克萊姆全身竄過一陣懼意。因為他直覺到王國最強的戰士即將在眼前現身。

「其實我有帶一瓶藥水。只是骨折程度的話還治得好，別擔心。」

「……非常謝謝您。」

聽到對方暗示自己免不了骨折，克萊姆的心臟重重打了一拍。雖說他早已習慣受傷，但並沒有被虐嗜好。

葛傑夫踏出一步。那一步的速度比克萊姆快上一倍。

變形劍尖端指地，描繪出極低的軌跡，往克萊姆的腳直衝而來。伴隨著離心力的速度讓克萊姆慌張起來，將闊劍刺在地上，準備保護自己的腳。

兩者產生激烈衝突。就在克萊姆這樣想的瞬間——葛傑夫的劍往上彈起。變形劍沿著闊劍的側面向上衝，使出一記撈擊。

「嗚！」

克萊姆整個身體連同臉一起後仰，變形劍劃過他的身旁。掀起的勁風削掉了好幾根頭髮。

對短短一瞬間就將自己逼入絕境的葛傑夫產生畏懼，克萊姆僅以視線目送劍鋒離去，卻目睹變形劍急遽停住，一個翻轉。

還來不及思考，身體已經先行動。

如同受到生存本能的催促，突出的小盾與變形劍相撞，再度發出尖銳的金屬聲。

然後——

「——啊！」

隨著一陣劇痛，克萊姆的身體被橫向打飛。他滾倒在地，撞上地板的衝擊使得劍從手中滑落。

原來是撞上小盾後向上彈跳的變形劍直接橫向移動，狠狠打進了克萊姆門戶洞開的側腹部。

「要前後連貫。不要把攻擊跟防禦分開想，每次行動都要能夠進入下一發攻擊。要把防禦也當作是攻擊的一環。」

克萊姆撿起落地的劍，摀著側腹部正要站起來時，葛傑夫和善地對他說：

「我沒有太用力，以免讓你骨折，所以應該還能打吧？……你覺得呢？」

相對於呼吸平順如常的葛傑夫，克萊姆的呼吸已被緊張與疼痛打亂。

連幾下攻擊都撐不住，這樣只會浪費葛傑夫的時間。但即使如此，克萊姆還是希望能盡量變強。

他對葛傑夫點點頭，舉起了劍。

「好。那就繼續吧。」

「是！」

發出沙啞的大喊，克萊姆拔腿奔跑。

被打、被震飛，有時還遭到拳打腳踢，克萊姆上氣不接下氣地倒臥在石頭地上。冰涼的地板隔著鍊甲衫與衣服奪去熱度，非常舒服。

「呼……呼……呼……」

他沒去擦流出的汗水。應該說是連擦汗的力氣都沒了。

忍受著身體各處產生的疼痛，克萊姆受到全身湧起的疲勞感支配，輕輕閉上眼睛。

「辛苦了。我揮劍時有注意不要打斷或打裂你的骨頭，你覺得怎樣？」

「……」克萊姆躺在地上，動動手臂，又摸摸疼痛的部位，睜大了眼睛。「好像沒有問題。雖然會痛，但都只是跌打損傷。」

陣陣抽痛的感覺很輕微。不會影響護衛公主的職責。

「是嗎……那就用不到藥水了吧。」

「嗯。況且隨便使用反而會消除肌力訓練的效果。」

「本來應該是進行強烈回復，但魔法效果反而會讓肌肉恢復原狀嘛。也好。你接下來要去擔任公主的貼身侍衛，對吧？」

「是的。」

「那就給你吧，以防萬一。若是遇到什麼問題就用吧。」

藥水發出「叩」一聲，放在克萊姆身邊。

「謝謝大人。」

他坐起身，看著葛傑夫。看著自己的劍術一次都搆不到的男人。

毫髮無傷的男人覺得奇怪，問他：

「怎麼了？」

「沒有……只是覺得您真厲害。」

額上幾乎沒有流汗。呼吸也沒有紊亂。這就是倒在地上的自己，與王國最強男人的差距嗎。克萊姆嘆著氣，但也覺得服氣。至於葛傑夫則是露出類似苦笑的表情。

「……是嗎。這個嘛……」

「為什麼——」

「——如果你是要問我為什麼這麼強，那我答不上來喔。因為我只是擁有才能罷了。順便一提，戰鬥方式也是在做傭兵的時候學的。這種被那些貴族罵說沒品，動不動就愛踢人的習慣，也是在那段時期學起來的。」

變強沒有訣竅。葛傑夫如此斷言。克萊姆原本想，如果累積相同種類的訓練，是否能多少變強一些，結果一下就遭到否定。

「就以這種意義來說，克萊姆很適合用我這種戰法。就是拳打腳踢，運用手腳的戰鬥方式。」

「是……這樣嗎？」

「是啊，你沒有接受過劍士或士兵的訓練，反而有好處。只要一拿起劍，難免會專注在用劍戰鬥上……但我不認為這是件好事。我認為只把劍當作一種攻擊手段，連手腳都用上的戰鬥方法，在實戰中才能派上用場。講白了就是比較土氣……適合冒險者的劍術啦。」

克萊姆不再像平時那樣面無表情，臉上浮現笑容。實在沒想到王國最強之人，居然會高度讚賞自己的劍術本領。這套七零八亂、不合正統劍術的動作。

自己受到貴族背地裡嘲笑的劍術竟能獲得稱讚，讓他喜不自勝。

「好啦，就練到這裡，我該走了。我得趕上國王的用膳時間。你不用趕去公主身邊嗎？」

「不用。因為今天公主有客人。」

「客人？是哪裡的貴族嗎？」

想不到那位公主會有訪客，葛傑夫覺得不可思議，克萊姆答道：

「是的。是艾因卓大人。」

「艾因卓？喔！……所以是哪一位艾因卓？應該是蒼，不是深紅吧？」

「是的。是蒼薔薇的艾因卓大人。」

葛傑夫明顯露出鬆了口氣的表情。

「原來如此啊……原來是這麼回事，既然朋友來了，那就……」

葛傑夫猜測拉娜是因為來了朋友，所以用餐時不讓克萊姆隨侍身旁，但實際上是克萊姆婉拒了邀請。

雖說他與公主之間建立起了不需過度拘謹的關係，要是聽到他回絕了王族的邀請，就算是葛傑夫恐怕也會顰眉蹙額，所以他沒說出口，交由葛傑夫自由想像。

克萊姆透過與拉娜的關係，跟艾因卓本人認識，艾因卓對他也不錯。就算克萊姆參加了餐會，想必她也不會像其他貴族那樣表示排斥。

只是，考慮到主人（拉娜）幾乎沒有同性友人，他想身為男人的自己不在場，兩位小姐比較能聊些平常不能聊的私密話吧。

「今天非常謝謝您，葛傑夫大人。」

「不，別客氣，我也玩得很開心。」

「……只要您方便，今後是否還可以像這樣指導我呢？」

葛傑夫一時無法回答——看到他的反應，克萊姆正要道歉，但他先開口了。

「沒問題。只要是在沒有別人的場所與時段。」

克萊姆很清楚葛傑夫內心有著何種糾葛，因此沒多說什麼。他強撐著痠痛的身體站起來，只是誠摯地說出自己的心意。

「非常謝謝您！」

葛傑夫大方地揮揮手，邁出腳步。

「那就收拾一下吧。要是趕不上用膳時間就糟了……對了，你那招上段攻擊挺不錯的喔。只是，你最好先設想到攻擊後的下一步行動。像是上段遭到閃避，或是被擋下來之後應該怎麼做。」

「是！」

4

下火月〔九月〕三日　6：22

與葛傑夫道別後，克萊姆用溼毛巾擦汗，接著前往一個與敞廳截然不同的地方。

這間房間的寬敞程度跟克萊姆剛才待過的敞廳不相上下，室內有許多人坐在長椅子上，天南地北地聊天。混雜在這種溫暖的氣氛中，傳來讓人胃口大開的香氣。

這裡是餐廳。

橫越室內，穿過喧嘩擾嚷的人聲，克萊姆排到數人的隊列之後。

克萊姆也跟排在前面的人一樣，拿起了好幾個疊在一起的容器。托盤、木盤，還有木製湯碗。最後放上木頭杯子。

他按照順序領取餐點。

一塊較大的蒸馬鈴薯、褐色麵包，還有放了不少料的白濃湯、醋漬高麗菜與一根香腸，對克萊姆來說算是相當豐盛的一餐。

這些餐點放在托盤上，飄散出香噴噴的味道。克萊姆感覺著胃急速受到刺激，環顧餐廳。

吵吵嚷嚷的士兵們正在用餐。坐在一起的人一邊吃飯，一邊討論著下次放假的計畫，或是關於食物，關於家人，一些輕鬆的任務話題等等，都是閒話家常。

克萊姆找到一個空位，穿越嘈雜人聲走過去。

他跨過長椅子坐下。兩邊都坐著士兵，跟朋友們正聊得起勁。即使克萊姆坐下來，身旁的士兵也只是看他一眼，立刻失去興趣般看向別處。

彷彿只有克萊姆的周圍平靜無風。

從旁看來，那氣氛十分詭異。

周圍繼續開心地談天，卻沒有任何一個人想找克萊姆說話。的確，沒有人會想向不認識的人攀談。但大家都是士兵，在同一個職場執勤，有時候還會互相解救性命危機，從這種關係來思考，他們的應對態度實在有點異常。

簡直好像當克萊姆不存在似地。

克萊姆自己也不打算跟任何人說話。因為他相當清楚自己身處的立場。

在這羅倫提城守衛的士兵，都不只是士兵。

所謂的王國士兵，包括擁有領地的貴族向領民提供裝備組成的民兵、都市的統治管理者支付薪資雇用的私人士兵，以及主要任務為巡邏都市的衛士等等。不過他們之間只有一項共通之處，那就是他們都是平民出身。

然而如果由身分不明的平民，保護能夠接近王族與王國各種重要情報的王城，會產生許多問題。

為此，守衛羅倫提城的士兵必須由貴族推薦。如果士兵在城裡引發問題，責任必須由推薦的貴族來扛，因此推薦的人選必然都是些身世清白、思想行為無偏差的人物。

只是這種措施，促成了一種現象。

那就是「派系」。

推薦的貴族本身都屬於某個派系。由貴族選出的士兵，自然也會被拉進該派系。由於反抗貴族的人本來就不可能中選，因此就算說士兵無一例外，統統都屬於某個派系也不為過。

聽起來彷彿只有壞處，不過好處大概就是因為會被捲入派系競爭，所以士兵之間會切磋琢磨吧。雖然遠遠比不上帝國騎士，不過王城守衛士兵也還算有點本領。

當然，克萊姆的本領比他們強多了，然而就連這點都成了惹惱貴族們的原因。因為事實上他比貴族推薦的士兵更強。

的確，推薦士兵的貴族也有可能不屬於任何一個派系。然而目前來說，王國分成了擁王派與貴族派，兩方對立，在這樣的狀況下，「只有一名貴族」政治手腕精明到能如同蝙蝠般在兩邊吃香。

士兵也一樣，除了這名貴族推薦的士兵之外，只有一個人。

那就是克萊姆。

克萊姆的立場非常尷尬。

本來以克萊姆的身分，是不能隨侍拉娜左右的。出身卑微的人，永遠得不到貼身保護王族的重責大任。能夠護衛王族身邊安全的只有貴族，向來如此。

不過，王國當中有葛傑夫·史托羅諾夫這位王國最強的士兵，以及他底下最精銳的戰士們這些例外。再加上只要貴為公主的拉娜強烈希望，也很少有人能公然反對。若是王族就能對拉娜提出勸告，然而國內擁有最高權力的君王已經許可，也就沒有人再多說什麼。

克萊姆之所以擁有個人房，也是因為他身處的立場太尷尬。

克萊姆能獲得個人房，是因為拉娜的一句話，但也具有隔離的意味。因為不屬於任何派系的克萊姆，安排到哪裡都不方便，是個燙手山芋。

從克萊姆本身的際遇與身處的立場思考，應當隸屬於擁王派。然而，擁王派是向王發誓效忠的貴族集團。他們並不歡迎身分不明的克萊姆。

結果，克萊姆對擁王派來說，成了拉進陣營裡會很棘手，不如擺著不管，還會自主提供協助的存在。與擁王派對立的貴族派，則認為拉攏克萊姆很有好處，但也像是引狼入室。

不過雖然統稱為派系，畢竟是眾多貴族組成的集團。並不是所有人都一條心。派系這種組織，純粹只是基於思考方向與利益組成的集團。這麼想來，擁王派當中當然也有將克萊姆——不但是來歷不明的平民，還與被譽為黃金的美麗公主最為親近——視如毒蛇猛獸的人；而對立的貴族派當中，自然也有人想將克萊姆拉進陣營。

無論如何，目前還沒有人那樣輕慮淺謀，單為了克萊姆一人害得派系分裂。

就結論而言，兩派對克萊姆的評價都是——雖然不願意交給對手，但也不想拉進自己這一派。

所以才會沒人跟他搭話。讓他孤伶伶地用餐。

他不跟任何人說話，也不管別人做什麼，只是自顧自地吃飯。不到十分鐘就解決了早餐。

「好了，走吧。」

伴隨著滿足感，念著經常獨處而漸漸養成習慣的自言自語，克萊姆正要從座位站起來，被正好經過的一個士兵撞上。

與葛傑夫鍛鍊時受傷的部位被手肘一頂，克萊姆雖面無表情，卻也因為疼痛而停下動作。

撞到他的士兵什麼也沒說就逕自離去。周圍的士兵們當然也不發一語。看到這個情況，有幾個人略微皺起眉頭，但仍然沒人說些什麼。

克萊姆吐出長長一口晦氣，端著空碗盤走出去。

這點程度的整人是家常便飯。只會讓他覺得幸好沒在碗裡裝著熱湯時來。

被人伸出腳差點絆倒。假裝巧合故意撞人。這些都是常態了。不過——

——那又怎樣。

克萊姆處變不驚地向前走。對方也做不了更過分的事。尤其是在餐廳這種公共場所。

克萊姆始終抬頭挺胸。眼睛看向前方，決不低頭。

一旦自己暴露出不像樣的德性，就會給主人拉娜造成困擾。因為克萊姆的一舉一動，都會影響到他竭誠效忠的女性——拉娜的評價。

第二章 蒼薔薇

Chapter 2 | Blue roses

1

下火月（九月）三日　8:02

身穿白色全身鎧，腰間佩劍，整頓好全副武裝的克萊姆，踏進弗藍西亞宮殿。

弗藍西亞宮殿可大致分成三座建物，他此時進入了其中之一。這是三棟建物中最大的一棟，作為王族的住所。

跟克萊姆剛才所待的地方大不相同，宮殿的採光設計十分地完善，炫目耀眼，彷彿閃閃發光。

打磨得亮晶晶的走廊豈止沒有垃圾，根本是纖塵不染。克萊姆走在走廊上。白色的全身鎧幾乎沒發出一點聲響，因為它是混合了祕銀與山銅鍛造而成，並且附加了魔法。

在寬廣潔淨的走廊上，站著穿戴全身鎧，保持立正的宮廷警衛精銳士兵——騎士。

帝國的「騎士」，指的是從平民等階級當中錄用的專業士兵。相對而言，王國的「騎士」是領受一代貴族爵位的族群，常常由貴族三男等無法繼承家業的人來擔任。不過，由於王室支付給他們相當高額的薪俸，因此只有劍術本領一流者才能被選上，即使是貴族也沒辦法走後門。

「國王的親衛隊」是最能貼切形容他們的詞語。

順便一提，葛傑夫的「戰士長」地位，是由於許多人反對授予他騎士爵位，於是乎國王便新立了一個地位。自此以來，葛傑夫親自選拔，由他本人所率領的精銳士兵們，便統稱為戰士。

克萊姆向這些人輕輕點頭。只要是騎士大多都會回禮。很少有人是不情不願，其中甚至有人是真心致意。他們雖然是貴族，同時也是對王盡忠，擁有戰士精神之人。對於向國王竭誠盡節的優秀戰士，都抱持著足夠的敬意。

相對地，克萊姆在走廊上，也與一群明顯懷抱敵意的人擦身而過。是女僕們。她們幾乎所有人，每次看到克萊姆都會板起一張臉。

跟一般的女僕不同，在王宮內服務的女僕經常是貴族女兒，來這裡工作是為了提升自我價值。從某種層面來說，女僕身分比克萊姆更高。尤其在王族身邊服侍的女僕，幾乎都是高級貴族的千金。所以她們一想到要對身分比平民還低賤的男人卑躬屈膝，不滿就化為怒氣寫在臉上。

克萊姆身分比她們低是事實，難怪她們在拉娜看不到的地方會擺臭臉了。克萊姆這樣想，因此從不會對她們發脾氣。

然而這種想法加上克萊姆的面無表情，造成女僕們以為自己遭到忽視，對克萊姆惡感更深，而克萊姆卻對這種惡性循環渾然不覺。或者該說他要是有那麼細心，對人對事應該都能處理得更圓滑吧。

即使如此，不得不說克萊姆走在這宮殿裡，仍然會感到精神疲勞。

這座宮殿裡除了拉娜與蘭布沙三世之外，當然還有其他王族。

（——唔！）

克萊姆看見其他王族往這邊走來，立刻靠到走道一旁挺直背脊，以手抵胸敬禮。

走過來的是兩個人。走在後面的是體格瘦高，一頭金髮往後撫平的男子。

他的名字是雷文侯爵。王國的六大貴族之一。

問題是走在前面的微胖男性。他的名字是賽納克·瓦爾雷歐·伊格納·萊兒·凡瑟芙。王位繼承權排第二位，是國王的次男。

賽納克停下腳步，布滿鬆弛肥肉的臉酸溜溜地扭曲。

「哎唷，克萊姆啊。你是要去見那個怪物嗎？」

賽納克王子會稱為怪物的人物只有一個。克萊姆明知這樣是犯上，但仍然無法苟同。

「殿下。恕我冒昧，但拉娜大人絕非什麼怪物。那位大人心地溫柔，美麗動人，足可稱為王國珍寶。」

解決了奴隸買賣問題，提出將平民擺在第一位思考的多樣政策，這樣的女性不是珍寶，那什麼才是珍寶呢？的確，由於貴族常常從旁作梗，她的政策很少付諸實現。但克萊姆依然知道，她是多麼為人民著想。

每當為人民著想的提案因為無聊的面子問題遭到否決，這位溫柔善良的女性總是在克萊姆面前落淚，一事無成的男人（賽納克）豈有資格對她說長道短。

克萊姆產生想怒罵對方的衝動，恨不得能狠狠給他一拳。

雖然只有一半——但繼承了相同血統的人實在不該講這種話。然而，克萊姆絕對不能怒形於色。

拉娜說過：「哥哥是想激怒你，好冠你個侮辱罪。我想他一定很想找藉口，把你拉離我的身邊。克萊姆，你可千萬不能在哥哥面前暴露弱點喔。」

克萊姆想起那一天，他曾經堅定發誓，只有自己絕對不會背叛那寂寥的神情——他那連家人都不給予支持的主人。

「我可沒說拉娜是怪物喔。是你自己這樣想……算了，還是別講這種老套的藉口吧。不過你竟然說她是珍寶啊。那傢伙提出那些政策時，真的以為自己的提案會被接受嗎？我總覺得那傢伙是明知不可行，還故意要提出來。」

怎麼可能。不可能有這種事。這男的只會胡亂猜疑，醜陋地嫉妒別人。

「小的以為絕不會有此等事情。」

「呼呼呼呼。看來你就是不認為那女人是怪物啊。不知道是你眼光太差，還是那女人演技太好……我勸你還是稍微懂得懷疑一點吧。」

「怎麼能懷疑呢？拉娜大人是王國的珍寶。這點我深信不疑。」

她的行動全都正確。克萊姆一直以來都在她身邊看著，因此可以斷言。

「是嗎，是嗎？真有意思。那麼可以麻煩你帶個話給那個怪物嗎？……就說我這做哥哥的雖然把妳當成政治工具，不過只要妳願意協助我，我可以廢嫡，在邊境賜妳塊領地。」

一陣惱火襲向克萊姆心頭。

「……您說笑了。不敢相信您居然在這種地方對我說這些。我會當作沒聽見。」

「呼呼呼呼。那真是遺憾。走吧，雷文侯。」

一語不發地從旁觀察兩人的男子微微低頭致意。

克萊姆不太了解這個雷文侯。他對克萊姆似乎劃清界線，但看克萊姆的眼神又跟一般貴族有些不同。拉娜對於雷文侯，也沒特別指示克萊姆怎麼做。

「對了。雷文侯也跟我站在同一邊，認為那女人是個怪物。不，應該說我們所見略同，所以才會跟我聯手吧。」

「——王子。」

「讓我說吧，雷文侯啊。我告訴你，克萊姆。如果你是盲目信奉她的一切，我也不會跟你說這些。不過……我是覺得你有可能被那個怪物騙了，所以才好心勸你，讓你知道那女人是個怪物。」

「王子，恕小的斗膽問一句。您究竟覺得拉娜大人的哪一點像怪物了？沒有人比那位大人更為國、為民著想了。」

「……因為她所做的一切幾乎都是白費力氣。她的行動太多都以徒勞收場。起初我以為她是不擅長事先與各方人士疏通。然而有一次，我在跟雷文侯談的時候忽然想到，也許那一切都是她算好的。這樣一想，所有事情都說得通了。如果真是如此……在貴族之間沒有多少管道，幾乎躲在宮殿裡不出來的女人，竟然能隨心所欲地操縱貴族們……這不叫怪物，什麼才叫做怪物？」

「這只是您的誤解。拉娜大人絕非您所想的那種人。」

克萊姆堅決地說。

那些眼淚絕不會假。拉娜是一位慈悲為懷的溫柔女性。克萊姆是她撿回來的，比誰都清楚。

然而，克萊姆所說的話無法打動王子。他苦笑了一下，就從克萊姆面前走開。後面跟著雷文侯。

在人跡散去的走廊，克萊姆喃喃自語。

「拉娜大人是我國最溫柔的人士。我的存在能夠加以證明。如果……」

克萊姆將後面的話吞了回去。但在心中繼續獨白。「如果能由拉娜大人統治王國，王國想必會成為以民為本的偉大國家吧」。

當然，從王位繼承權的觀點來看，這是不可能實現的願望。即使如此，克萊姆依舊無法捨棄這種念頭。

下火月〔九月〕三日　8：11

稍後，克萊姆到了宮殿內最常來的房間門前。

克萊姆數次確認四下無人後，不假思索便伸手轉動門把。

不敲門就開門是極為欠缺常識的行為，但這是房間主人要求他的。不管克萊姆如何抗拒，主人就是不聽。

結果讓步的是克萊姆。女性一拿出眼淚攻勢，他簡直毫無勝算。話是這樣說，主人還是准許他提出幾個條件。例如國王駕臨房裡時，他實在不敢不敲門就闖進去。

然而不敲門就推門入室，也的確對克萊姆造成極大壓力。做這種事是要受罰的。他抱著這種想法開門，當然會有壓力。

克萊姆正要將門推開得大些，卻聽見半掩的門扉後，傳來激動熱烈的辯論聲。

他聽見了兩個聲音。兩邊都是女性。

其中一個聲音的主人，雖說克萊姆還站在門外，但她並未注意到克萊姆，大概是因為太熱中了吧。既然如此，克萊姆不想冷卻她的熱意。克萊姆站定不動，側耳傾聽室內的談話聲。雖然偷聽讓他產生了點罪惡感，但打斷兩人熱烈的討論會讓他更過意不去。

「——以我說了嘛。人們基本上都比較重視眼前的利益啦。」

「嗯……」

「……拉娜說的輪流種植其他作物的計畫……雖然我實在不覺得這樣能增加收穫……大概多久能收到成效？」

「估計大約需要六年左右。」

「那麼這六年間，栽種別種作物造成的金錢損失大概多少？」

「這要看作物的種類，不過……假設平常的收穫是1，我想大概會降到0.8……也就是會損失0.2。不過，預估第六年之後收穫量會永久增加0.3。如果同時牧草栽培推動的家畜飼育上了軌道，想必數字會更高。」

「……光聽妳這樣講好像很誘人，但農民能接受整整六年0.2的損失嗎。」

「……這0.2的損失，我想只要由國家提供免利息免擔保的貸款，等到收穫回本後再償還，應該就沒有問題了……萬一收穫量沒有增加……就不用償還，或是其他方法。最重要的是只要收穫增加，四年就能支付貸款了。」

「我看很難喔。」

「為什麼？」

「所以我不是說過了嗎。人們比較重視眼前的利益——很多人都想追求安定。就算告訴他們六年一定能增加到1.3，大家當然還是會猶豫啊。」

「我……不太懂耶。實驗田地都進行得很順利啊……」

「也許實驗是進行得很順利，但還是不能保證一定成功啊。」

「……的確做實驗時並沒有預設所有狀況，所以不能打包票。因為如果要考慮到當地的土質與氣候等全部因素，實驗規模會變得太大……」

「那就很難了。我不知道剛才說的0.3收穫量是最低還是平均，總之這樣沒有說服力。如此一來，必須要能確保足夠的利益才行。而且要保證眼下不吃虧。」

「那麼免費提供六年間的0.2如何？」

「對立的貴族派想必樂得很吧。因為國王的力量會減弱。」

「可是，只要六年後保證能獲得那麼多的收穫，國力也會增強啊……」

「這麼一來，對立貴族的力量也會增強。只有國王的力量下降1.2。構成擁王派的貴族們絕對不會認可。」
「那就請求各位商人……」
「妳所說的是那些大商人吧？那些商人也有各種對抗關係，要是輕易協助擁王派，搞不好會弄糟跟另一個派系的生意關係。」
「困難重重呢……拉裘絲。」
「……就是因為妳不擅長事前疏通，所以政策漏洞才多啊。好吧……我也明白國內有兩個巨大派系，政策要通過的難度很高就是……只在國王的直轄地施行如何？」
「我那些哥哥們一定不會同意呢。」
「哦，妳說那些白……那些為了妳把智慧留在母親肚子裡的男士們。」
「……我跟他們不是同一個母親喔。」
「哎呀，那就是留給國王了吧。不過，連王室都不團結，害處真是太大了……」
室內陷入寂靜，讓克萊姆知道話題告一段落。
「啊，你可以進來嘍。可以吧，拉娜？」
「咦？」
聽到這句話，克萊姆的心臟狠狠跳了一下。他驚訝於對方察覺到自己的存在，但同時又覺得不意外，慢慢打開了門。

「——失禮了。」

一幕熟悉的景象闖入克萊姆的視野。

雖然豪華但不流於浮誇——這樣的房間裡，兩位金髮淑女坐在窗邊的桌旁。

兩位都是與華麗禮服相映成趣的美麗少女。

一位當然是這個房間的主人拉娜。

另一位女性坐在她的對面。她那綠色眼眸與粉色朱唇，都煥發著健康色彩。她的美貌雖不及拉娜，但也洋溢著不同的魅力。如果說拉娜是寶石的光彩，她就是生命的光輝吧。

她正是拉裘絲·亞爾貝因·蒂爾·艾因卓。

看她一身淡粉紅色的禮服裝扮無從想像，但其實這位女性正是王國僅有的兩支精鋼級冒險者小隊——其中之一的領隊，也是拉娜最親密的友人。

年僅十九歲已經達成多項豐功偉業，登上精鋼級的地位，想必都要歸功於她的曠世奇才吧。克萊姆內心深處也曾浮現些許妒忌。

「早安，拉娜大人、艾因卓大人。」

「早安，克萊姆。」

「早呀。」

克萊姆打完招呼後，正要移動到他的固定位置——拉娜的右後方，卻被叫住。

「克萊姆。不是那裡，是這裡。」

拉娜指著她右邊的椅子。

克萊姆覺得很不可思議。圍繞圓形桌子的椅子共有五把。這跟平常一樣。只是，倒了紅茶的茶杯卻放了三杯。

拉娜面前，拉袞絲面前，再來是拉袞絲身邊的座位——不是拉娜所指的座位。他左看右看，但到處都找不到第三個人的身影。

克萊姆雖感到訝異，但還是看了看椅子。

平民跟主人，而且還是與王族同桌的冒犯行為也好，不敲門就進房間的命令——拉娜稱之為請求——也好，拉娜的命令大多都對克萊姆的胃造成嚴重負擔。

「可是……」

克萊姆想求助，視線看向另一位女性。他無言地希望能婉拒同席要求，卻立刻遭到否決。

「我無所謂喔。」

「這、這個……艾因卓大人……」

「我之前也說過，叫我拉袞絲就好了。」拉袞絲望向拉娜，「克萊姆特別。」

「……討厭。」

聽到拉裘絲語尾彷彿浮現愛心符號的甜膩聲調，拉娜邊抱怨邊露出微笑。如果只翹起嘴角，眼神卻不苟言笑的表情，能夠叫做微笑的話。

「艾因卓大人，請別開我玩笑了。」

「好好好。克萊姆真是古板。也許你該學學她的不拘小節喔。」

「咦？玩笑？」

相對於驚訝的拉娜，拉裘絲裝模作樣地立刻頓住，然後誇張地嘆了一口氣。

「當然嘍。好吧，克萊姆對我來說是比較特別，但那是因為他是『妳的』，所以才特別。」

拉娜臉蛋微微泛紅，兩手包著臉頰，克萊姆不知如何是好，將視線從拉娜身上移開，突然瞪大了雙眼。

因為在房間一隅，有個人彷彿融入角落殘存的黑暗裡，抱膝坐在地上。那人穿著貼身的黑色衣物。是個跟房間氣氛格格不入的女性。

「啊！」

克萊姆吃了一驚，抓住掛在腰上的劍沉下腰，做好準備保護拉娜。

拉裘絲嘆了口氣。

「都是妳擺那種姿勢，嚇到克萊姆了吧。」

拉裘絲冷靜的語氣中絲毫沒有戒心或危機意識。克萊姆明白了意思，放鬆肩膀的力道。

「了解，老大。」

坐在暗處的女性，維持原本姿勢蹦的一跳，一下子站起來。

「啊，克萊姆你不認識她吧。她是我們小隊裡的一人——」

「——是緹娜小姐。」

拉娜接在拉裘絲後面說。

就克萊姆所知，精鋼級冒險者小隊「蒼薔薇」，是由身為領隊的信仰系魔法吟唱者拉裘絲、戰士格格蘭、魔力系魔法吟唱者伊維爾哀，然後是修習了盜賊系技術的緹亞、緹娜這五位女性組成。

克萊姆有見過前面三位，但其餘兩人沒有見過面。

（這位就是……原來如此。確實名不虛傳。）

以貼身服裝緊包全身修長肢體的模樣，確實像是修習了盜賊系技術之人。

「……失禮了。初次與您見面，我叫克萊姆。」

克萊姆向緹娜深深低頭。

「唔？不用在意。」

那人大方地揮揮手，回應克萊姆的致歉後，不發出一點聲響，以有如野生猛獸的流暢動作走近桌子。接著緹娜搬動拉袞絲身旁的椅子坐下。剛才的茶杯看來是她的。

放在桌上的茶杯有三只，從數量來看應該不可能，不過克萊姆還是環顧周遭，仔細尋找有沒有另一名未曾謀面的女性。

拉袞絲立即看出克萊姆東張西望的理由，開口道：

「緹亞沒來。格格蘭與伊維爾哀也說不喜歡拘謹的場合……其實也沒那麼拘謹啊？我是為了保險起見才穿正式服裝，但並沒有要強迫她們也照做。」

拉袞絲雖然這樣說，其實在公主面前穿正裝才合乎禮儀。不過，克萊姆並不打算對拉娜的朋友，而且是擁有貴族爵位的女性講這些話。

「這樣啊。不過有幸遇見聲名遠播的緹娜大人，是我的榮幸。之後若有機會，還請您多多指教。」

「坐下再聊吧，克萊姆。」

說著，拉娜將紅茶注入新準備的茶杯。從魔法道具保溫瓶（Warm Bottle）倒出來的紅茶就像剛泡好的一樣，冒著熱氣。

這個保溫瓶可以在一小時之內保持裡面的飲料溫度與品質不變，是拉娜特別中意的道具之一。尤其是招待重要客人時，她經常使用這個。其他時候則不太使用。

克萊姆知道已經無法推辭，死了心，於是坐下來喝了紅茶。

「很好喝，拉娜大人。」

雖然拉娜微微一笑，老實說，克萊姆一點也喝不出來好不好喝。不過既然是拉娜泡的，克萊姆認為一定好喝。

突然，傳來一個聽不出感情的平板聲音。

「——那丫頭今天應該是預定收集情報。本來我們是要三個人一起來的，結果都是我們的魔鬼領隊臨時指派工作。全都要怪魔鬼領隊不好。」

不用說，這聲音是緹娜發出來的。拉裘絲聽見「魔鬼」兩個字，臉上浮現出駭人的微笑，克萊姆將視線從她身上拉開，說道：

「是這樣啊……希望今後能有機會在哪裡見個面。」

「克萊姆，緹娜小姐跟緹亞小姐是雙胞胎，連頭髮長度都幾乎一樣喔。」

「所以只要看其中一個人就行了。」

克萊姆覺得問題不在於行不行，但姑且表示了解。

不過，緹娜毫不客氣地投向自己的視線，讓克萊姆感到困惑。克萊姆本來想忍著，但又想到對方可能是發現自己有什麼過失，於是下定決心直接詢問。

「有什麼問題嗎？」

「長太大了。」

「……嗄？」

有聽沒有懂。看到克萊姆頭上浮現好幾個問號，拉袞絲插嘴表示歉意。

「沒什麼，我們自己的事。別放在心上喔，克萊姆。不，真的不要放在心上。真的。」

「是……」

「……怎麼回事，拉袞絲？」

克萊姆叫自己別多問，但拉娜好像不能接受，插嘴問道。拉袞絲看著拉娜，露出討厭的表情。

「真是，一講到克萊姆的事……」

「啊，我啊——」

「——住嘴。我沒帶緹亞來，是因為她會對拉娜灌輸些有的沒的。所以可以請妳也諒解一下，少說兩句嗎？」

「好啦，魔鬼領隊。」

「……拉袞絲。這是怎麼回事？」

拉袞絲受到拉娜追問，表情真的開始抽搐了。甚至還顯出苦悶的神情。

克萊姆正打算插嘴時，拉袞絲視線一轉。

「呃……克萊姆，看你好像滿喜歡這件鎧甲的呢。」

「是，這是件相當精美的鎧甲。非常感謝您。」

雖然這個話題轉得硬到不能再硬，不過克萊姆不想讓客人丟臉，於是立刻答腔，用手摸摸拉娜賜給自己的雪白全身鎧。這件使用了大量祕銀——也使用了部分山銅——打造的鎧甲施加了多種魔法，驚人地輕巧而堅硬，利於行動。

為了製作如此精美的鎧甲，蒼薔薇的成員們免費提供了祕銀。克萊姆再怎麼低頭道謝，都不足以表達心中的謝意。

克萊姆正要低頭道謝，被拉裘絲阻止了。

「不用放在心上。我們只是把製作祕銀鎧甲時用剩的材料給你們而已。」

雖說是用剩的，但祕銀可是非常昂貴的材料。山銅級的冒險者想必有錢做得起祕銀的全身鎧，祕銀級的冒險者或許也能擁有一把祕銀武器。但大概也只有精鋼級的強者，能夠不收一毛錢地白白送人吧。

「再說拉娜拜託我，我怎麼能拒絕嘛。」

「——那時候妳不肯收我錢呢。我明明有存零用錢……」

「……公主花零用錢，會不會有點不太對？」

「領地的收入我有另外存起來。我想用自己的零用錢做克萊姆的鎧甲嘛。」

「也是啦。妳一定很想用自己的錢，送克萊姆一件全新打造的鎧甲吧——」

「……既然妳都明白，為什麼還要免費送我嘛。拉裘絲這個笨蛋。」

「一般這種情況，不應該說我是笨蛋吧……」

氣呼呼的拉娜與笑嘻嘻的拉裘絲，開始了稱不上吵架的拌嘴。

看著這副光景，克萊姆硬是繃緊了臉，不讓臉上產生表情。

能夠看到這種光景——這種平穩溫暖的光景，全都得感謝主人將自己撿了回來。然而這份情意不允許溢於言表。

若只是感謝之意，顯露出來倒還沒關係，但只有克萊姆隱藏在感謝之下，對拉娜的強烈感情絕不可以顯露出來。

這份——愛意。

克萊姆用力握碎了自己的感情，隱藏心意。取而代之地，道出了重複講過好幾次的台詞。

「非常謝謝您，拉娜大人。」

見到他對雙方立場劃清界線——明確暗示主人與下人的不同立場——的態度，拉娜有些——只有每天看著她，比任何人看著她的時間都久的克萊姆，才能察覺到的少許程度——寂寞地微笑。

「不客氣。話題扯得有點遠了。回到剛才的話題吧。」

「妳是說八指吧？剛才講到我們闖進栽培毒品的三座村莊，將農田焚燒殆盡，這邊不用再重複吧？」

聽到這個名號，克萊姆在強裝出來的鐵面具底下皺起眉頭。

在王國暗處蠢蠢欲動的非法組織「八指」。敬愛的主人為了懲治他們，正在採取行動。

一旦燒毀村莊栽培的毒品，不難猜測以此維生的村莊，今後會落得何種淒慘下場。然而，為了撲滅侵蝕王國的毒品，只得犧牲村人的性命了。

若是擁有至高無上的權力，或許能採取其他不同的手段。然而拉娜雖然貴為王女，卻等於沒有後盾，只能做出拯救能救的人，其他事物一律捨棄的冷酷取捨。

假使拉娜向父王請願，或許能在她要求的地點以權力或武力施加打擊，然而，由於八指與部分貴族關係密切是不爭的事實，想必情報定會洩漏出去，被對方搶先湮滅證據。

為此，拉娜採用的手段，是直接委託自己的友人拉裘絲。

克萊姆知道這是相當危險的行徑。一般來說，冒險者會經由工會接受委託行動，不允許直接向客戶接受委託。這是違反規定的。

的確，他記得工會不能處罰最高位的冒險者（精鋼級），也不能對其做出放逐處分。話雖如此，這樣做仍會降低冒險者在工會內部的評價，今後想必會造成損失。然而蒼薔薇還是接受了委託，這是因為她們愛國心強，也把拉娜當成朋友。

對於寧可犧牲小我，完成大我的拉裘絲，克萊姆產生了更強的感謝之意。

拉裘絲心想差不多該提起這件事了，於是打開緹娜拿來的包包，取出一張羊皮紙。

這是拉裘絲她們蒼薔薇成員無法解讀的文件。不過就她(拉裘絲)所知最有智慧的拉娜，或許能看出些端倪。

「我們在燒毀村裡毒品時，發現了這張羊皮紙。我猜應該是某種書面指示，就帶回來了……看得出什麼來嗎？」

攤開的羊皮紙上寫的全是記號，不是任何一個國家的文字。拉娜只瞥了一眼，便若無其事地回答：

「……是替換式密碼呢。」

所謂的替換式密碼，就是將明文以一個字或是幾個字為一個單位，替換成其他文字或記號等等而成的密文。例如「a」對應的是△，「b」對應的是□，△△□□△就是「aabba」。

「我也這麼認為。所以我找替換表找了半天，可惜沒找著。因為替換表有可能是默背的，我們俘虜了一個疑似負責人的男人，我覺得最好的辦法應該是用迷惑魔法讓他倒戈，問出解碼方式，可是……我想妳也知道，同一個術士對相同對象連續施展迷惑魔法，效果會越來越差。因此第一次使用時我想謹慎點。要先跟妳談過，我才能施法。」

「原來如此……這個留在現場的理由……陷阱……還是更深的理由？若是這樣，那就不會用太難的替換。嗯。我覺得這個密碼應該不難解讀喔。」

拉娜的發言讓拉裘絲眼睛瞪得好大。她忍不住與坐在身旁的緹娜面面相覷。不敢相信。但相對地，又不禁覺得「就知道她行」。

「我想想，在王國語當中，文章的第一個字只會是陽性冠詞、陰性冠詞或中性冠詞……等我一下喔……」

拉娜口中念念有詞，拿著羊皮紙站起來，去拿了紙筆回來。

然後她在紙上寫出連篇文字。

「這是一個文字對應一個記號的簡單密碼，所以很容易解讀。而且幸運的是，上面使用的是王國語。如果是拿帝國語的書籍之類作為替換表，那就幾乎解不開了。這個……只要知道其中的一個字，再來就一個個填上去就好了。只要努力，誰都解得開喔。」

「不不……說起來簡單。那要知道上萬個單字才解得開吧？」

「這可是密碼寫成的書面指示喔。一般不會寫得咬文嚼字，也幾乎不可能使用深難字詞。應該會用小孩子都看得懂的單字寫得簡明扼要。所以其實選項不多的。」

拉裘絲在內心冒冷汗。

這個朋友講得簡單，但絕沒有她講的那麼容易。

（不過這丫頭的話應該辦得到……不敢相信竟然有這樣的天才。）

每次碰面或交談，總是讓她嘖嘖稱奇。拉裘絲從沒遇過像拉娜這般堪稱天才的人物。

相較於暗自感到顫慄的拉裘絲，拉娜輕鬆自在地說：「解完了。不過不是書面指示就是了。」將紙遞給她。紙上寫著王國內的許多地名。也有七個王都內的地名。

「是不是表示這些地方有毒品的囤積處，或是重要據點？」

「我覺得一般的生產區不會放那麼重要的文章……大概是誘餌吧？」

「誘餌？妳是說陷阱嗎？」

「嗯……我想不是。這樣說吧，八指雖然是一個組織，但結構上是分成八個組織，比較接近互相合作的形態對吧？」

拉裘絲點點頭。

「所以這個應該是其他七個組織……還是應該說部門？就是將毒品部門以外的情報故意提供給外敵，以暫時分散敵人對自己的注意力。」

「也就是說，他們事先準備好其他部門的情報……雖然早就料到他們並不團結，但沒想到這麼離譜……」身為冒險者，背叛同伴的行為讓她感到不齒。「雖然這是早就知道的事了，不過這下得趕緊行動，不然不太妙呢。」

看到友人（拉娜）點點頭，拉裘絲又接著問道：

「這麼一來，那家娼館的事情怎麼辦？聽說那是一家相當惡劣的娼館，能夠體驗到所有想像得到的服務喔？」

拉裘絲自己講出口，都覺得氣憤填膺。

（王八蛋。只會用下半身思考的人渣趕快去死吧！）

回想起調查到關於娼館的情報，她不再是貴族千金，而是作為闖蕩江湖的女冒險者，在心中不屑地辱罵。「所有想像得到的服務」代表何種意思，根本連想都不用想。可以確定的是必定有好幾人——不分男女——為了娛樂而遭到殺害。

過去奴隸買賣還合法時，地下世界裡有好幾家這種娼館。不過多虧眼前這位朋友的盡心盡力，奴隸買賣變成了違法行為，這種設施也就消聲匿跡。這次查到的設施，很可能是王都或是王國的最後一家非法娼館。

正因為如此，所以無法輕易勒令停業。可以想像將有頑強抵抗等著她們。因為對於擁有不可告人的低級嗜好的人們來說，那裡是他們最後一個汙穢樂園。

「吶，拉娜。既然不能行使權力進行搜查，不如由我們強行攻堅，揭穿他們的罪行如何？只要找到證據就沒問題吧？如果真的是奴隸買賣的部門在經營娼館，擊潰他們將可成為一大打擊，看證據指向誰，應該也能給狼狽為奸的貴族一個慘痛教訓。」

「也許妳說的對，拉裘絲。可是這樣做，會對妳家……亞爾貝因家造成困擾喔？所以我很難動手。請蒼薔薇的成員們出動也是……可是要克萊姆一個人攻陷那裡又不可能……」

「屬下力有未逮，萬分抱歉。」

見克萊姆低頭致歉，拉娜伸出了手包起克萊姆的手，溫柔地微笑。

「對不起，克萊姆。我不是那個意思。那裡是王都唯一的非法娼館。不管是誰都不可能一個人攻下的……聽我說，我最信任的克萊姆。我知道你為了我有多麼盡心竭力。不過，千萬不可以做出輕易涉險的事喔。這不是請求，是命令喔？要是你有個三長兩短……」

連在一旁看著的拉裘絲身為女性，都覺得好像被絕世美女的一雙淚眼打動了。那麼，克萊姆的心境又是如何？

他拚命想裝作面無表情，但實在辦不到。那漲紅的雙頰，都說明了一切。

若是吟遊詩人(Bard)要為這感動的一幕加上標題，想必會命名為「公主與騎士」吧，但拉裘絲卻感到一絲恐怖。她想應該不可能，但如果拉娜是故意這樣做，那麼她將是個教人難以置信的狐狸精——

（我在想什麼啊。怎麼可以這樣懷疑好朋友呢？況且至今的一切，不都證明了她不是那種狡詐的小人？見義勇為挺身而出，堪稱「黃金」的她如果不值得相信，那還能相信誰？）

拉裘絲搖搖頭，開口說話。這樣做也是為了擺脫駭人的念頭。

「對了，根據緹娜她們的調查，查出了幾個與奴隸買賣的頭子——岢可道爾有關聯的貴族名字。不過真偽尚未確定，所以目前採取行動還太早了就是。」

拉裘絲舉出幾個貴族的名字時，聽到其中一名人物，拉娜與克萊姆同時做出反應。

「那名貴族的千金在我身邊擔任女僕。」

「咦？我想應該不至於是對妳有戒心，才派去當臥底的，不過……也不能保證只是個想提高自己價值的女僕呢……」

「是啊。看來情報管理上得十分小心了。克萊姆也要記在心裡喔。」

「那麼，來討論一下從密碼解讀出的這些地點要怎麼處理吧。所以，拉娜。克萊姆可以借我用一下嗎？我想麻煩他去通知格格蘭她們可能要緊急行動。」

2

下火月〔九月〕三日 9：49

克萊姆走在王都大道上。在外觀上不怎麼引人注目的克萊姆，完全融入人群之中。

最顯目的白色全身鎧當然沒穿來。雖說只要使用特殊的鍊金術道具就能改變鎧甲顏色，但他沒有想穿到那種地步。再說只是走在街上，沒必要穿起全身鎧武裝自己。

因此他穿著輕裝，將鍊甲衫藏在衣服底下，最多只有腰際佩掛的長劍強調出與一般市民的差異。

這點程度的裝備，與巡迴士兵——衛士——或是傭兵等走在路上都能看到的人們相差無幾。只會多少受到迴避，還沒有重裝備到會讓人群自動開路。

如果有身穿重裝備的人，那應該是冒險者吧。他們與其說是出於需要，毋寧說是為了引人注目而穿。

以冒險者來說，打扮得引人注目並不是件奇怪的事。因為這能為他們帶來宣傳效果。其中甚至有人穿得特別標新立異，讓他人留下強烈印象，一傳十，十傳百，藉此打響名聲。換句話說，奇特裝扮就如同冒險者的註冊商標（Trademark）。

不過等級高到像克萊姆現在正要去見的「蒼薔薇」一行人，就完全沒有這個必要了。因為到了她們那種境界，光是走在路上就會引起話題。

不久，就看見大道一側有家冒險者的旅店。當中具備住宿設施與馬廄，以及足夠用來練劍的寬廣庭院。美輪美奐的外觀不難想像內部裝潢必定同樣華美，客房的窗戶鑲嵌著澄澈透明的玻璃。

這家王都當中最高級的旅館，是對自己本領有自信，付得起高昂住宿費用的冒險者聚集之地。

無視於站立左右的警衛兵，克萊姆打開旅館的門。

使用了整個一樓空間的寬敞酒店兼餐廳，以它的寬敞程度而論，冒險者的人數寥寥無幾。這顯示了高階冒險者是多麼稀少的存在。

店內的喧嚷只平息了一瞬間，好奇的目光蜂擁而來。克萊姆並不介意，環顧店裡。

店裡盡是些精悍強壯的冒險者。這裡所有人都能輕易打倒克萊姆。每當造訪這種場所，總是讓他體會到自己的渺小。

克萊姆強忍住想陷入消沉的心情，視線停留在店裡的一個點上。

克萊姆視線的前方——店裡最裡側的位置。那裡有張圓桌，他盯著坐在桌旁的兩人。

其中一人個頭矮小，以漆黑長袍滴水不漏地蓋住全身。

臉看不見。不是因為光線不足，而是額上鑲著朱紅寶石的怪異面具，完全遮掩住了那張臉。只有眼睛部分裂開一道細縫，連細縫底下的瞳眸顏色都無法辨認。

另外還有一人。

剛才那位人物是小個頭，這位則是個無人能比的大個子，讓人腦中浮現出「巨石」這個字眼。全身以某種意味來說很粗壯。這並不是指那人渾身肥油。

粗大臂膀讓人聯想到圓木。用以支撐頭部的脖子，直徑大概有女性一雙大腿那麼粗。在這脖子上的腦袋呈現四方形。為了灌注力道而咬緊的下顎橫向發展，窺視周圍情形的眼瞳宛如肉食猛獸。金色頭髮剃得短短的，完全只重視實用性。

被衣服遮蔽的胸膛故意炫耀似的向前隆起。立刻能想像到經過徹底鍛鍊的胸肌。說得明白點，那已經不是女性的酥胸了。

僅以女性組成的精鋼級冒險者小隊——蒼薔薇。

她們是其中兩名成員。魔力系魔法吟唱者——伊維爾哀，以及戰士——格格蘭。

克萊姆朝她們走去。他要找的人點了個頭，拉開富有磁性的嗓門：

「唷，處男！」

漸漸轉開的視線再度集中到克萊姆身上，不過沒人出聲揶揄。反而好像立刻失去了興趣，帶著些許同情轉開了視線。

周圍其他冒險者之所有會有這種平淡反應，是因為他們知道只要敢對格格蘭的客人有那麼一點不尊重，就算是山銅或祕銀級冒險者都不叫做勇敢，而是自不量力。

克萊姆即使受辱，仍然淡淡地繼續走。

不管說多少遍，格格蘭就是不肯改變對克萊姆的稱呼。既然如此，最有效的方式就是放棄，裝作不在乎。

「久違了，格格蘭大人——女士。還有伊維爾哀大人。」
他來到兩人跟前，鞠個躬。
「哦，好久不見了。怎麼，你是來讓老子上的嗎？」
格格蘭用下巴比一比要他坐下，卻在四方形的臉上浮現出不懷好意的猛獸獰笑，向克萊姆問著，他面無表情地搖搖頭。
格格蘭每次都來這套，可以說是一種打招呼的方式了。然而她卻也不是在開玩笑。要是克萊姆敢開玩笑說「對」，格格蘭想必會馬上把他帶進二樓的單人房。在她無人能及的臂力下，克萊姆根本沒有抵抗的餘地。
大言不慚地宣稱自己愛吃處男的格格蘭，就是這麼一號人物。
面對這種態度的格格蘭，伊維爾哀只是面對前方，臉部文風不動。面具底下的眼睛也許是對著克萊姆，但他不能確定。
「不，不是。是艾因卓大人叫我來的。」
「嗯？領隊叫你來的？」
「是的。我捎了口信來。『可能要緊急行動了。詳細情形回來再說。』不過，大人希望兩位能做好準備，隨時應戰。」
「收到。哦，就為了這點小事啊，真是辛苦你啦。」

格格蘭臉上浮現粗獷的笑容，克萊姆想起還有話得告訴她。

「今天，我有幸讓史托羅諾夫大人指導我練劍，當時您教我的一擊——從大上段發動的一擊，獲得了史托羅諾夫大人讚許。」

那一擊是格格蘭在這家旅館的後院教他的。格格蘭就像是自己被稱讚一樣，破顏而笑。

「哦，你說那招啊！哼哼，挺有一套的嘛。不過啊……」

「是，我不會就此滿足，我要繼續鍛鍊，精益求精。」

「繼續鍛鍊也是要啦。不過你差不多該設想到這招被破解時的狀況，練個能接連發出的招式啦。」

該說是湊巧，還是這對一流戰士來說是常識？格格蘭的建議竟與葛傑夫說過的話十分類似。克萊姆正對兩人發言的巧合一臉驚訝，格格蘭好像誤會了他的反應，「當然，我教你的那招下砍，必須當作是一擊必殺來施展，否則就沒意義了。」她笑著說。

「其實原本應該從千變萬化的劍技之中，選出適合每一個場面的招式才對。可是呢，這你是辦不到的。」格格蘭話中之意，是暗指克萊姆沒有天賦。「所以你必須研發出至少連續三擊的攻擊型態。這三連擊必須讓對手就算擋下了，也無法轉守為攻。」

克萊姆點點頭。

「雖然在對抗魔物時，有時會遇到好幾隻手臂的畸形怪物，就行不通了。但是在對付人類時應該有用。雖說攻擊模式這種玩意，一旦被對手記住就完蛋了，不過對初次交手的人還挺有效的。你要研發出能夠不斷進攻，不給對手喘息餘地的招式，知道嗎？」

「我知道了。」

克萊姆重重點頭。

今天早上，他只有那一次攻入葛傑夫的懷裡。其他都被立即看穿，一味遭受反擊。

那麼，自己是否就這樣喪失自信？否。

是否就這樣感到絕望？否。

正好相反。

他的感受完全相反。

一個凡夫俗子能夠那樣逼近王國——不，是鄰近諸國最強的戰士。克萊姆知道他並沒拿出真本事。然而，那對走在漆黑道路上，絲毫不見光明的克萊姆而言，已成了極大鼓勵。

彷彿在告訴自己：你的努力並非完全白費。

想起這一點，就完全能領會格格蘭想說的話。

他沒有自信能研發出漂亮的連續攻擊，但仍有意願去挑戰，心中深處湧起了火熱意志。

自己一定要獲得更強的力量，好在下次與戰士長交手時，能讓他再拿出更多真本事。

「……對了，你之前也有拜託過伊維爾哀什麼事，對吧？記得好像是魔法的修行？」

「是的。」

克萊姆稍微瞄了伊維爾哀一眼。當時她只是從面具底下投以嘲笑，這事就告吹了。在毫無改變的狀況下提起同一件事，也只會得到相同的結果吧。

不過——

「小子。」

傳來一個聽不太清楚的聲音。

撇開戴著面具不說，那聲音依然非常不可思議。她戴著的面具並不是那麼厚，應該能分辨出某種程度的音質才是。然而，從伊維爾哀的聲音中聽不出年齡與感情等性質。至多只能勉強判斷出是名女性。既像年事已高，又彷彿還年輕。聽來像是不帶感情的平坦聲音。

應該是因為伊維爾哀戴的面具是魔法道具吧。然而她為何要如此隱藏自己的聲音呢？

「你沒有才能。往別的方向努力吧。」

好像除此之外沒話好說似的，不給人回嘴的餘地。

這種事克萊姆清楚得很。

克萊姆沒有魔法的才能。不，不只是魔法的才能。

不管他如何練劍，揮到破皮滲血，磨破水泡弄到手皮變硬，都沒能到達他冀望的領域。

對於天賦異稟的人來說，輕而易舉就能跨越的矮牆，對克萊姆來說卻是無法攀越的絕壁。

不過，也不能因此就放棄跨越絕壁的努力。因為既然自己沒有才能，就只能相信努力不懈能夠帶來些許的進步。

「你好像不服氣啊。」

看出了克萊姆平板鐵面具底下的感情，伊維爾哀接著說：

「天賦異稟的人是從一開始就擁有才能……有人說才能是開花前的蓓蕾，每個人都有……哼。讓我來說的話，那只是願望。是才智劣弱的人用來安慰自己的好聽話。過去那十三英雄的領袖也是如此。」

十三英雄的領袖。傳說他起初也只是個凡人。比任何人都弱小，但即使受傷流血仍然繼續揮劍，最後變得比任何人都強大的英雄。能夠無限成長的強者。

「那傢伙只是有才華但沒開花罷了。這點跟你不同。因為你已經很努力了，但還是只有這點本事……對。才能不是人人皆有，而且差異再明顯不過了。有的人就是有，沒有的人就是沒有。所以……我不會叫你放棄，但你還是該知道自己的斤兩。」

伊維爾哀的一番嚴厲言詞帶來了一瞬間的沉默。而打破這片沉默的還是伊維爾哀。

「葛傑夫．史托羅諾夫……那傢伙就是個很好的例子。他那就叫做天賦異稟的人類。克萊姆……你與那人之間的差距，用努力彌補得來嗎？」

他啞口無言。今天的訓練才剛讓他體會到，自己實在到不了那個境界。

「好吧，拿他舉例或許不太好……不過能與他的劍術才能匹敵的人，我只想得到過去的十三英雄。像旁邊這個格格蘭雖然功夫也很了得，但也比不上葛傑夫。」

「……別拿他跟老子比啊。葛傑夫大叔可是一腳踏進英雄領域的存在耶？」

「哼。妳也是被世間稱為英雄的女人吧……不過性別帶個問號就是。」

伊維爾哀一時之間含糊其詞，格格蘭笑著回答：

「喂喂，伊維爾哀。所謂英雄指的不是超越了人類領域——擁有異常才能的怪物嗎？」

「……我不否認。」

「那麼，老子還是個人啦。是個無法踏進英雄領域的普通人。」

「……即使如此，妳還是有才能。跟克萊姆這種沒有才能的人不同。克萊姆，你該做的不是朝星星伸出手一味追逐。」

克萊姆沒有才能，他自己再清楚不過了。然而被人家這樣一直講你沒有才能，你沒有才能的，也的確讓他很沮喪。話雖如此，克萊姆並不打算改變目前的人生觀。

——己身全為公主。為了這份心意——

也許是從克萊姆身上感受到某種近似殉教者的氣息吧。伊維爾哀在面具後方嘖了一聲。

「……我都說這麼多了，你還是不想罷手是吧。」

「是的。」

「真是愚蠢。實在是太蠢了。」她用力甩頭，說自己無法理解。「抱著無法實現的願望前進，終將自我毀滅的，知道嗎？我再說一遍，你要明白自己的斤兩。」

「我懂。」

「懂歸懂，但不打算學乖就是了吧。用愚蠢都不足以形容你這個男人。你是會早死的那種類型……你死了，有人會為你哭泣，不是嗎？」

「什麼啊，伊維爾哀。原來妳是擔心克萊姆，所以才欺負他的啊。」

聽到格格蘭這樣說，伊維爾哀頓時垂頭喪氣。接著她轉向格格蘭，伸出戴著手套的手抓住她的前襟，怒吼道：

「妳這沒大腦的肌肉女，少說兩句行嗎！」

「但老子說得沒錯吧？」

格格蘭讓她抓著前襟，仍然滿不在乎地說，伊維爾哀聽了一時無話可回。然後她將身子沉進椅子裡，矛頭轉向克萊姆改變話題。

「先學魔法的知識吧。增長了知識，想必就能理解使用魔法的敵人有什麼企圖。這樣一來也能更正確地行動。」

「要學習成千上萬的魔法知識，會不會太強人所難了啊？」

「沒那回事。魔法吟唱者重點性使用的魔法並不多。只要從常用的那些學起即可。」

要是連這點程度的事都辦不到，那就放棄吧。伊維爾哀冷淡地低語。

「再說最多只要學到第三位階，我想基本上就沒問題了。」

「……我說啊，伊維爾哀。我們都知道魔法最高到第十位階，可是誰都沒在用位階那麼高的魔法啊。但卻有這種魔法的相關情報。這是為什麼？」

「嗯……」

伊維爾哀擺出一副老師教學生的樣子，在長袍底下做了一些動作。克萊姆隨即感到周圍的聲音似乎飄遠了。有點難形容，應該說桌子周圍彷彿包上一層薄膜。

「別慌張。我只是發動了個無聊的道具。」

克萊姆不知道發動道具這個行為，表示對周圍的耳朵有多大的戒心。他只知道伊維爾哀打算以相當嚴肅的態度回答格格蘭的問題，到了必須這樣戒備的地步，因此自己也坐正了姿勢。

「在過去的神話——被認為只是故事的傳說當中，有一則提到了稱作八欲王的存在。他們又被稱為奪得神力之人，相傳他們曾以絕對性的力量支配過這個世界。」

八欲王的故事克萊姆也聽過。雖然作為童話故事不受歡迎，但只要是稍有學識之人，都知道這個故事。

故事內容簡略而言，就是在五百年前，出現了稱作八欲王的存在。有人說他們的身高直達九宵，也有人說他們外形如龍（Dragon），這八欲王轉眼間毀滅諸國，倚仗著排山倒海的力量支配了世界。然而，他們欲望深重，為了爭奪彼此擁有的事物而爭鬥，最後同歸於盡。

這個故事不受歡迎是理所當然的，不過它是否真的只是童話故事，意見卻不盡相同。克萊姆自己認為這是個經過誇大的故事。只是，冒險者當中也有少數人士，認為八欲王是實際存在的——力量也比現代的任何存在都要強大。

他們作為根據的，是傳聞位於遙遠南方沙漠中的一個都市。據聞那是八欲王在支配大陸時所建立的首都。

當克萊姆沉浸於自己的想法時，伊維爾哀繼續說著：

「據說八欲王擁有無數的強力道具，其中力量最強的當屬『無銘咒文書（Nameless Spellbook）』……人們是這樣稱呼這本魔法書的。這就是一切的答案。」

「啊？也就是說高位階的魔法都記載在那書裡嘍？」

「沒錯。在那傳說中的八欲王所遺留下來，超越想像的魔法道具書籍之中，據說記載了世間一切魔法。而且聽說不知出於何種魔法的效用，即使新發明的魔法也會自動記錄進去。」

克萊姆知道八欲王的神話，但完全沒聽說過這種書籍的事情。他隱約察覺到這種道具有多麼稀奇，就不插嘴，只是側耳傾聽。

「就是因為有這項道具為根據，我們才會知道第十位階魔法是存在的。當然，知道我剛才講的那些──『無銘咒文書』的人並不多就是了。」

克萊姆的咽喉發出咕嘟一聲。

「您、您不會想去尋求那本『無銘咒文書』嗎？」

克萊姆將她們看作是登峰造極的冒險者，才會這麼問。

伊維爾哀冷笑了一聲，像是在說「別胡說八道了」。

「哼。聽看過的人說，那本書附有強固的魔法保護，除了正統持有人之外，閒雜人等連碰都不能碰。聽說那玩意的價值足以匹敵一個世界，看來也具有相等的危險性啊。我這人懂得自己的斤兩，才不會因為想要那種道具，而像八欲王那樣迎接愚蠢的死亡呢。」

「連據稱擁有十三英雄的武器而聞名的人物擔任領隊的小隊，都會這樣想嗎？」

「……那個境界差太多了。不過我也是從看過的人那邊聽到而已，細節並不清楚就是了。話題好像扯遠了。總是就是這樣，格格蘭。明白了嗎？」

接著伊維爾哀罕見地顯露出有些迷惘的舉動，才開口道：

「克萊姆。你可別因為想得到力量，就做出捨棄人性的行徑喔。」

「捨棄人性……您是說像故事裡那種惡魔嗎？」

「那也是其中一種，還有就是變成不死者或是魔法生物。」

「一般人不可能做到那種事。」

「是這樣沒錯……變成不死者後，心智往往也會跟著扭曲。原本只是為了實現熱情理想的手段……肉體上的變化有時會影響心智，把一個人變成駭人怪物。」

面具底下傳來的聲音本來連一絲情感都無法窺視，此時卻點綴著顯而易見的憐憫之情。

格格蘭看見伊維爾哀彷彿望向遠方，發出故作開朗的聲音。

「要是早上起來看到克萊姆變成了食人魔(Ogre)，公主應該會嚇暈吧。」

伊維爾哀應該察覺了格格蘭此話背後的好意吧。聲音又變回了讀不出感情的調調。

「……的確，這也是個辦法。只要使用變化系的魔法，就可以暫時性地變成其他種族。我就明說了，以提升肉體能力的意味來說，這也不失為一個辦法。」

「這我恐怕有點敬謝不敏。」

「就從變強的意味來說，變成其他種族就是很有效果。因為人類這種生物本身，能力並不算特別優異。如果擁有同等才能的話，基礎肉體能力自然是越高越有利。」

當然了。如果技術一樣的話，肉體能力較高的一方自然比較有利。

「實際上，十三英雄當中也有很多人類以外的種族。順便一提，說是十三英雄，其實人數本來更多的。結果成為傳說受到歌頌的只有十三人……由於與魔神之戰是跨越種族藩籬的大戰，對於推崇人類的人們來說，可能不想讓其他種族太過活躍的英雄譚流傳出去吧。」

伊維爾哀對著某人挖苦地說。之後她態度一轉，以帶有鄉愁的語氣接著說道：

「揮動旋風烈斧的戰士是風巨人（Air Giant）的戰士長，還有擁有先祖精靈特徵的精靈王室成員，至於我們領隊持有的『魔劍齊利尼拉姆』原主——四大漆黑之劍的持有者黑騎士，則是人類與惡魔的混血兒。」

「四大漆黑之劍嗎……」

十三英雄之一的黑騎士，被認為擁有四把利劍，分別是邪劍修米利斯、魔劍齊利尼拉姆、腐劍可洛克達巴爾與死劍史菲茲。而擁有其中一把的，正是蒼薔薇的領隊拉裘絲。

「凝聚了無限黑暗而成的最強漆黑之劍，魔劍齊利尼拉姆嗎……問個問題，聽說這把劍只要解放所有力量，就會放射出足以吞沒一個國家的漆黑能量，這是真的嗎？」

「這是在說什麼？」

伊維爾哀困惑地說。

「我們領隊之前一個人的時候，我聽到她在喃喃自語。她按著自己的右手，說『只有我這樣侍奉神的女性，才能傾注一切壓抑住魔力』什麼的。」

「我沒聽說有這種事……」伊維爾哀不解地歪著頭。「但既然持有者這樣說，或許是真的吧。」

「那麼誕生自黑暗精神的漆黑拉裘絲，也是真有其人嗎？」

「什麼？」

「沒有啦，後來老子又聽到她一個人念念有詞。她好像沒注意到老子，所以老子就偷聽她是怎麼了，結果她就那樣說啊。她說『只要妳稍有大意，我這個來自黑暗根源的漆黑存在就要支配妳的肉體，解放魔劍的力量』什麼的，聽起來很不妙啊。」

「這……不能說沒有這個可能呢。一部分受詛咒的道具的確可能支配主人的精神……若是拉裘絲遭到支配，事情就嚴重了。」

「老子是覺得她好像想保密，可是事情非同小可嘛？所以老子就當面問她，結果她滿臉通紅，叫老子別擔心。」

「嗯。本應祛除詛咒的神官反倒遭詛咒道具支配，一定覺得很可恥吧。而且也許她不想讓我們擔心？那傢伙真是的，竟然想一個人承擔嗎？」

「後來老子就沒看過她那樣了……不過妳想想看嘛。她不是也是從得到了魔劍之後，才開始替五隻手指頭戴滿了毫無意義的鎧甲戒指嗎？」

「我本以為那是戴好看的，妳的意思是說那可能是封印系的魔法道具或觸媒嗎？」

克萊姆無法再假裝面無表情，蹙起眉頭。

就目前聽起來，拉裘絲很可能逐漸遭到邪惡道具支配。想到自己剛才待過的地方，焦躁感更趨強烈。

「……拉娜大人有危險？」

克萊姆立刻就要衝出去，被伊維爾哀攔下來。

「別慌。我想狀況不會突然惡化的。就算快要受到黑暗力量支配，那傢伙也不可能在渾然不覺的狀態下受到支配。既然她什麼都沒告訴我們，應該表示她有自信能控制得住吧。我相信那傢伙的精神力量。不過……沒想到那把劍有那種能力……連我都沒聽說呢。」

「為了保險起見，要不要跟阿茲思講一聲？」

「向勁敵尋求幫助雖然有點不甘心，不過……畢竟是姪女，還是講一聲比較好吧。」

「嗯，那麼，是不是應該立刻行動？還得調查一下現在人在哪裡才行呢。」

「唔。是應該做好萬全準備，好隨時能夠支援拉袞絲。」

「畢竟能夠阻止精鋼的，就只有精鋼嘛。」

「——嗯？啊啊！講到這我想起來了，格格蘭。聽說第三支精鋼級冒險者小隊，已經在耶·蘭提爾誕生了。」

「什麼？真的嗎？這老子倒是頭一次聽說……是妳一早去冒險者工會時聽到的嗎？」

「不……啊，對了。真抱歉，我完全忘了講了。那支小隊好像是黑色的喔。」

「黑色？老子還以為紅色、藍色之後會是褐色與綠色呢。」

「因為黑色是六大神信仰會使用的顏色嘛。沒什麼好奇怪。搞不好下個會是白色喔。」

「老子不太喜歡斯連教國耶。實際上，我們在那件事上，也曾經跟像是祕密部隊的一群傢伙大打出手過嘛。」

克萊姆覺得自己好像聽見了相當危險的話題，但兩人沒理他，繼續說下去。

「格格蘭討厭他們嗎？……雖然我也是遭到他們追殺，不過那個國家的方針我能理解。或者該說那些人對自己課以的使命，就是立誓成為人類全體的捍衛者。以人類這個種族的觀點來看，是很正當的事吧？」

「嗄？妳是說為了這個目的，殺害無辜的亞人類或森林精靈(Elf)也無所謂嗎？」

格格蘭臉上浮現出明顯的嫌惡感，激烈的怒火在眼中燃燒。然而承受她怒火的伊維爾哀卻只是聳聳肩帶過。

「這附近一帶有好幾個人類的國家嘛，像是王國、聖王國、帝國等等。那麼格格蘭，妳知道嗎？離這裡越遠的地區，以人類為主體的國家就越少。都是亞人類等比人類更優秀的種族建立國家。有些地方甚至還有以人類為奴隸階級的國家喔？這附近之所以沒有這種國家，最大的原因之一是斯連教國長期以來，將伺機抬頭的亞人類勢力一一消滅。」

聽到伊維爾哀所言，格格蘭怒火被澆熄，臭著一張臉低聲說：

「誰叫亞人類的肉體能力比人類優秀呢。要是他們一個弄不好聚集起來，發展起了文化，人類往往是對付不來的。」

「只要身為人類，就應該對教國的人們寄予高度評價。他們確實有流於冷酷的缺點，即使如此，卻也沒有人比他們對人類做出更多貢獻……雖然等到被算進遭到捨棄的弱勢族群當中，還能不能說出同樣的話，就要另當別論了。再說開創冒險者工會先河的人，很有可能就是他們喔。」

「真的假的？」

「誰知道呢。真偽不明，但可能性很高。因為冒險者工會是在與魔神的戰爭後創立的，當時人類的力量減弱了許多。我認為有可能是溫存力量的他們，為了在各國間不產生磨擦的狀況下提供援助，而建立這種機構。」

話題中斷時特有的沉默籠罩桌席。忍受不了這種沉寂的克萊姆開口道：

「抱歉打斷您，伊維爾哀大人。您剛才說有精鋼級的冒險者誕生了，請問他們叫什麼名字？」

「嗯？對，剛才有講到嘛。我記得應該是叫——飛飛。人稱漆黑英雄的戰士擔任領隊，小隊名好像尚未決定。只是人們都稱他們為『漆黑』。」

「喔唷。那其他成員呢？」

「聽說是與人稱美姬，名字叫做娜貝的魔力系魔法吟唱者兩人一組。」

「嗄？就兩個人？那是什麼狀況？對自己的本領超有自信的笨蛋……不對，就是因為如此才會是精鋼級吧。這下絕對是藏了什麼祕密武器。所以咧？他們立下了啥豐功偉業？」

克萊姆也傾耳細聽。那可是達到精鋼級的冒險者小隊。想必是進行了常人無法置信的勇敢冒險。還沒聽到那震撼人心的冒險譚，胸口已經先期待得發熱。

「據說這些好像是在約兩個月之內完成的……首先是解決耶．蘭提爾出現數千隻不死者的事件。再來是殲滅北上的哥布林部落聯盟、在都武大森林採集極為稀少的藥草、討伐巨型蛇怪、消滅來自卡茲平原的不死者師團。其他我還聽說他們打倒擁有強大力量的吸血鬼（Vampire）。」

「巨型蛇怪……」

克萊姆喘不過氣地說。

那是既像蜥蜴又像蛇，全長將近十公尺的巨大魔物，視線具有石化效果，體液是立即致死級的劇毒，又硬又厚的皮膚能與祕銀匹敵，可說是極為可怕的存在。既然能打倒足以毀滅城鎮的魔物，被封為精鋼級也是合情合理。

只有一個問題。那就是——

「那可……真是厲害啊。可是啊，這些真的是兩個人能做到的事嗎？巨型蛇怪靠戰士與魔力系魔法詠唱者兩個人，應該對付不來吧？老子看不可能喔。」

——說得沒錯。憑兩個人幾乎不可能辦到。尤其兩人是戰士與魔力系魔法吟唱者，那要靠什麼回復呢。不可能有辦法抵禦石化視線與劇毒體液等所有特殊攻擊。

「啊！抱歉。其實也不能說是兩個人。聽說他們憑著實力制伏了森林賢王，收為部下。」

「……森林賢王？那是個什麼魔物？」

克萊姆想起曾經在類似英雄譚的傳奇故事裡聽過這個名字。不過這種時候插嘴實在太過放肆。

「我知道的也不多。相傳那是自古以來住在都武大森林的魔獸，其強大實力舉世無雙。我的熟人以前……對，在兩百年前去到大森林時，好像沒看到牠就是了。」

講到兩百這個數字時，伊維爾哀逗趣地聳聳肩。

這個年紀以森林精靈而言並不奇怪，不過從她的態度看來，克萊姆判斷應該只是個小玩笑。

「喔唷。那，這些故事到底有多少真實性？大抵都是加油添醋吧？」

都是這樣的。講給別人聽時一下子講得太誇張，或是遺體四分五裂無法判斷正確的屍體數量，有時候冒險者也會替自己誇大宣傳，而一再替事情加油添醋。

相對地，伊維爾哀豎起一根手指「嘖嘖嘖」地左右搖晃。

「關於這些事蹟，據說幾乎都是千真萬確。其中特別是耶·蘭提爾的事件，那名冒險者投擲大劍擊敗了不死者巨人，突破成千的不死者集團。這是出自存活衛兵的目擊情報，由於所有人的報告內容幾乎相同，因此應該不是誇大其辭。他們打倒了不死者集團後方的兩名事件首謀，屍體也已確認過。而且在那之前還打倒了兩隻骨龍（Skeletal Dragon）。」

格格蘭啞然無語，克萊姆向她問道：

「就算是格格蘭女士也很難辦到嗎？」

「如果數千隻不死者是殭屍或骷髏（Skeleton）的話沒問題，可以突破。兩隻骨龍也應該能勉強打倒。但是引發這麼大事件的兩個首謀就難說了。在沒摸清對手能力的狀況下，實在沒自信。」

「有非官方見解認為可能是知拉農。」

「真的假的啊，伊維爾哀？啊……如果是他們的得意門生的話，那就沒搞頭啦。潛入那麼深的險地之後還想打贏他們很難。再說只要有一點差錯，中毒或是麻痺，那就玩完了。那兩個人是怎麼回復的？靠藥水嗎？那個叫飛飛的戰士也許像我們的領隊一樣，會用信仰系魔法也說不定。還是叫美姬的會用？」

「無法斷定他們不會。」

伊維爾哀不斷點頭同意。

「不過啊，巨型蛇怪嘛……老子實在沒辦法。那種敵人對戰士……以近身戰為主的人來說太凶惡了。雖然老子有魔眼必滅（Gaze Bane）的力量，但沒人支援還是有危險。」

「聽見了嗎，克萊姆？也就是說格格蘭一個人是辦不到的。換言之，這要看那個叫娜貝的女人有多少本事。若是與她組隊作戰，也許能做到一樣的事……能嗎？」

「啊，如果那女的跟伊維爾哀實力不相上下，那應該很容易吧？若是讓妳來的話，就算碰上巨型蛇怪，只要以遠距離戰為主體，妳應該不用拿出真本事，一個人也應付得來吧？」

「我哪有那麼厲害。一定要拿出真本事才行。」

「只要有妳在，這兩起事件當中，老子需要對付的只有骨龍……不行，這樣等於是依賴伊維爾哀的實力，如果是跟山銅級魔法吟唱者組成兩人小隊……鐵定打不贏。」

克萊姆覺得很不可思議。

伊維爾哀這位魔法吟唱者真有這麼厲害嗎？一般來說，冒險者小隊應該都是由相同等級的成員構成，而且也應該都在一起進行一樣的冒險。之間會產生如此大的差異嗎？

「沒那種事。我很清楚格格蘭女士的實力。絕不會輸給那些突然出現的人士。」

「喔唷，謝謝你的高度評價啦。好，要不要跟老子睡？」

「不，這我拒絕。」

「所以你才會是處男啦。俗話說得好，到口肉不吃是男人的恥辱耶。一直當處男沒好處啦。等你要跟真心喜歡的女人睡覺時，你打算怎麼辦？想被人家說你技術很爛嗎？你喜歡玩那種的嗎？你被虐嗎？」

格格蘭不等克萊姆回話，一口氣講完，然後裝模作樣地嘆了一大口氣。

「好吧，老子是不會勉強你啦。老子隨時奉陪，想找老子陪你時就說一聲吧……不過話說回來，美姬這個綽號還真肉麻啊。本人不會輸給名字嗎？」

「聽說那個叫娜貝的相當漂亮喔。根據消息指出——」克萊姆感覺到伊維爾哀的視線一瞬間朝向自己，下個瞬間就知道確實如此。「——其美貌能與王國的『黃金』匹敵。」

格格蘭用一種像是壞孩子似的眼光看向克萊姆。克萊姆猜到她接下來會說什麼，搶先出招。

「美醜標準各人不同。況且對我而言，沒有人比拉娜大人更美。」

「啊，是喔。」

聽到那語氣，就知道她心裡覺得沒趣。

「唔。閒聊得有點太久了。抱歉讓你聽我們講這些閒話。我們接下來要依照拉裘絲的指示，開始做準備。」

格格蘭與伊維爾哀站起來。克萊姆也跟著起身。

「抱歉啊，克萊姆。老子是很想跟你多搞搞，但沒那閒工夫了。」

「不會，請別介意，格格蘭女士。還有伊維爾哀大人。感謝您的金玉良言。」

格格蘭目不轉睛地盯著克萊姆看，發出疲累的笑聲。

「嗯，好吧。那麼，你應該會立刻回去吧，我們的領隊就拜託你啦。多關照啦，處男……對了，道具要裝備齊全喔。你腰上的那把，不是平常用的武器吧？」

「是。這是備用品。」

「搞不好會發生一些狀況。鎧甲也就算了，劍最好隨時帶在身邊喔。這是冒險者的守則，特別是對戰士來說。還有老子送你的道具，有沒有帶在身上？」

「您是說鈴鐺嗎？在這裡。」

克萊姆拍拍裝在腰帶上的腰包。

「是嗎，那就好。記好了，我們是戰士，只能揮動武器。然而，有時候會發生武器無法解決的狀況。這時就要靠魔法道具來輔助了。你要弄到各種道具，留在身上，知道嗎？還有治療系藥水至少要帶個三瓶喔？老子就曾經受過這玩意的幫助。」

克萊姆有三瓶藥水，不過這次只帶了兩瓶在身上。「我明白了。」他回答。

「……想不到妳還挺會照顧人的嘛。」

「別挖苦老子啦，伊維爾哀……抱歉把你叫住。老子只是想告訴你，不要怠忽了準備，萬事小心。」

「我了解了。」

克萊姆向格格蘭深深低頭。

3

下火月（九月）三日　6：00

坐在圓桌旁的是九名男女。

八指的各部門管理者同桌而坐，卻看也不看別人一眼，要不就是看看手上的文件，要不就是跟背後待命的屬下交談。

氣氛宛如完全不同組織的集會。雖然還不到一觸即發，但能明顯看出面對敵人的戒備心。不過，這對他們來說是理所當然的。因為他們雖然的確隸屬同一組織，相互有著合作關係，但實際上卻常常互相侵占權益，偶爾才會產生所謂的合作關係。

以毒品交易的部門為例，從生產到通路全都由部門自己管理營運。走私等其他部門不可能提供協助。各部門即使不會公開對立，背地裡互扯後腿卻是家常便飯。

這些以組織來說毫無益處的行為，來自於原本由複數非法組織構成的弊害。

這幾位互相交惡的管理者，之所以會在固定日期參加在王都舉行的八指各部門長的集會，是因為不參加將會帶來壞處。

事實上，不參加這場會議的人會被認定有背叛的可能，而成為肅清對象。因此就連不常來王都的人，都會為了參加會議特地前來。

連平常躲在安全場所的人，就某種意味來說，等於是在眾人面前拋頭露面。害怕遭到暗殺而讓護衛跟在背後，也是理當如此。受限於允許參加會議的人數上限，他們會帶上從自己部門精心選拔的兩名精銳。

——不過，只有一人例外。

「既然大家都到齊了，就開始例行會議吧。」

在男人的一句話下，眾人坐回座位，椅子發出嘰的一聲。

開口發聲的男人是這場會議的主持人，也是八指的整合者。這名五十來歲的男子頸上戴著水神聖印，慈眉善目，怎麼看也不像是在這種黑社會裡打滾的狠角色。

「有幾項議題要討論，其中必須優先解決的是——希爾瑪。」

「在這。」

回話的是個白皙的女人。

肌膚色澤病態地發白，身上的衣服也是白色的。

從持著冒出豔紫煙霧的煙管的手到肩窩，刺著蜿蜒向上的蛇。與紫色眼影同色的口紅。以輕薄衣物裹身的姿態蘊藏著高級娼妓的頹廢氛圍。

「呼哇……」她裝模作樣地打個呵欠。

「開會時間就不能再早點嗎？」

「……聽說妳的毒品栽培設施被某人派人襲擊了？」

「是啊，遇襲了呢，當成生產設施的村子。害我花了好大一筆錢。今後毒品通路可能得縮水了。」

「關於幕後黑手，妳沒掌握到什麼情報嗎？」

「沒有。一點都沒有……不過正因為如此，倒不難想像是誰幹的。」

「哪個顏色？」

只是這樣問，在場的所有人就都明白了。

「不知道啦。我剛剛才知道村子遇襲耶，哪有時間查那麼多。」

「是嗎。那麼各位，就是這麼回事。有掌握任何情報者，請舉手。」

沒有回應。要麼就是不知道，要麼就是知道但不想回答。

「那麼下一個——」

「——喂。」

是個低沉的聲音。暗藏著驚人力量的男性聲音。

所有人視線都集中向那裡。那裡有個半張臉紋上野獸刺青的光頭男子。不過，他身上每個部位都很龐大。肌肉賁起的體格，隔著衣服都能清楚看出隆起的立體感。冷峻的眼光充滿戰士血性。

其他部門長都帶著護衛，只有這個男人背後空無一人。這是當然了。帶著沒用的一群人來有什麼意義。

男人瞪著販毒長希爾瑪。不，他大概不是有意瞪她，只是薄如刀刃的細瞳看起來就像在瞪人。

女子背後的護衛僅一瞬間亂了呼吸。那是知道彼此戰鬥能力的落差，才會有此反應。因為這個男人根本是個怪物，要殺光這房間裡的所有人都不成問題。

「要不要僱用我們？妳招募的嘍囉們恐怕保護不了什麼吧？」

此人名叫桀洛。是從保鑣到貴族護衛無所不包的「警備部門」管理者。而更令他名聲響亮的，是八指全體成員中，出了名的最強戰鬥能力。然而男人的這項提議——

「不用了。」

——卻被一口回絕。

「不用了。況且我也不能讓別人知道重要據點在哪。」

事情就此結束。桀洛彷彿失去了興趣般閉上眼睛。這樣做使他變得像一塊岩石。

「那這樣好了，這項提議，我想代為接受呢。」

開口的是個線條纖細的男子。他看起來軟弱無力，與桀洛正好形成對比。

「桀洛，我想僱用你那裡的人。」

「怎麼，岢可道爾。你付得起嗎？」

如果說希爾瑪的毒品交易蒸蒸日上，那麼這個男人，岢可道爾的奴隸買賣就是每況愈下。這是因為黃金公主推行奴隸買賣非法化，使得他的生意變得必須偷偷摸摸私下進行。

「沒問題的，桀洛。而且如果可以，人家想僱用一個六臂級的，要精英中的精英。」

「哦。」桀洛彷彿這才有了興趣，再度睜開雙眼。

感到驚訝的不只是桀洛。在場所有人幾乎都抱持著共通的想法。

「六臂」名稱取自盜賊之神擁有六條手臂的兄弟神，是警備部門中擁有最強戰鬥能力之人的總稱。

當然，部門中的翹楚就是桀洛，不過其他五人的實力也不遑相讓。據說擁有切割空間能力之人，以及能操縱幻象之人都是他們的一分子，甚至還有強大的不死者「死者大魔法師(Elder Lich)」隸屬這個部門。

如果葛傑夫·史托羅諾夫或精鋼級冒險者是表面世界的最強戰士，六臂就是地下世界的最強殺手。僱用一個這樣的人物，只代表一個意思。

「你惹上了這麼大的麻煩嗎？好吧。儘管放一百二十個心吧。我最強的部下們會保障你的財產安全。」

「真是不好意思呢。本來要處理掉的女人出了問題啦。我是覺得這樣興師動眾有點小題大作了，可是那家店要是被砸了，人家會很傷腦筋。對了，契約金什麼的等會再細談吧。」

「可以。」

「會議結束之後可以立刻派人嗎？其實人家有件工作想立刻請他做。」

「知道了。我有帶一個人來，就把那傢伙借給你吧。」

「……那麼進入下一個議題。關於最近誕生的精鋼級冒險者『漆黑的飛飛』，有沒有人知道些什麼，或是向他發出邀請？」

過場

鏘啷，鏘啷，貴金屬互相碰撞的聲音響起。

確定翻倒過來的皮袋裡已經空無一物後，安茲把撒在桌上閃閃發光的硬幣排列整齊。

金幣與銀幣各堆成十枚一堆，計算數量。

重複數了幾次錢堆的安茲，拿起皮袋看看裡頭。

果然已經空了——確定了這一點後，安茲把皮袋隨手一扔。然後抱著頭煩惱起來。

「不夠……錢完全不夠啊……」

幻術製造出的人類臉龐陰沉地扭曲。當然，眼前的錢堆是一筆不小的財產，這世界的一般民眾花幾十年也賺不到這個金額。然而，對他這個納薩力克地下大墳墓的主人，又是唯一能賺取外幣的存在來說只算小錢，實在讓他心裡不踏實。

安茲的精神只要變化超過一定幅度就會強制穩定，因此就算是只剩一枚銀幣的火燒眉毛狀況，受到打擊的精神也應該會立刻安定下來。然而此時他擁有一定數量的金幣，內心角落還有一絲餘裕，使得強制穩定未能發揮效果，讓他感受到微火燒灼般的焦躁。

安茲甩甩頭，依照用途將眼前的金幣分成幾堆。

「首先，這是給塞巴斯的追加資金。」

堆起的錢山一口氣減少，安茲的臉抽動起來。

「接著是這邊吧……按照科塞特斯的希望，提供給蜥蜴人(Lizardman)村落的復興援助與道具的籌備費，還有……」

雖然比剛才少一點，但錢山再次移動，只剩下寥寥幾枚金幣。

「……這錢是要送給蜥蜴人村子的物資經費，所以只要從冒險者工會購買，就可以利用精鋼級冒險者的門路。應該可以再……便宜一點……所以大概就這樣吧？」

他從撥給科塞特斯的錢山中取回幾枚硬幣。

數了好幾遍剩下的錢幣數量後，安茲低聲喃喃自語：

「……也許找個商人當贊助商是最好的辦法吧……作為冒險之外能獲得定

期收入的方法。」

精鋼級冒險者包括安茲在內，王國裡總共只有三組。因此，有時候會接到商人的指名委託。這類工作基本上對安茲來說都既輕鬆又好賺，他巴不得能多接幾個。然而他至今總是裹足不前。

因為安茲要避免自己扮演的冒險者飛飛，對商人或冒險者留下嗜錢如命，或是只要付錢什麼都幹的印象。

安茲打算在此地建立人人讚頌的冒險者形象，等到時機成熟，再將這一切的榮耀歸與安茲．烏爾．恭。為此他必須注意別人對自己的評價。

「可是……就是沒錢啊。我就說不用住這麼昂貴的旅店嘛。」

安茲環視奢華的房間。

這裡是耶．蘭提爾最高級的旅店，而且是店裡最好的房間。住在這種房間，費用自然也貴得嚇人。不需要睡眠的安茲住這種上等的房間根本也不能怎樣。真想把這些錢用在別的地方。

餐點也是一樣。不管旅店提供再豪華的餐點，安茲又不能吃，根本毫無意義。還不如取消送餐，把飯錢節省下來比較聰明。

然而，安茲也很清楚不能這樣做。

安茲……不，飛飛是這座都市的唯一一位精鋼級冒險者。這樣的大人物自然不能去住一切自助的小客棧。

衣食住行畢竟也是容易被拿來與他人比較的一項評價標準。精鋼級的冒險者，就該維持精鋼級冒險者該享有的旅館與服裝。

這就叫虛榮與體面。

所以安茲無法降低住宿的等級。就算他明白這是浪費錢也一樣。

「要是覺得我這麼有價值，工會可以替我訂旅店啊……唉……其實只要我開口，他們應該會做啦……」

可是他不想欠人家人情。至今每次受到工會緊急委託，他總是立刻行動，賣人家人情。他打算等到賣得夠多了，再語帶威脅地叫人家還給他。要是讓人家用這種芝麻小事報答自己，計畫就亂了。

「啊……鬧錢荒啊。怎麼辦咧。也許還是該接受委託……可是，最近好像沒什麼值錢的工作呢。而且要是接太多，也會引來其他冒險者的反感……」

既然要讓安茲．烏爾．恭成為亙古不變的傳說，當然希望不是臭名遠播，而是流芳百世。安茲做出呼出一口氣的動作，數數剩下的金幣，將能夠自由運用的金額好好記在腦子裡。

「說到錢，守護者們的薪水怎麼處理呢？」

安茲「唔」了一聲，一邊將身體靠在椅背上，抬頭看著天花板。

守護者們都堅持不收薪水。他們說為無上至尊工作正是最大的喜悅，怎麼能收取報酬。

然而，安茲卻覺得或許不該過度依賴他們的好意。工作就應該獲得正當的報酬。

雖然守護者們都表示向無上至尊盡忠就是最好的報酬，但安茲有點不太能接受。

也許這是一直以來在公司上班領薪水的人自以為是的想法。但他總是覺得勞動就需要報酬。

薪水制度可能會讓純真無知的孩子們墮落。即使如此，他仍然覺得有實驗性導入的價值。

「問題是該用什麼形式支付薪水啊。」

安茲的視線從天花板，轉向桌上減少的金幣。

「守護者的薪水換算成證券交易所上市的的部長階級，年收就要一千五百萬圓……夏提雅、科塞特斯、亞烏菈、馬雷、迪米烏哥斯還有雅兒貝德應該要更多吧？也就是乘以六。嗯，沒辦法。我賺不了那麼多錢。」

安茲抱頭苦思，然後猛然睜開眼睛。

「有了！只要用代用品取代就行了！只要發行只能在納薩力克內使用的紙幣——類似玩具紙鈔的貨幣，然後把一張的價值定為十萬左右就行了嘛！」

喊到這裡，安茲表情又扭曲起來。

那麼要怎麼讓大家使用這個貨幣？

納薩力克地下大墳墓內的所有設施皆為免費，就算做了貨幣，他也想不到有什麼東西能用到錢。

「例如用來購買這個世界的道具？」

安茲拿這個世界一般的商品與納薩力克的類似物品做比較，不禁懷疑有誰會想要外界的商品。

「可是把現在免費使用的設施改成付費制，又本末顛倒了……該怎麼辦呢。」

思忖了一會，安茲想到了一個好主意。

「有了！可以叫守護者們想啊。只要問他們有什麼東西會想花錢購買，不就行了嗎！」

安茲正喜孜孜地自言自語著「好主意，好主意」，表情忽然急速變得苦澀。

「不過……」

自言自語變多了，安茲心想。

當這還只是遊戲時，因為都沒人來，他自己也知道自言自語變多了。然而即使NPC產生了意志，能夠自己行動，他還是一樣愛自言自語，這是為什麼呢？

是因為已經養成習慣了嗎。還是——

「因為我仍然是一個人嗎……」

安茲寂寞地笑了。

當然，身旁明明有擁有心靈的NPC在，說自己是一個人對他們過意不去。只是，他也會這樣想。也許是由於為了扮演守護者們所想要的安茲·烏爾·恭——四十一位無上至尊的整合者，自己正在扼殺鈴木悟的人格吧。

安茲嘆了口氣，目光再度轉向擺在桌上的硬幣時，聽見敲門的聲音。

隔了一小段時間後，門扉被打開。確認如他預期的人物——娜貝拉爾·伽瑪走了進來，安茲裝出一副表情。

現在安茲臉上浮現的表情，是揚起單邊嘴角，彷彿瞧不起對方的表情。

安茲所能使用的低階幻影，因為會直接表現出內心想法，有可能浮現出不符合納薩力克統治者的表情。因此只要有人在的時候，尤其是在娜貝拉爾的面前，為了讓自己看起來像個威嚴十足的統治者，他照著鏡子模擬了好幾次，費盡心血固定為這一個表情。

「怎麼了，娜貝？」

他發出一如平常裝出來的聲音。

「是的，飛飛大——先生。」

「妳這個老毛病常常跑出來呢。不過只要我提醒，妳好歹會暫時改一下，所以也許我該死心了嗎。啊，不用低頭道歉。我沒在生氣，妳對我講話帶有敬意……也沒關係了。包括工會長在內，其他人好像都誤會了什麼，所以無所謂了。所以妳來有什麼事？」

「是。是關於飛飛先生命商人搜集鐵礦石一事。」

我才沒命令人家，只是做生意啦。他在心中抱怨，但臉上從剛才浮現的威嚴表情仍然固定不動。

「是嗎……所以是哪個地點的鐵礦石？八個地點都搜集到了嗎？」

「非常抱歉，我沒問那麼多。」

「……沒關係。錢的話多得是。就算不清楚是從哪些地方來的，應該也能全數買下吧。」

安茲威風地將擺在桌上的硬幣裝進袋子裡，扔到娜貝拉爾腳下，望著她畢恭畢敬地檢起錢袋的模樣。

「遵命。不過，可以容我問一句嗎？」

「妳是想問我從各地收購鐵礦石的理由嗎？」

娜貝拉爾點點頭，安茲向她說明。

「是為了投進兌幣箱。簡而言之，我想調查不同地方採到的礦石，價格是否會產生變動。」

兌幣箱基本上不會受形狀影響。比方說就算有一尊精巧的石雕，投進兌幣箱時，審定的價格將會與相同重量而沒有做任何加工的石塊相等。那麼，含有成分的差別——品質的差異又是如何呢。這就是他收購各地鐵礦石的理由。

「娜貝妳也知道，之前我將小麥等物品投入箱中，也一樣能審定價格。」

只不過投入了一堆小麥，好不容易才換到一枚金幣就是了。安茲在心中嘟噥。

既然如此只要大量生產就行了，於是他想到可以在納薩力克外圍開墾小麥田。利用不死者或哥雷姆，應該可以開墾出廣大的小麥田。當然，要執行這個計畫，將會面臨堆積如山的問題。

「明白了。那麼我這就立刻去購買。」

「嗯。不過妳得多加注意。因為不能保證沒有人會對妳下手。若是有個萬一……妳明白吧？」

「我會以暗影惡魔(Shadow Daemon)當作肉盾，不要想著獲得情報，以安全為優先，全力進行撤退。同時傳送到亞烏菈大人製作的假納薩力克，讓對手得到假情報。」

「很好。要重視安全，絕不要走人煙較少，容易受到攻擊的路線。還有，就算被人類纏上或是搭話，也不要把對方打個半死。上次那個男的哭著求我救他，說他只是跟妳搭訕時，老實說我可是嚇了一大跳喔。也不可以到處散發殺意。捏爛扒手的手或許可以，但不要每次都這樣做啊。還有絕對不可以把人類叫成蟲子。簡而言之就是傷人害命的行為要控制點。因為我們是人稱漆黑的最高級冒險者飛飛與娜貝啊。」

看到娜貝拉爾表示明白，安茲想應該沒有其他要提醒的，點了個頭。

「……嗯，大概就這樣吧。那麼，妳去吧，娜貝。」

拿著皮袋的娜貝拉爾行了一禮後便走出房間。目送著她的背影，安茲雖然沒有肺部，但還是呼出一大口氣。

「……缺錢的時候偏偏一堆開銷。真受不了。」

第三章 搭救者與獲救者

Chapter 3 | Those who pick up, those who picked up

1

中火月〔八月〕二十六日 15：27

將老太太送到家後，塞巴斯前往原本預定的目的地。

他來到一處牆壁連綿不斷的地點。

牆壁內側有三座五樓高的塔露出頭來。由於周遭沒有比那些塔更高的建築物，因此看起來格外高聳。

幾棟二樓高的細長建物環繞著這些塔。

這裡是王國的魔法師工會本部。由於此處也在開發新魔法與培訓魔力系魔法吟唱者，因此需要廣闊的用地。他們幾乎沒有接受國家的援助，卻能擁有這麼大的土地，想必是因為他們一手包辦了魔法道具的製作工作吧。

走了不久，就看到一扇堅固的大門。格子狀的門扉大大敞開，坐落於門扉左右，二樓建築的值勤站當中，可以看見好幾名佩帶武裝的衛兵。

塞巴斯並未被衛兵阻攔——只被他們瞥了一眼——便穿過門扉。

前方有個坡度低緩的寬幅階梯，以及一扇通往莊嚴古老的白牆建物的門。當然，這扇門也是敞開的，以歡迎來訪者。

走進門裡，有座小小的門廳，前方就是大廳。挑高的天花板上，吊掛著好幾盞點亮魔法燈光的水晶吊燈。

右手邊是放了好幾件沙發等家具的大廳會客廳。可以看到幾名魔法吟唱者正在交談。左手邊擺了個告示板。一些身穿長袍如同魔力系魔法吟唱者的人，以及看似冒險者的人認真地看著上面張貼的羊皮紙。

大廳深處安置了一個櫃臺，幾名年輕男女坐在後頭。每個人都統一穿著長袍，胸前有進入建築物時掛在上頭的徽章刺繡。

櫃臺左右兩邊站著個像是素描用木偶，沒有眼鼻的真人大小瘦長人偶——木頭哥雷姆(Wood Golem)。好像是用來當作警備兵。外面也就算了，在內部不設置人類警衛，大概是出於魔法師工會的虛榮心吧。

塞巴斯發出「叩叩」的整齊跫音，走向櫃臺。

櫃臺裡的青年看到是塞巴斯，僅以眼神打個招呼。塞巴斯稍微低頭回禮。由於塞巴斯經常來光顧，因此兩人都混熟了。

「歡迎來到魔法師工會，塞巴斯先生。請問有什麼需要？」

「是。我想買魔法卷軸（Scroll）。可以拿平常那個清單給我看看嗎？」

「好的。」

青年迅速將一大本書放在櫃臺上。大概在看到塞巴斯的身影時，就偷偷準備好了吧。

書本內頁是輕薄雪白的高級紙張，封面裱以皮革，相當精美。而且文字還縫上金線，恐怕光是這一本書就價值不菲了。

塞巴斯將書拉到手邊，翻頁。

遺憾的是，塞巴斯看不懂上頭的文字。不，應該說ＹＧＧＤＲＡＳＩＬ的存在無法解讀這種文字吧。即使語言能以這個世界的奇怪法則聽懂，文字卻不然。

不過，塞巴斯的主人給了他一個能解決這種問題的魔法道具。

塞巴斯從懷裡取出眼鏡盒，打開。

裡面放了一副眼鏡。細框部分使用的是有如白銀的金屬。而且仔細一瞧，可以看見上面刻有細小的文字——或者類似紋路的圖案。鏡片是以蒼冰水晶磨薄製成。

戴上眼鏡，就能借助魔法之力讀懂文字。

塞巴斯快速但細心地翻頁的手，忽然停住了。他的視線離開書本，向坐在櫃臺後頭，青年身旁的一名女性，溫柔地出聲問道：

「有什麼事嗎？」

「啊，沒有……」

女性紅著臉，低下頭。

「只是覺得您的……姿勢很美觀。」

「謝謝您的讚美。」

塞巴斯微微一笑，女性的臉更紅了。

白髮紳士塞巴斯，是個光是看著就會為他癡迷的存在。不只是五官端正，散發的氣質更是引人注目，走在街上，九成女性無分年齡，都會回頭多看他一眼。坐在櫃臺裡的服務小姐，看塞巴斯看到渾然忘我也是無可厚非，而且也是常態。

塞巴斯覺得可以理解，之後視線再度落在書本上，在其中一頁再次停下了手，向青年問道：

「可以請您詳細介紹一下，這個魔法——『漂浮板（Floating Board）』嗎？」

「好的。」青年流暢地開始介紹。「『漂浮板』是第一位階魔法，能夠製造出半透明的浮板。浮板的大小與最大裝載重量會受到施術者的魔力影響，不過如果是以卷軸發動，最大極限為一平方公尺，裝載重量為五十公斤。製造出的浮板會跟在施術者的背後移動，最遠可以離開五公尺。由於這塊浮板只會跟在施術者背後，因此無法執行移動到前方等操作，如果施術者原地一百八十度轉身，浮板會慢慢地移動到施術者後方。基本上這是用來搬運物品的魔法，在土木工程現場有時可以看到。」

「原來如此。」塞巴斯點了個頭。「那麼我就買這個魔法的卷軸吧。」

「好的。」

對於塞巴斯選了不怎麼好賣的魔法，青年沒有絲毫一點驚訝。因為塞巴斯購買的魔法卷軸幾乎都是這種非常冷門的魔法。再說能夠清掉剩餘的庫存，對魔法師工會而言也是求之不得的好事。

「一個卷軸就可以了嗎？」

「是，麻煩你。」

青年向坐在旁邊的男子輕輕比個動作。

一直聽著兩人對話的男子即刻站起來，打開櫃臺後面牆上通往室內的門，走進裡面。卷軸也是昂貴的商品。就算有警備兵在，也不好大剌剌地堆積在櫃臺裡。

過了約莫五分鐘，剛才離開的男子回來了。他的手上握著一捲羊皮紙。

「這是您的卷軸。」

塞巴斯看向放在櫃臺上的羊皮紙。捲起的羊皮紙製作精美，光看外觀就跟隨處能買到的紙張不一樣。上面以黑色墨水寫出魔法名稱，塞巴斯確認那名稱與自己要買的魔法名稱相同，這才拿下眼鏡。

「的確沒錯。我買了。」

「謝謝惠顧。」青年彬彬有禮地低頭。「這個卷軸是第一位階魔法，收您一枚金幣與十枚銀幣。」

相同位階且只以魔法方式製作的藥水價值兩枚金幣，因此這個算是比較便宜。這是因為一般來說，卷軸只有能夠使用同系統的魔法之人才能使用。也就是說任何人都能使用的藥水比較貴，實屬自明之理。

當然說是比較便宜，不過一枚金幣與十枚銀幣對一般人來說仍然相當昂貴。相當於一個半月的薪水。然而對塞巴斯——不，塞巴斯所侍奉的人物來說，並不是什麼大錢。

塞巴斯從懷裡取出皮袋。拉開袋口，從裡面取出十一枚錢幣，交給青年。

「金額無誤。」

青年不會在塞巴斯面前確認錢幣的真偽。因為一直以來的交易，已經為塞巴斯贏得了這點程度的信用。

●

「那位老先生好帥喔。」

「就是啊！」

塞巴斯離開魔法師工會後，服務臺的人員，特別是女性們議論紛紛。

在那裡的不是睿智的女子，而是遇見白馬王子的少女。坐在櫃臺裡的一名男性略為皺起眉頭，露出吃味的表情，但他也實際感受過塞巴斯的非凡氣質，因此沒說什麼。

「那種人一定有侍奉過顯赫貴族的經驗。就算他本身是小有地位的貴族家三男也沒什麼好奇怪。」

出身貴族家庭卻無法繼承家業的人成為管家或女僕，不是什麼稀奇的事，而且身分地位越高的貴族家庭，就有越多人特別想僱用這種出身的人。塞巴斯這名人物的儀表姿態無懈可擊，宛如貴族風範，說他是貴族出身反而能讓人接受。

「因為他的舉止進退都相當優雅嘛。」

坐在櫃臺裡的所有人都不住點頭。

「要是他邀我去喝茶，我絕對會乖乖跟去。」

「嗯，一定去一定去！我也絕對會去！」

女生們尖叫連連，興奮地歡呼。一下子說他應該知道哪裡有雅致的好店，一下子又說他一定很會當護花使者，男人們斜眼看著這一群女人，自己也聊得起勁。

「那人看起來好像知識很淵博，會不會也是魔法吟唱者？」

「不知道耶。搞不好喔。」

塞巴斯選購的魔法，都是最近新開發的種類。由此可以推測他對魔法也有相當廣博的知識。如果是受到命令而來購買的，那不需要翻書，直接向櫃臺說出名稱即可。塞巴斯沒有這樣做，而是翻書選購，可見是他自己在挑選要買什麼魔法。

一個普通的老人絕不可能辦到，換句話說，可以推測他應該受過魔法專門教育——是個魔法吟唱者。

「還有那副眼鏡……看起來相當昂貴呢。」

「會是魔法道具嗎？」

「不，應該只是高級眼鏡吧？矮人製作之類的。」

「嗯，能擁有那麼漂亮的眼鏡，真厲害。」

「我好想再見到一次以前一起來的美女喔。」

一名男性彷彿忽然想起般輕聲說道，一旁卻傳來反對的聲浪。

「咦，那個女的一副就是空有外表的樣子耶。」

「嗯，那時候的塞巴斯先生好可憐喔。好像被她頤指氣使。」

「雖然長得很漂亮，可是個性一定很糟。還用那種鄙夷的眼光看我們。塞巴斯先生竟然得侍奉那種人，真可憐。」

聽到女性們對同性的批判，男性們都不敢作聲。塞巴斯的主人是位絕世美女，一瞬間就奪去了他們的心。身旁這些女性也是經過精挑細選，作為魔法師工會門面的美女，但與那名女子簡直判若雲泥。男性們很想叫她們不要嫉妒人家，但要是講出這種話來，之後會有什麼下場不言自明。

沒有任何一個男人蠢到那種地步。所以——

「好啦，就聊到這裡吧。」

看到冒險者往櫃臺走來，青年出言中止閒聊，所有人便繃起表情，收心工作。

●

中火月〔八月〕二十六日　16：06

走出魔法師工會的塞巴斯，稍微抬頭望向天空。

由於中途送老太太回家，超出了預定的時間，天空已徐徐染成暗紅色。看看從懷中取出的錶，是該返回住處的時間了。然而，預定今天要處理的事情還沒做完。這些事情擺到明天再做也沒關係，那麼是不是該擺到明天呢？還是應該按照預定，就算時間超過也要在今天內做完？

他只猶豫了一瞬間。

老太太那件事是自己擅作主張。那麼就應該完成職責。

「——暗影惡魔。」

塞巴斯的影子傳來爬行蠢動的氣息。

「請轉達索琉香，說我會晚點回去。以上。」

雖然沒有回答，但那氣息開始移動，從影子到另一個影子，漸漸遠去。

「好。」塞巴斯喃喃自語，挪動腳步。

沒有特別的目的地。塞巴斯接下來要做的，是完全掌握王都內的地理環境。主人並沒有特別命令他這樣做，是他自動自發的行動，當成是收集情報的一環。

「那麼，今天就往那邊走走吧。」

塞巴斯喃喃自語，撫平了鬍鬚後，轉了轉單手拿著的卷軸。那副模樣也像是個心情愉快的孩子。

他不斷前進，漸漸遠離治安良好的王都中央地區。

延著通道彎過幾個轉角後，巷弄開始醞釀出髒汙感，飄散著些許惡臭。是廚餘或排泄物的臭味。塞巴斯在這種彷彿會汙染衣服的空氣中默默行走。

他不經意地停下腳步，環顧周圍。他似乎走進了極為隱密的後巷，巷道狹窄到只能勉強供人擦身而過。

夕陽西下的細窄巷弄，左右林立著杳無人煙的高大建物阻擋光照，讓人寸步難行。不過，對塞巴斯來說沒有任何問題。他恍如融入暗夜般，無聲無息地前行，不發出一點腳步聲。

彎過好幾個轉角，塞巴斯繼續往人跡更少的方向走去，毫無迷惘的腳步突然停了下來。

他漫無目的地隨興晃蕩，一路走到這裡來，發現自己離作為據點的住處已經相當遙遠。塞巴斯以直覺大致掌握得到自己現在身處何方，在腦內將現在地點與據點這兩個點，用線連接起來。

以塞巴斯的體能，這段距離根本一蹴可及，不過那是說一直線前進。若是照一般方法走路回去，得花上一點時間。想到夜幕已然降臨，或許差不多該折返了。

他並不擔心住在一起的索琉香安危。

就算出現極為強大的敵人，如同塞巴斯的影子裡潛藏著暗影惡魔，索琉香的影子裡也一樣潛藏著魔物。只要把魔物當做肉盾，應該足以爭取逃走的時間了。話雖如此——

「……該回去了吧。」

說實話，他很想再稍微散一下步，但是把時間用在這種一半算是興趣的行為上，並不值得讚許。不過，就算要打道回府，至少可以看一下這前面有什麼吧。他繼續往細窄巷弄裡邁步走去。

在黑暗中靜靜前進的塞巴斯，他的前方——十五公尺外一扇看似沉重的鐵製門扉，突然發出軋軋聲慢慢開啟，漏出室內的亮光。塞巴斯停下腳步，沉默地看著發生何事。

等門完全打開後，有個人露出臉來。背光讓塞巴斯只能看到那人的輪廓，不過應該是個男的。男人四下張望著。不過，他好像沒能發現塞巴斯，沒做什麼反應就縮回門內了。

咚的一聲，一只相當大的布袋被扔到外頭來。在從門扉漏出的燈光照亮下，可以看到袋子裡的柔軟物體被摔得變形。

門雖是開著的，但好像丟垃圾地扔出布袋的人大概是暫且進了屋裡，沒有下一步行動。

塞巴斯只一瞬間皺起眉頭，猶豫是該前進，還是往別的方向走。插手這件事情可是會麻煩上身的。

經過一小段猶疑後，他直接在悄然無聲、細窄陰暗的巷道裡往前進。

「——去吧。」

大袋子的袋口鬆開了。

塞巴斯的皮鞋在巷弄裡發出橐橐聲響，不久便靠近了袋子。

他正想直接經過，腳步卻停了下來。

塞巴斯的長褲傳來一個鉤住某物的輕微觸感。塞巴斯視線往下一看，發現了預料之中的物體。

他看到一隻枯枝般的細手從袋中伸出，抓住了褲腳。還有從袋中現身的半裸女性——袋口此時大大敞開，女性上半身暴露在外。

藍色眼瞳空洞無力，混濁無光。長至肩膀的一頭亂髮，因為營養失調而變得乾枯斷裂。臉部遭到毆打，腫得跟球似的。枯樹般的皮膚布滿無數指甲大小的淡紅斑點。

乾巴巴的瘦削身體，連一滴生氣都不剩。

那已經是具屍體了。不，當然她還沒斷氣。抓著塞巴斯褲腳的手就是最好的證據。然而只會呼吸的存在，真能說是活著嗎。

「……可以請妳放手嗎？」

女子對塞巴斯說的話毫無反應。一眼就能看出她並非裝作沒聽見。因為由於眼瞼腫脹，只睜開一條線，彷彿望著空中的混濁眼瞳當中什麼也沒看見。

塞巴斯只消動動腳，就能輕易甩開那比枯樹枝還不如的手指。但他沒有這樣做，而是繼續問道：

「……妳遇到困難了嗎？如果是那樣的話——」

「——喂，老頭。你是從哪裡冒出來的？」

一個低沉凶狠的聲音打斷了塞巴斯。

男人從門後方現身。有著隆起的胸膛與粗壯的兩條胳臂，臉上留下舊傷的男人露出明顯的敵意，凶巴巴地瞪著塞巴斯。他手上拎著提燈。提燈發出紅光。

「喂喂喂，老頭。你看什麼看？」

男人故意嘖了一聲給塞巴斯看，揚起下巴。

「給我滾，老頭。現在我還可以放過你。」

見塞巴斯動也不動，男人踏出一步。門扉在男人背後發出沉重的聲響關上。男人作勢威脅，故意慢吞吞地把提燈放到腳邊。

「喂，老頭。你是聾了不成？」

他輕輕轉動肩膀，接著轉轉粗脖子。只見他慢吞吞地舉起右手，握緊拳頭。很明顯能看出他行使暴力不會手軟。

「唔嗯……」

塞巴斯露出微笑。有如年老紳士的塞巴斯所露出的深沉微笑，能夠讓人感受到無比的安心與慈祥。然而不知為何，男人卻覺得眼前彷彿突然出現了一頭強悍的肉食猛獸，因而後退一步。

「哦……哦，哦，你幹——」

被塞巴斯的微笑所震懾，男人口中漏出不成句子的字詞。男人連自己的呼吸變得粗重都沒察覺，只想繼續後退。

塞巴斯將本來拿在一隻手上，繪有魔法師工會印記的卷軸夾進腰帶。然後他僅只踏出一步，正確地拉近與男人的距離，伸出手來。男人對那動作，連反應都反應不來。發出不成聲的聲音，女子抓著塞巴斯褲管的手掉落在巷弄的地上。

猶如以此為信號，塞巴斯伸出的手抓住男人的前襟，然後——輕輕鬆鬆就將男人的身體舉了起來。

如果有人現場目擊這副景象，想必會以為這是在開玩笑吧。

就從外觀的特徵來看，塞巴斯跟男人一比，簡直毫無勝算。論年輕、胸肌、粗壯胳膊、身高、體重，還有散發的暴戾氣息都是。

這樣一位如同紳士的老人，卻能用一隻手就把重量級的強壯男子舉起來。

——不，並非如此。若是在現場親眼見識，也許能敏銳感受出兩者之間的「差別」。雖然說人類在生物的直覺——野性直覺方面較差，但面臨確鑿不移的差別，想必還是可以體會出來吧。

塞巴斯與男人之間的「差別」。那就是——

絕對強者與絕對弱者的差別。

被舉高到完全離地的男人，擺動雙腳，扭動著身體。然後當他想以雙臂抓住塞巴斯的手臂時，似乎領悟到了什麼，眼中開始隱藏著懼意。

男人終於察覺到了。眼前的老人與他的外貌，是截然不同的存在。無用的抵抗，只會造成眼前的怪物更加惱火。

「她是『什麼』？」

冷靜的聲音，闖進因恐懼而逐漸僵硬的男人耳裡。

那聲音如同一道清澈見底的靜謐流泉。與單手輕易舉起男人的狀況完全不搭調，更讓人感到害怕。

「她、她是我們店裡的員工。」

男人拚命以因為恐懼而走調的聲音回答。

「我問你她是『什麼』。而你的回答是『員工』嗎？」

男人思考自己是不是說錯了什麼。然而在這個狀況下，這應該最接近正確的答案了。男人睜得老大的眼睛，像膽怯的小動物般不停轉動。

「沒什麼。只是我的同伴裡也有些人把人類當成東西看。所以我以為你也是把人當成東西看。因為如果你是這種觀念的話，就表示你不覺得自己在做壞事。可是你的答案是『員工』。也就是說你這樣做的時候，是把她當成人看，對吧？那麼容我再度提問吧。你接下來打算如何處置她？」

男人稍微想了一想。然而──

彷彿聽見一陣壓擠的聲音。

塞巴斯的手臂更加使力，男人頓時變得喘不上氣。

「──咕嗚！」

塞巴斯抓住男人的手更為用力，使得他呼吸變得更困難，發出奇怪的哀叫。塞巴斯做這個動作的意思是「不給你時間考慮，快說」。

「她、她生病了，所以我要帶她去神殿──」

「──我不太喜歡聽到謊言呢。」

「噫咿！」

塞巴斯手臂的力道再次增強，男人整張臉漲得通紅，並漏出奇怪的哀叫。就算退讓一百步，容忍把人裝進袋子裡搬運的行徑好了，男人把袋子扔在巷弄裡的舉動，絲毫感受不到要把病患帶去神殿治療的溫情。那根本是在扔垃圾。

「住手……嘎啊……」

呼吸困難，生命開始陷入危險的男人，不顧一切地亂打亂踢起來。

塞巴斯輕而易舉地以單手擋下朝著臉部飛來的拳頭。亂踢亂踹的腳撞到塞巴斯的身體，弄髒了衣服。但塞巴斯的身體不動如山。

——當然了。

單憑人類的腳，怎麼可能推動巨大的鋼鐵。即使被粗腿踢中，塞巴斯仍然好整以暇，像是完全感覺不到痛楚地繼續說：

「我勸你還是老實說吧。」

「嘎——」

仰望變得完全無法呼吸的男人充血漲紅的臉，塞巴斯瞇細眼睛。他看準男人即將完全失去意識的瞬間，鬆開了手。

發出「碰」的好大一聲，男人滾倒在巷弄地上。

「噁呃啊啊啊！」

男人把肺裡最後殘存的空氣化為慘叫吐了出來，接著貪婪地吸取氧氣，發出一陣陣的咻咻聲。塞巴斯一語不發地俯視著他。然後再度將手伸向他的咽喉。

「等……求、求求你等一下！」

親身體會過缺氧恐懼的男人忍受著疼痛，翻滾著逃離塞巴斯的手。

「神……對！我本來是要帶她去神殿的！」

（還在說謊啊。想不到精神這麼強韌……）

他本以為男人害怕痛苦或死亡，會立即從實招來。然而，男人只是害怕，卻不像是要立刻說真話的樣子。也就是說洩漏情報的危險性，足以與塞巴斯的恐嚇匹敵。

塞巴斯考慮著是否應該改變攻擊手段。這裡就某種意味來說，是敵人的陣地。男人沒向門扉後方求助，代表他不期待會有人立刻來救他吧。話雖如此，長時間待在這裡只會引發更多麻煩。

主人並沒有命令自己惹麻煩。他只有指示自己混入社會人群，悄悄收集情報。

「如果是要帶她去神殿的話，我帶她去也行吧。她的安全就由我來保護。」

男人大吃一驚，眼睛左右晃動。然後他拚命藉故推託。

「……誰也不能保證你真的會帶她去吧。」

「那你可以一起跟來啊。」

「我現在有事不能去。所以晚點才會帶她去。」男人從塞巴斯的表情中看出了什麼，急躁地接著說。「那個在法律上，是屬於我們的。你如果想插手，就會違反這個國家的法律喔！你有膽就把她帶走啊，你這樣是綁架！」

塞巴斯頓時停止了動作，第一次皺起了眉頭。

男人戳中了他最大的痛處。

雖然主人說過情非得已時可以做出某種程度的顯目行動，但那是說在假扮千金小姐與管家時有需要的話。

觸犯法律會受到司法調查，甚至可能連偽裝工作都被揭穿。換句話說這樣做可能會直接引發嚴重風波，導致主人所不樂見的顯目行動。

塞巴斯不認為這個粗野的男人有多少學識，但他講話充滿了自信。這麼說來，應該是有人教了他一點法律常識。這樣一想，他的振振有詞很可能有其根據。

現在沒有目擊者，問題很簡單。只要暴力解決就行了。不過就是在這裡增加一具頸骨折斷的屍體。

不過，那是逼不得已時的手段，是只有為了達成自己主人的目的時才能行使的最終手段。不能為了這個萍水相逢的女性輕易動手。

既然如此，對這名女性見死不救，才是正確的行為嗎？

男人的下流笑聲，讓猶豫不決的塞巴斯感到惱火。

「盡忠職守的管家大爺，可以瞞著主人惹麻煩嗎？」

看到男人笑嘻嘻的德性，塞巴斯第一次明顯地蹙起眉頭。男人或許從他這種態度中，看到了弱點吧。

「我不知道你是哪位貴族的家僕啦。不過要是事情鬧大，不是會給主子找麻煩嗎？啊？而且你的主子搞不好還跟我們店裡有交情喔？不怕被罵嗎？」

「……你以為我的主人連這點程度的事都解決不來嗎？規定這種東西對強者來說，不過就是用來違反的吧？」

男人似乎心裡有底，一瞬間顯示出畏縮的樣子，但又立刻取回自信。

「……那你就試試啊，嗯？」

「……唔。」

塞巴斯的虛張聲勢，沒能讓男人退縮。男人想必有個有權有勢的後盾吧。判斷這方面的攻擊不會有效，塞巴斯轉從其他角度進攻。

「……原來如此。確實在法律上，會造成麻煩呢。不過，同樣也有一條法律，規定只有在當事人尋求幫助時，可以強行救出當事人而免於受罰。我只是依據這一點幫助她罷了。首先，她現在意識不清，所以必須前往神殿接受救治，對吧？」

「唔……不……這個嘛……」

男人傷透腦筋地念念有詞。

假面具剝落了。

男人差勁的演技與遲鈍的反應，讓塞巴斯鬆了口氣。塞巴斯撒了個漫天大謊。不過是因為對方拿出法律壓人，所以自己也掰出一番大道理罷了。

如果男人繼續拿法律反駁，就算他只是說謊，對這國家的法律概念所知不多的塞巴斯，想必會無法回嘴吧。結果都是因為男人並沒有深入理解法律，只是現學現賣，才會無法看穿塞巴斯的謊言。

又因為他學到了不夠充分的法律知識，遭受別人拿法律辯駁時，反而更不知如何是好。而且這個男人應該是個小嘍囉。所以無法靠自己的判斷做決定。

塞巴斯將男人趕出視野，抱起女子的頭。

「妳希望我救妳嗎？」

塞巴斯向她問道。然後將耳朵湊近女子乾裂的嘴唇。

落在耳朵裡的是微弱的呼吸聲。不，彷彿乾癟氣球洩掉最後一點空氣時發出的聲音，真的能算是呼吸聲嗎。

沒有回應。塞巴斯左右輕微搖頭，再問一次。

「妳希望我救妳嗎？」

拯救這名女子，與幫助那個老太太的情況完全不同。塞巴斯想在能力所及範圍內幫助別人，然而拯救這名女子可能會引來極大麻煩。這樣做能得到無上至尊的諒解嗎？這種行為不會違背大人的意願嗎？想到這些，一陣冷風吹過內心。

還是沒有回應。

男人微微露出下流的笑容。

這人知道女子過去置身於什麼樣的人間地獄，當然會如此嘲笑了。不然怎麼會把她扔到外面，準備廢棄呢。

真正的幸運是不會連續發生的。因為會頻繁發生的現象，不可能稱得上是幸運。

沒錯，剛才她伸手抓住了塞巴斯的褲管，如果那稱作幸運，那就不會有第二次了。

——對她而言，幸運是塞巴斯踏進了這條小巷，就此結束。之後的一切全都起因於她力求生存的主動行為。

那些行為——絕非幸運。

——微弱地。

沒錯。女子的嘴唇只是微弱地動了動。那不是呼吸的自然動作。是能讓人清楚感覺到意志的行為。

「——」

聽到這句話，塞巴斯只大大地點了一次頭。

「我不願幫助只會祈禱誰來拯救自己的人，如同沐浴天降甘霖的草木。不過……若是掙扎著努力求生的人……」塞巴斯的手緩緩移動，覆蓋了女子的雙眼。「忘卻恐懼，歇息吧。妳已在我的庇護之下。」

宛如依偎著慈祥溫暖的觸感，女性閉起混濁的雙目。

不敢置信的是男人。所以他差點脫口說出理所當然的一句話。

「你騙人——」

我根本沒聽見什麼聲音。男人正要抗議，卻凍結在原地。

「你說……我騙人？」

不知何時塞巴斯已經站起來，眼光銳利地射穿男人。

那是一對凶眼。

猶如兼具捏爛心臟的物理壓力，凶險的眼光停止了男人的呼吸。

「你說我會為了你這種人而撒謊？」

「啊，不，啊……」

男人的喉嚨大幅起伏，發出咕嘟一聲，嚥下嘴裡累積的口水。他的眼睛移動，盯著塞巴斯的臂膀。大概是想起了剛才得意忘形而忘掉的恐怖吧。

「那麼這個人我帶走了。」

「等、等等！不，請等一下！」

男人大喊，塞巴斯瞥了他一眼。

「還有什麼事嗎？是想爭取時間嗎？」

「不、不是的。是這樣的，你把她帶走，事情會變得很糟糕的。你和你的主子也一樣，會惹禍上身的喔！你應該聽過八指吧？」

塞巴斯在收集情報之際，有聽過這個名稱。是暗中掌控王國的犯罪組織。

「所以啦，好嗎？拜託你當作什麼都沒看見。要是被你把她帶走，我就等於是工作失敗，會遭到處罰的。」

看到男人明白到靠蠻力無法取勝而一臉諂媚，塞巴斯冷冷地看著他，同樣冰冷不屑地說道：

「我要把她帶走。」

「拜託你幫幫忙吧，我會沒命的！」

乾脆在這裡殺了他吧，塞巴斯心想。當他在腦中計算殺了男人的好處與壞處時，男人還在哭訴個不停。

塞巴斯原先以為男人可能是在爭取時間等待幫手，但從他的態度判斷應該不是。可是他想不到理由。

「你為什麼沒有呼救？」

男人驚訝得眼睛瞪成兩個點，快嘴地回答他。

簡而言之，就是如果自己呼救時被女人跑了，等於是告訴同伴自己犯下了不可挽回的錯誤。就算把同伴叫來，他也不覺得能打贏塞巴斯。所以才想盡辦法說服塞巴斯，希望他改變心意。

那種可悲至極的窩囊態度，讓塞巴斯頓時提不起勁，完全失去了殺意。只是話雖如此，他並不打算把女子交給男人。既然這樣——

「……那麼你可以逃走啊？」

「別強人所難了。我哪有錢跑路啊。」

「我不覺得錢會比命貴重，不過……就由我來出吧。」

塞巴斯所言讓男人臉上亮起了光明。

也許殺了男人比較安全，不過如果他能拚命逃跑，應該可以爭取點時間。自己只要趁這時候治好她，帶她到安全的地方就行。

再說若是在此處殺了他，其他人可能會開始搜索失蹤的她。

而且不知道她怎麼會落入這種狀況，難保不會給她的熟人造成困擾。

想到這裡，塞巴斯開始思忖，自己為什麼會走這樣的危橋。

因為他真的無法理解，自己內心產生的，想拯救這名女性的漣漪究竟從何而來。若是納薩力克的其他存在，大抵都會為了避免惹麻煩而視若無睹吧。他們應該會收手，直接離開這裡吧。

——路見不平，當然要拔刀相助。

塞巴斯對於這種自己都無法解釋的心理現象，決定現在先不去管它，回答男人：

「用這個僱用冒險者什麼的，拚命逃跑吧。」

塞巴斯拿出了皮袋。男人眼中浮現狐疑之色。大概是覺得一只小皮袋裡的錢讓人無法放心吧。

下個瞬間，男人的眼睛緊盯著灑落在小巷地上的硬幣。看到那近似銀色的光輝。那是交易通用白金幣。有著金幣十倍價值的硬幣滾落在路上，總共十枚。

「使盡你的全力逃跑，明白了嗎？還有，我有幾個問題想問你。有時間回答嗎？」

「啊，沒問題。我為了處理……啊，不是，那個，為了將她帶去神殿，已經說要外出了。多少花一點時間應該也不要緊。」

「我明白了。那麼走吧。」

塞巴斯簡短說完，下巴一抬示意男人跟上來，就抱起女子，踏出步伐。

4

中火月〔八月〕二十六日 18：58

目前塞巴斯滯留的住處，位於王都治安較為良好的高級住宅區。

比起周邊矗立的洋房，這棟房屋顯得比較小巧，應該是以與僕人一家差不多兩個家族為前提建造的。只有塞巴斯與索琉香兩個人住，實在太大了。

之所以會租下這麼大的宅邸自然有其原因，因為兩人偽裝成遠地富商的家屬，不可能住什麼蓬門華戶的屋子。只不過因為這樣，他們向建築工會租房子時，由於沒有什麼門路或信用，只好支付高出行情好幾倍的租金，而且還得預先一次付清，成了好大一筆開銷。

到了這樣租來的房屋，走進家門，立刻有人出來迎接。此人穿著白色禮服，是直接由塞巴斯管轄的戰鬥女僕索琉香・愛普史龍。其他還有暗影惡魔與惡魔雕飾(Gargoyle)等房客，不過那些都拿去當警備兵了，不會出來迎接。

「您回來——」

索琉香話說到一半卡住了，正要低下的頭也停止動作。比平常更冷淡的視線望向塞巴斯抱在懷裡的物體。

「……塞巴斯大人，那是什麼？」

「我撿到的。」

「……這樣啊。我不認為這是送我的禮物，您打算如何處置這東西？」

對於這簡短的回答，索琉香沒說什麼。然而，氣氛卻變得凝重。

「這個嘛。可以先請妳為她療傷嗎？」

「療傷嗎……」索琉香看看塞巴斯抱著的女人的狀況，先是明白了狀況，搖搖頭，然後目不轉睛地盯著塞巴斯。「那把她放到神殿去不就行了嗎？」

「……說得對。我真糊塗，竟然沒注意到……」

見塞巴斯沒有一點動搖，索琉香眼神冰冷地瞅著他，兩者的視線僅僅交錯了一瞬間。先移開視線的是索琉香。

「要現在拿去扔掉嗎？」

「不。帶都帶回來了。我們應該想想有什麼好方法可以善加利用。」

「……我明白了。」

索琉香本來就是缺乏表情的那一型，現在索琉香的表情簡直有如能劇面具。而她眼中隱藏的感情之光，就算是塞巴斯也無法識破。只是他十分地清楚，索琉香完全不歡迎現在的狀況。

「首先可以請妳檢查她身體的健康狀況嗎？」

「我明白了。那麼我馬上……」

「這樣未免太……」

對索琉香來說，女子不過是這點程度的存在，不過在大門口檢查身體總是不太好。

「屋裡還有空房間，可以請妳到房間裡檢查嗎？」

索琉香無言地低頭答應。

把女子從門口搬到客房的一路上，雙方都沒有對話。雖然索琉香與塞巴斯都不怎麼多話，但兩人之間確實有種以此不足以解釋的僵硬氣氛。

代替兩手抱著女子的塞巴斯，索琉香打開客房的門。此時因為厚窗簾是拉起來的，室內很暗，不過感覺一點都不悶。由於房門打開過很多次，空氣很新鮮，室內也打掃得一塵不染。

踏進從窗簾隙縫間洩進室內的微薄月光照亮的室內，塞巴斯小心翼翼將女性放在鋪著潔淨床單的床上。

他已先將氣灌入女子體內，做了最低限度的治療，但她依然一動也不動，看起來像具屍體。

「那麼……」

站在一旁的索琉香草率地扯掉包著女子身體的布，遍體鱗傷的肢體出現在兩人眼前。雖然那淒慘模樣看了教人難過，但索琉香表情毫無變化，眼中也帶著興趣缺缺的暗光。

「……索琉香，之後就麻煩妳了。」

塞巴斯只說了這句話，就離開了房間。開始替女子做觸診的索琉香，一點都沒有要挽留的樣子。

來到走廊上，他以不會被房裡的索琉香聽見的微小音量自言自語：

「真是愚蠢的行為。」

自言自語立即消失在走廊上，當然沒有任何人回答。

塞巴斯無意識地觸摸鬍鬚。自己為什麼救了那個女人？塞巴斯自己都說不上來。這是否就是所謂的窮鳥入懷，獵夫不殺？

不，不對。自己為什麼會救她？

塞巴斯是個管家（Butler），也負責管理納薩力克的僕役，盡忠的對象是四十一位無上至尊——每一個人。現在以安茲・烏爾・恭為己名的公會長，才是自己應當竭智盡忠的存在。

這份忠誠絕無虛假，他敢說自己對無上至尊赤膽忠心，連性命都能輕易捨棄。

然而，可是——如果假設，要他在四十一位無上至尊之中，只對其中一人盡忠，塞巴斯將會毫不猶豫地，選擇塔其．米這位人物。

那是創造出塞巴斯，「安茲．烏爾．恭」之中最強者。身為世界冠軍，無與倫比的大人物。

公會進行以ＰＫ為首等行為而日益強大。恐怕誰也不會相信，塔其．米身為「最初的九人」，創立了公會前身的小團體，其實是為了救濟弱者。然而這是事實。

飛鼠一而再再而三遭到ＰＫ，氣得差點退出遊戲時，是塔其．米救了他。當泡泡茶壺因為外貌不討喜而找不到人一起冒險時，是塔其．米主動出聲叫她。

這樣一位人物殘存的意志，化為看不見的鎖鏈綑住了塞巴斯。

「這可說是詛咒嗎……」

這恐怕出言不遜了。要是其他隸屬於安茲．烏爾．恭的存在——四十一位無上至尊創造的納薩力克成員——聽到的話，甚至可能以不敬為理由攻擊他。

「對不屬於安茲．烏爾．恭的可悲存在懷抱憐憫之情，是錯誤的行為。」

塞巴斯沉重地自言自語。

這是再自然不過的事了。

納薩力克成員除了一部分例外——四十一位無上至尊如此設定的存在，例如女僕長佩絲特妮・S・汪可——其他人都相信，輕易地捨棄不屬於安茲・烏爾・恭之人，才是正確的行為。

舉例來說，他曾經接到索琉香的報告，說卡恩村的一名少女與戰鬥女僕之一（昴宿星團）——露普絲雷其娜感情很好。然而塞巴斯很清楚，若是有什麼狀況，露普絲雷其娜將會即刻捨棄那名少女，毫不遲疑。

這並非因為她性情冷酷。

一旦無上至尊們命令他們自裁，他們不得不死，就算對方是自己的朋友，只要無上至尊下令殺了那人，他們就得立刻動手。這才叫真正的忠義。相反地，無法理解這一點的人，將會受到同胞們投以同情目光。

拿人類的——無聊的感情做判斷，本身就是錯的。

那麼自己又是如何呢——自己現在採取的行動是對的嗎？

當塞巴斯咬緊嘴唇時，索琉香走出了房門。那臉上還是不帶感情。

「怎麼樣？」

「……梅毒與另外兩種性病。幾根肋骨與手指裂開。右臂與左腳的肌腱遭到切斷。上下門牙被拔掉。內臟功能似乎也有所減弱，另外還有裂肛。可能有某種藥物的中毒現象。此外還有無數的跌打損傷與撕裂傷，因此我想關於她的現況就簡單報告至此……需要更詳細的說明嗎？」

「不，我想不用了。重要的只有這一點──治得好嗎？」

「輕而易舉。」

這個毫無遲疑的回答，也在塞巴斯的預料之中。

只要使用治療能力，就算四肢被切斷也能恢復原狀。因此只要使用塞巴斯的氣功，輕易就能完全治好肉體上的損傷。其實要不是擔心緊急狀況或是走漏情報，那個老太太扭傷的腳也能當場治癒。

不過氣功雖能回復體力，卻無法連中毒或疾病一起回復。因為塞巴斯沒有學會那一類的特殊技能。為此，這方面的治療必須請索琉香幫忙。

「那就拜託妳了。」

「如果要使用治療魔法，或許應該找佩絲特妮大人來比較好。」

「不用那樣麻煩。索琉香，妳有攜帶治療系的卷軸吧？」

確定索琉香點了點頭，塞巴斯接著說：

「那就用卷軸治療吧。」

「……塞巴斯大人。這個卷軸是各位無上至尊賜與我們的。竊以為不該用在區區人類身上。」

說得沒錯。應該想想其他方法。先治癒她的傷讓她遠離死亡，再趕緊治療中毒與疾病。然而，他不知道有沒有這麼多時間。如果患者是因為中毒或疾病而步向死亡，除非一直不斷地回復體力，否則沒有任何意義。

塞巴斯考慮之後，以絕不讓別人察覺內心想法，如鋼鐵般的聲音告訴索琉香：

「做吧。」

索琉香瞇細了眼，同時瞳眸深處似乎有種紅黑色的火光搖曳。然而索琉香低頭表示同意，掩飾住了那種變化。

「……我明白了。將那名女性恢復成毫髮無傷的狀態——也就是在進行那種行為之前的肉體狀態，對吧？」得到塞巴斯的肯定，索琉香恭敬地低頭。

「我立刻進行。」

「那麼治療結束後，可以請妳燒熱水，替她擦身體嗎？我去買吃的。」

這幢宅邸裡沒有人需要進食，也沒有人會燒飯。而且也沒有可讓人不需進食的備用魔法道具，因此必須替她準備食物。

「……塞巴斯大人。治療肉體非常容易，不過……我無法治療她的精神創傷。」索琉香講到這裡頓了頓，盯著塞巴斯問道：「如果要治療精神創傷，我認為請安茲大人駕臨是最好的辦法……您不請大人來嗎？」

「……沒必要勞駕安茲大人。精神方面的問題就擱著沒關係吧。」

索琉香深深一鞠躬後，不發一語地打開房門，走進房裡。塞巴斯目送她的背影，慢慢將背靠到牆上。

該如何處置她——

最好的方法，應該是等治療到一定程度後——趁男人逃亡時，帶她到她想去的地方，放了她吧。至少要找一個遠離王都的地方。在這裡叫她離開太危險了，也很殘忍。這樣幫了等於沒幫。

可是，這真的是正確的行為嗎？作為納薩力克地下大墳墓的管家，塞巴斯．強來說。

塞巴斯呼出一大口氣。

要是能用這種方式發洩掉內心累積的諸多鬱結，該有多輕鬆啊。然而，什麼都沒改變。心亂如麻，思緒不清。

「真是件傻事。我塞巴斯竟然為了那樣一個人類……」

再怎麼想也得不到結論，塞巴斯放棄追求解答，現在應該從簡單的問題開始解決起。雖然終究只是拖延時間，但這是塞巴斯目前能想到的最好辦法。

索琉香改變手指的形狀。纖纖玉指伸得更長，變成幾公釐細的管狀。索琉香本來就是不定形的史萊姆，能夠大幅改變外觀。改變指尖的形狀根本是小事一樁。

她瞥了一眼房門，敏銳察覺到塞巴斯已經不在門外，於是靜靜地走近躺在床上的女人身邊。

「既然已經得到塞巴斯大人的許可，麻煩事就早早解決吧。妳也應該希望如此吧。再說反正妳也沒感覺。」

索琉香張開沒有變形的那隻手，讓收在體內的卷軸滑出。

索琉香藏在體內的物品不只有這個卷軸。包括以卷軸為代表的消耗系魔法道具在內，武器與防具等等當然也不會少。她的身體能夠吞進好幾個人類，沒什麼好奇怪的。

索琉香望著失去意識的女人的外形。

她對女人的外觀沒有任何興趣。她只有一個感想。

那就是這個人類看起來不怎麼可口。

這具如行屍走肉的軀體，就算用強酸融化，大概也不會瘋狂掙扎，取悅索琉香吧。

「如果塞巴斯大人的意思是回復之後可以當成我的玩具，我還能理解他為何要這樣做，可是……」

她熟知戰鬥女僕上司塞巴斯的個性。他那個人絕不會允許那種行為。因為在旅途中，除了遭到襲擊的時候之外，他不准自己捕食人類。

「如果塞巴斯大人是按照無上至尊的指示，聽從命令才救她的，那我也只能同意……可是區區人類，真的值得使用無上至尊的珍貴財產去救嗎？」

索琉香甩甩頭，揮去這些想法。

「……趁塞巴斯大人回來之前趕快吃了吧。」

索琉香拆開封口，攤開卷軸。裡面封印的魔法是「大治癒(Heal)」。這是第六位階的高等治療魔法，能大幅回復體力，並且治好大多數的疾病等異常狀態。

一般來說，要使用卷軸裡的魔法，所屬職業必須要能夠使用這種魔法。也就是說，要使用神官等信仰系魔法吟唱者的卷軸，必須擁有神官系的職業。更正確來說，是該種職業能夠學會的魔法一覽當中必須要有這種魔法；不過一部分盜賊系職業的特殊技能可以偽裝職業，藉以「欺騙」卷軸。

而索琉香身為暗殺者，修練過幾種盜賊系職業。索琉香之所以能使用本來應該無法使用的「大治癒」卷軸，其中玄機就在這裡。

「首先為了以防萬一，讓她陷入昏睡，接著……」

索琉香運用特殊技能，調合了具有睡眠效果的強力毒素與肌肉鬆弛系毒素，然後欺上女子的身體。

●

中火月〔八月〕二十六日 19：37

塞巴斯買好食物回來時，幾乎剛好在同一時刻，索琉香也走出房間。索琉香左右兩手拎著兩桶冒出熱氣的桶子，裡面扔進了幾塊手巾。

兩桶熱水都發黑了，手巾也髒兮兮的，顯示出那女子之前身處於多不衛生的狀況。

「辛苦了。治療方面應該沒有問題……都處理好了吧。」

「是。都弄好了，沒有任何問題。只是沒有替換的衣服，所以我隨便拿了一件給她穿，不知是否妥當？」

「當然，這樣就可以了。」

「這樣嗎……睡眠系毒素的效果應該已經消退了……如果沒有其他事情吩咐，我就退下了。」

「辛苦妳了，索琉香。」

索琉香低頭回應後，便經過塞巴斯身邊走去。

目送她的背影離去後，塞巴斯敲敲門。雖然沒有回應，但他感覺到屋裡有人在動，便靜靜推開門。

床上有一名少女好像才剛醒，昏昏沉沉的，上半身坐了起來。

她簡直判若兩人。

乾澀骯髒的金髮如今散放著美麗光澤。消瘦凹陷的臉龐，在這短短的時間內已然迅速恢復了豐潤。乾裂的嘴唇也變成健康的粉嫩唇色。

就她的整體外觀而言，與其說是美人，不如說適合用俏麗來形容。

年齡也微妙地看得出來。大概介於十五到十九之間吧，然而人間地獄般的歲月，在她臉上留下超過年齡的陰沉。

索琉香給她穿的衣服是白色睡衣。不過可愛睡衣上常見的摺邊或蕾絲等裝飾都極力省略，樸實無華。

「我想妳應該已經完全復元了，身體感覺怎麼樣？」

沒有回答。空洞無神的視線毫無轉向塞巴斯的氣力。不過塞巴斯似乎並不以為意，繼續說話。不，其實他從一開始就沒期待對方會答話。因為他看出女子茫然的表情，屬於那種心不在焉，失魂落魄的人。

「肚子餓不餓？我帶吃的來了。」

這是他從餐館連碗一起買來的。

裝在木碗裡的粥，是用帶點色澤的高湯煮成。裡面放了一些麻油增添風味，散發出令人食指大動的香味。

對香味產生反應，女子的臉略微動了一下。

「來，請用。」

看到女子並非完全躲進自己的世界裡，塞巴斯將放了木湯匙的碗遞到女子面前。

女子雖然動也不動，但塞巴斯也不勉強叫她吃。

如果這裡有第三者的話恐怕早已不耐煩了吧，經過了長長的一段時間，女子的手臂慢慢動了動。那是害怕遭到毒打的僵硬動作。縱然外傷已經完全治癒，烙印在記憶裡的痛楚卻依然留存。

她抓起木湯匙，小小撈了一匙粥，然後送進口中，吞嚥下去。

十倍粥很濃稠。塞巴斯請店家把材料切到非常細，慢火熬煮的十四種材料，不用咬就可以吞下去。

喉嚨上下移動，粥滑進了胃裡。

女子的眼睛只稍微動了動。雖然真的只是小小的動作，卻是從精巧人偶到人類的變化。她的另一隻手一邊發抖一邊移動，從塞巴斯手中接過碗。

塞巴斯用手扶著碗，放到比較方便她進食的位置。

女子把木湯匙用力插進抱在手中的碗裡，狼吞虎嚥地把粥灌進胃裡。

如果粥沒有剛好放涼到適合的溫度，照她那種焦急的吃法肯定要燙到舌頭。粥水從嘴邊溢出，弄髒了胸口睡衣，但她絲毫不在意。與其說是吃，不如說是用喝的。

女子用跟剛才完全不能比的速度吃完了粥，抱著空碗呼出一口氣。

變回了人的她，眼瞼沉重地緩緩閉上。

滿腹感、清潔柔軟的衣物，還有擦洗乾淨的身體帶來了相乘效果，舒緩了她的精神，開始受到睡魔襲擊。

然而，就在她的眼睛瞇成一條線的瞬間，她猛然瞪大雙眼，害怕地縮成一團。

是害怕閉上眼睛，還是怕現在的狀況化為泡影消失呢。又或者是有其他原因？一旁看著的塞巴斯並不知道。

也許連她自己都不知道。

所以塞巴斯為了讓她安心，溫柔地對她說：

「一定是妳的身體需要睡眠吧。不要勉強自己，好好睡一覺吧。只要待在這裡，妳就不會遭遇到任何危險。我向妳保證。等妳醒來，妳還會在這床上的。」

女子的眼睛第一次動了起來，從正面看見塞巴斯。

藍色眼珠缺乏光彩，且毫無力量。不過，那不再屬於死者，而是活人的眼睛。

她的小口輕啟——閉上。又再度張開——再度閉上。就這樣重複了幾次。塞巴斯溫柔地看顧著她。不做任何催促。只是默默地注視著她。

「啊……」

最後她的嘴唇分開，漏出了幾不可聞的聲音。接著很快說出了一句話。

「謝……謝謝……您。」

她的第一句話不是確認自己身處的狀況，而是先道謝。掌握到她的一部分個性，塞巴斯露出不同於平時演技的真心微笑。

「不用在意。既然我已經救了妳，我會盡可能保證妳的生命安全。」

女子的眼睛稍微睜大。接著嘴巴開始抖動。

一對藍眼睛變得溼潤，淚水奪眶而出。女子接著張大了嘴，一發不可收拾地嚎啕大哭。

不久哭聲當中，開始夾雜著詛咒。

她詛咒自己的命運，憎惡賦予自己這種命運的存在，怨恨至今為什麼沒人伸出援手。詛咒的矛頭也指向了塞巴斯。

要是能早點來救我該有多好。就是這種怨言。

接受了塞巴斯的善意——受到有人性的對待，使得她忍受至今的某個部分崩潰了。不對，也許該說是她取回了人類的心，而再也承受不住至今的痛苦回憶吧。

她使勁亂扯頭髮，髮絲發出噗茲噗茲的聲響被扯斷。纖纖玉指上纏繞著無數金絲。用來裝粥的碗跟湯匙一起滾到床下。

塞巴斯默不吭聲地看著她發狂。

她的怨言全都罵錯了對象，根本只是找碴。有些人聽到她的怨言，也許會覺得不愉快，火冒三丈吧。然而塞巴斯的表情沒有怒意，滿布皺紋的臉上有種慈悲。

塞巴斯探出身了，抱住了她。

那種抱法就像父親擁抱自己的孩子，沒有一絲邪念，只有無限溫情。

她的身體雖然一瞬間變得僵硬，然而那種跟至今恣意侵犯她肉體的男人們截然不同的抱法，使她凍結的身子稍微放鬆。

「已經沒事了。」

塞巴斯像念咒文般一再重複這句話，溫柔地輕拍她的背。如同安撫哭泣的孩童。

女子抽咽了一下——然後她漸漸體會塞巴斯所說的意思，將臉埋進塞巴斯的胸前，哭得更淒慘了。只是那種哭法，跟剛才有一點點的不同。

經過一段時間，當塞巴斯的胸口被她的眼淚弄得全溼時，她才好不容易停止哭泣。她慢慢離開塞巴斯的懷裡，低頭隱藏羞紅的臉。

「啊……對不……起。」

「請別放在心上。將胸膛借給女性依靠，對男性來說是一種榮譽。」

塞巴斯從懷裡取出洗得乾乾淨淨的手帕，遞給她。

「請拿去用吧。」

「可……借……這……乾淨的……」

女性膽怯地問道，塞巴斯伸手抬高她的下巴，讓她抬起頭來。她不知道發生了什麼事，害怕得不敢動時，手帕溫柔地擦過她的眼睛——以及殘留的淚痕。

（這讓我想起來了，上次索琉香用「訊息」跟夏提雅聊了很久……夏提雅似乎跟她炫耀安茲大人為她擦過眼淚呢。）

主人究竟是在什麼樣的狀況下，會為夏提雅拭去眼淚呢。他無法想像夏提雅哭的樣子，雖然心裡費疑猜，但手上並未閒著，替女子把眼淚完全擦乾。

「啊……」

「來，請用。」塞巴斯將有些溼了的手帕塞進她手裡。「手帕沒人使用，多可憐啊。尤其是連眼淚都不能擦的手帕。」

塞巴斯對她微微一笑，然後離開她身邊。

「好了，請好好休息吧。等妳起來，我們再談今後的事。」

魔法是無所不能的，在索琉香的魔法治療下，她的肉體已經得到回復，精神疲勞也完全消除。因此要立刻開始正常行動也行。然而她在短短幾小時之前還待在地獄裡。精神上的傷口很可能因為長時間交談而再度裂開。

實際上，她的精神還不穩定，所以剛剛才會那樣痛哭。魔法能暫時治癒精神痛苦，但治標不治本。精神不像肉體，裂開的隱形傷口是治不好的。

能夠完全治療精神傷害的，就塞巴斯所知，只有自己的主人——或者以可能性來說，還有佩絲特妮・S・汪可。

塞巴斯想讓女子休息，但她急忙開口。

「今後……？」

塞巴斯不知是否能繼續跟她交談。然而既然本人有意要談，他決定一邊仔細注意她的情況，一邊繼續談下去。

「繼續待在王都也不安全吧。有沒有可以投靠的親戚朋友？」

女性垂下了臉。

「這樣啊……」

沒有嗎。當然他沒說出口。

這下傷腦筋了。塞巴斯沒講出來，在心裡盤算。不過，也不用急著行動吧。那個男人應該不會立刻被逮到，要查到塞巴斯身上也得花點時間。雖然這都是樂觀的預測，但他告訴自己不用急，他希望如此。至少得等到她恢復元氣才行。

「那麼這樣吧。可以告訴我妳的名字嗎？」

「啊……我……琪雅蕾……」

「琪雅蕾嗎？對了，我還沒告訴妳我的名字呢。我叫塞巴斯・強。叫我塞巴斯就可以了。我是這幢宅邸的主人索琉香小姐的僕人。」

他們是這樣套招的。

索琉香基本上都穿白色禮服而不是女僕裝，以免突然有訪客，不過今後還是得提醒她琪雅蕾在家裡時，必須表現得像個宅邸主人才行。

「索……香……姐……」

「是的，索琉香・愛普史龍小姐。不過我想妳不太會有機會遇見她的。」

「……？」

「因為小姐脾氣比較拗。」

塞巴斯閉上嘴，彷彿言盡於此。經過一段短暫的寂靜後，塞巴斯再度開口：

「好了，今天就好好休息吧。關於妳的今後，就明天再談吧。」

「好……的。」

確認琪雅蕾躺回床上，塞巴斯拿著裝粥的碗，離開房間。

一打開門，果不其然，索琉香就站在門外。大概是為了偷聽吧，不過塞巴斯並不怪她。索琉香也絲毫不覺得會遭到塞巴斯的斥責。所以她只有消除氣息，不躲也不藏就站在那裡。如果她真的想藏身，擁有暗殺者系職業的她應該能潛伏得更好。

「怎麼了嗎？」

「……塞巴斯大人。所以您究竟打算如何處置她？」

塞巴斯的意識轉向背後的門。雖然門做得夠厚，但沒有足夠的隔音效果能完全阻擋聲音。在這裡講話，裡面應該多少聽得見一點。

塞巴斯從門前走開，索琉香也默默無語地跟在背後。

到了確定不會被琪雅蕾聽見的位置，他才停下腳步。

「……妳是指琪雅蕾吧。總之我想等到明天，再來決定要怎麼做。」

「名字……」

索琉香沒說下去，不過她重新打起精神，再度開口說道：

「我這樣說也許逾越了，但我認為那個東西非常可能妨礙到我們。最好早點處分掉。」

處分這個字眼隱含有何種意思？

聽見索琉香冷酷的言詞，塞巴斯心想：果然。這是侍奉納薩力克——四十一位無上至尊之人，對於不屬於納薩力克的存在最正確的想法。塞巴斯對琪雅蕾的態度才叫異常。

「妳說得對。如果會妨礙到安茲大人賦予我們的命令，必須盡早設法處理才行。」

索琉香臉上浮現若干不可思議的表情。意思是說：既然你知道，為什麼還要這樣做？

「也許她會有什麼用途。既然都撿回來了，白白扔掉多可惜。必須想個方法有效利用才是。」

「……塞巴斯大人。我不知道您是在哪裡，為了什麼樣的理由而把那個撿回來，但她受了那樣的傷，就表示有那樣的環境。而對她做了那種事的人，要是知道那個人類還活著，恐怕不會高興吧？」

「關於這方面應該沒有問題。」

「……您是說您已經處分掉那些人了嗎？」

「不，不是。不過，如果會產生問題，我會採取某些手段。所以在那之前，我希望妳能靜觀其變。明白嗎，索琉香？」

「……我明白了。」

看著塞巴斯離去的背影，索琉香忍下湧起的些許煩躁。

被直屬上司塞巴斯這樣講，即使心中殘留著極度不滿，她也無法回嘴。再說只要不發生任何問題，她的確可以坐視不管。

話雖如此——

「對區區人類使用納薩力克的財產……」

納薩力克地下大墳墓的所有財物都屬於安茲．烏爾．恭，也就是盡歸無上至尊。未經許可使用這些財物，難道沒關係嗎？

不管她怎麼想，都想不出答案。

●

下火月〔九月〕三日　9：48

塞巴斯打開家門。今天他照常一大早前往冒險者工會，趁冒險者們還沒接受委託前，先將張貼出來的委託都寫在筆記裡。

塞巴斯在王都獲得的情報，就算不過是街談巷語，他也會全數抄在紙上，送到納薩力克。分析情報是非常困難的工程，這就統統交給留在納薩力克的智者們處理。

穿過大門，走進宅邸內。幾天前還是由索琉香出來迎接他。不過——

「您……回來……塞巴斯……人。」

現在這個工作，交給了身穿長度蓋住雙腳的長裙女僕裝，講話囁嚅的女性。

把琪雅蕾撿回來的翌日，經過討論，決定讓她在這幢宅邸裡工作。

本來也可以把她當宅邸的客人看待，但琪雅蕾拒絕了。

她說受到塞巴斯搭救，還被當作客人對待，實在不好意思。雖然這樣做也不足以報答恩情，至少希望能為宅邸做點事。

塞巴斯看出她的心意背後，藏著不安的情緒。

換句話說，因為她了解自己不安定的立場——對這幢宅邸來說是個麻煩的來源，所以想盡量做出貢獻，以免遭到拋棄。

當然，塞巴斯跟琪雅蕾說過不會拋棄她。如果他能輕易捨棄一個無依無靠的人，打從一開始就不會救她了。但他的確也沒有足夠的說服力，能治癒琪雅蕾的心傷。

「我回來了，琪雅蕾。工作方面都順利吧？」

琪雅蕾點了個頭。

跟初次遇見的時候不同，她的頭髮剪得整整齊齊，頭上戴著一個小小的白色髮飾。

「沒問……題。」

「這樣啊。那就好。」

雖然她散發的氛圍還是一樣陰沉，表情也很少改變，然而過著有人性的生活似乎稍微減緩了折磨她身心的恐懼，講話也清楚多了。

（再來令人擔心的，就是那件事了吧……）

塞巴斯開始往前走，琪雅蕾也跟在身邊一起走。

本來以女僕的禮節來說，走在管家塞巴斯——居上位者的旁邊，不是正確的行為。然而琪雅蕾從未接受過女僕職訓，不明白那些禮節，塞巴斯也無意教育她女僕的舉止應對。

「今天的餐點是什麼？」

「是。是用馬鈴……做的……濃湯。」

「這樣啊。那真是令人期待。琪雅蕾燒的菜都很好吃呢。」

被塞巴斯面帶微笑地這樣說，琪雅蕾紅著臉低下頭去。她兩隻手羞答答地抓著女僕裝的圍裙部分。

「您、您……獎……了。」

「不，不。我是說真的。我對料理一竅不通，妳真的幫了我一個大忙。那麼食材方面都還夠嗎？有缺什麼或希望我買什麼，儘管說沒關係。」

「是。我……後看看再……託您。」

琪雅蕾在宅邸裡以及塞巴斯的面前，都能夠正常行動，但她對外界仍然懷有抗拒。由於沒有辦法讓她做需要外出的工作，所以採購食材等等都是塞巴斯在做。

琪雅蕾的料理並不是什麼豪華大餐。就是些樸素的家常菜。因此做這些菜不需要用到高價食材，去市場就能輕易湊齊。塞巴斯也能藉由到市場認識各種食材，獲得這個世界飲食方面的知識，他覺得是一舉兩得。

塞巴斯忽然靈機一動。

「……晚點我們一起去買吧。」

琪雅蕾臉上浮現驚愕的表情。然後畏怯地搖搖頭。她的臉色一瞬間變得慘白，還開始冒冷汗。

「不，不……了。」

塞巴斯心想「果然」，但沒表現出來。

琪雅蕾自從開始工作以來，說什麼也不肯做需要外出的工作。

琪雅蕾把這幢宅邸當作是保護自己的絕對障壁，藉此壓抑住內心的恐懼。換句話說她劃出一條界線，告訴自己這裡與外界——傷害過自己的世界——是不同的兩個世界，她才能正常行動。

可是，這樣子琪雅蕾永遠都無法離開宅邸。而且塞巴斯也沒辦法一輩子收留她。

才過了幾天就要她走進人群，考慮到琪雅蕾的精神狀況，塞巴斯也明白這樣很殘酷。應該要花更多時間慢慢讓她習慣比較安全。但要有時間才能那樣做。

塞巴斯並不打算在此地安身，也不打算在這裡過一輩子。他只是個異邦人，為了收集情報才會潛入城裡。只要主人下達撤退命令——

為了預備那一刻的到來，他必須盡量訓練琪雅蕾，給她多一點的可能性。

塞巴斯不再向前走，從正面注視著琪雅蕾。琪雅蕾似乎害臊起來，羞紅著臉低下頭，但塞巴斯雙手捧住她的臉頰，將她的臉抬起來。

「琪雅蕾。我能體會妳的恐懼。不過請妳放心。我塞巴斯會保護妳的。無論何種危險逼近妳的身邊，我會將其一一打碎，保護妳不受傷害。」

「……」

「琪雅蕾，請妳踏出一步吧。如果妳害怕，可以閉上眼睛沒關係。」

「……」

琪雅蕾還在遲疑，塞巴斯握住了她的手。然後說出了一句有些卑鄙的話。

「妳願意相信我嗎，琪雅蕾？」

沉默籠罩走廊，時間緩慢地流逝。最後琪雅蕾微微溼潤著雙眼，輕啟色澤變得紅潤的櫻唇。白若珍珠的門牙露了出來。

「……塞巴斯大人太奸……了。您這……說，我怎麼能說辦不……呢？」

「請放心。別看我這樣，我可是很強的……這樣說吧。天底下比我強的只有四十一人……還有少數幾個。」

「這……算多……嗎？」

這個不上不下的數字，琪雅蕾以為塞巴斯是在開玩笑安慰自己，微微一笑。塞巴斯看到她的笑容，只是笑而不答。

塞巴斯再度邁開腳步。他知道琪雅蕾在旁邊頻頻偷瞧自己的側臉，但沒說出口。

塞巴斯知道琪雅蕾對自己懷有不至於稱為淡淡愛意的微妙感情。只是塞巴斯認為她的那種感情，是對於搭救自己脫離地獄的謝意，比較偏向一種洗腦，也類似對可靠人物的依賴心態。

再說塞巴斯是個老人，琪雅蕾也可能是把類似於家人的親情，與男女之間的情愛混為一談了。

就算琪雅蕾是真心愛著塞巴斯，他也不覺得自己能回應她的愛。自己有這麼多事情瞞著她，立場又大相逕庭。

「那麼我去跟小姐談幾件事情之後，就去接妳。」

「索琉……小……姐……」

琪雅蕾的表情變得有點陰沉。塞巴斯知道原因，但沒說什麼。

索琉香沒跟琪雅蕾見過面，就算碰到也只是瞥她一眼，什麼都不說就走開了。被人這樣不理不睬，誰都會感到不安，以琪雅蕾的立場來說，想必非常害怕吧。

「沒事的。小姐向來對任何人都是那樣的。並不是只針對妳……偷偷告訴妳，小姐的個性有點彆扭……」

塞巴斯面帶微笑，用半開玩笑的語氣說完，琪雅蕾臉上浮現的不安若干減緩了些。

「她看到可愛的女生，就會鬧脾氣的。」

「……我……怎麼會。我比不……小姐……」

琪雅蕾急著不停揮手否定。

琪雅蕾的確頗有姿色，但還是不能跟索琉香比。不過，外貌美醜的判斷會因個人而異。

「就以外在容貌來說，比起小姐，我比較喜歡琪雅蕾喔。」

「怎！怎麼……」

琪雅蕾滿臉通紅地低垂著頭，塞巴斯和藹地望著她，卻看到她臉上表情一變，而皺起眉頭。

「而且……我……髒……」

看到琪雅蕾神色一下子就變得陰鬱，塞巴斯在心中嘆氣。然後他視線對準前方，對她說道：

「寶石是這樣沒錯。沒有傷痕的比較有價值，也被認為比較純淨。」聽到這句話，琪雅蕾的表情一口氣暗沉下來。「不過——人類並不是寶石。」

琪雅蕾似乎猛然抬起頭來。

「琪雅蕾，妳好像想說自己很髒，不過人類的純淨與骯髒該從哪裡判斷呢？寶石有著明確的鑑定標準。但人類的純淨——它的標準在哪裡呢？平均數值嗎？大眾的意見嗎？那麼除此之外的少數意見就沒有意義嗎？」停頓一下後，塞巴斯又接著說：「如同人人對美麗事物各有不同的觀點，如果人類的純淨不在於外在，『我』認為不能從人的經歷去判斷，而是內在。我不知道妳的所有過去，不過跟妳共度了幾個日子，就我感覺妳的內在，我一點都不覺得妳髒。」

塞巴斯閉上了口，走廊化為只響起腳步聲的世界。在這當中，琪雅蕾彷彿下定了決心，開口說道：

「……如果……說我乾淨……，那就抱我……」

沒等琪雅蕾說完，塞巴斯已經抱住了她。

「我認為妳很美。」

塞巴斯溫柔地說道，淚水從琪雅蕾的雙眼無聲地溢出。塞巴斯慈祥地拍拍琪雅蕾的背，然後慢慢鬆手。

「琪雅蕾，不好意思。小姐叫我過去。」

「我、我知道了……」

留下紅著眼睛寂寞地行禮的琪雅蕾，塞巴斯敲敲門。然後沒等回答就打開門。在慢慢關上房門時，塞巴斯對一直偷瞧自己的琪雅蕾投以微笑。

由於這幢宅邸是租來的，因此雖然房間很多，室內卻幾乎沒幾件家具。不過這間房間湊齊了氣派的家具，就算請來客人也不怕丟了面子。只是讓識貨的人來看，沒有一件家具是經年累月的骨董，整個房間只是虛浮而無內涵。

「小姐，我回來了。」

「……辛苦了，塞巴斯。」

宅邸的虛偽主人索琉香，臉上掛著百無聊賴的表情，坐在置於房間中央的長沙發上。實際上那表情只不過是演技。由於宅邸裡有琪雅蕾這個外人，她才必須戴起高傲大小姐的愚蠢面具。

索琉香的視線離開塞巴斯，移向房門。

「……她走了吧。」

「好像是呢。」

兩人互相觀察對方的表情，索琉香一如平常地先開口。

「您何時要把她攆走？」

聽到索琉香每次碰面都說的老話，塞巴斯也報以同樣的回答。

「等時候到。」

若是平常的話，這個話題就此結束。索琉香會故意嘆一口氣，話題就到此為止。然而今天索琉香似乎無意就此打住，繼續說：

「……可以請您明確指出，您說的『時候』是什麼時候嗎？窩藏那個人類會不會引來麻煩，誰也說不準。這樣難道不是違反了安茲大人的意願嗎？」

「目前還沒有發生任何問題……害怕區區人類引起的問題，搞得緊張兮兮，不像是安茲大人的僕役該有的態度。」

兩人之間陷入死寂，塞巴斯輕呼一口氣。

狀況非常不妙。

索琉香臉上沒有浮現任何感情，但塞巴斯感覺得出來，她對塞巴斯積了滿肚子的怨氣。

這幢宅邸雖然只是暫時性的據點，但索琉香把這裡當成納薩力克地下大墳墓的外地辦事處，人類未經主人許可待在此處，讓她非常不開心。

由於受到塞巴斯的強硬牽制，目前索琉香還沒有要加害於琪雅蕾的樣子，不過照這樣看來，恐怕撐不了多久了。

時間實在不多了。塞巴斯強烈體會到這一點。

「……塞巴斯大人。一旦那個人類危害到安茲大人下的指令——」

「——就處分掉吧。」

塞巴斯不讓她講下去，自己果決地說了。索琉香閉上嘴巴，以看不出感情的眼光盯著塞巴斯，然後低頭表示了解。

「那麼我不再多說什麼了。塞巴斯大人。請您不要忘了您剛才說過的話。」

「當然了，索琉香。」

「……不過。」索琉香的低語中隱含的強烈感情，足夠讓塞巴斯停住腳步。「……不過，塞巴斯大人。琪雅蕾（那個）的事不用向安茲大人報告嗎？」

塞巴斯沉默不語，經過幾秒後才回答：

「我想沒問題。我不好意思為了那種微不足道的人類，占用安茲大人的時間。」

「……安特瑪她們應該每天都會在固定的時刻，以『訊息』魔法聯絡您吧。趁聯絡的時候順便提一下不就好了嗎？……難道您是有意隱瞞？」

「怎麼會，我沒有那種想法。我不會對安茲大人有那種——」

「那麼……您這樣做並非出於一己之利……沒錯吧？」

兩人之間流過緊張的氣氛。

塞巴斯知道索琉香有意要追究，強烈感覺到自己立場的危險性。

存在於納薩力克的所有人都必須對「安茲．烏爾．恭」——各位無上至尊——奉獻絕對的忠誠。可以斷言以守護者為首，沒有人不是這樣認為的。就連策劃占據納薩力克地下大墳墓的管家助理艾克雷亞，對四十一位無上至尊都懷抱著沒有半點虛偽的忠義與敬畏。

塞巴斯當然也是其中一人。

只是就算如此，他覺得只因為怕危險就對可憐的存在見死不救，仍然是錯誤的行為。不過他也了解，隸屬於納薩力克的大多數人都不會贊同這種想法。

不，他只是以為自己了解。幾秒前索琉香的態度，清楚告訴了他自己的認知有多天真。

索琉香是認真的。根據塞巴斯的回答，她是真的打算跟管家——納薩力克內部管理的高層人士，又是近身戰鬥最強戰力之一的塞巴斯刀劍相向。他從沒想到索琉香為了除掉問題，竟然會做到這種地步。

——塞巴斯面露微笑。

看到那副微笑，索琉香眼中混雜著訝異之色。

「……當然了。我之所以沒向安茲大人報告，並不是為了圖一己之利。」

「可以請您拿出證據嗎？」

「我很欣賞那女子的料理技術。」

「您說……料理嗎？」

索琉香的頭上彷彿浮現了問號。

「是的。再說這麼大的宅邸就兩個人住，不會引來些許疑惑的眼光嗎？」

「……或許會。」

這點索琉香也不得不同意。因為宅邸這麼大，出手又那麼闊綽，家裡卻沒半個下人，怎麼想都很奇怪。

「我認為至少要有幾個人。況且如果有人來做客，我們卻連一盤菜都端不出來，豈不是很糟糕嗎？」

「……也就是說，您是利用那個人類做偽裝嗎？」

「正是。」

「可是為什麼一定要用那個人類……」

「我對琪雅蕾有恩。我想就算她心裡起疑，也絕對不會向外張揚。不是嗎？」

索琉香稍微思忖了一會，然後點點頭。「的確。」

「就是這麼回事。不過是一件偽裝工作，也沒必要特地徵求安茲大人的許可吧。大人反而會責罵我們『這點小事自己想』。」

塞巴斯平靜地，對不發一語的索琉香細細解釋。

「這樣妳可以接受嗎？」

「……我了解了。」

「那麼，目前就先這樣──」

話講到一半，塞巴斯停了下來。因為有某種兩個硬物相撞的聲音飛進耳裡。

那聲音非常之小，不是塞巴斯的話應該不會注意到。

那陣不規則地重複的聲響錯不了，絕對是什麼人故意發出的。

塞巴斯打開房間的門，集中神經注意走廊。

當他發現那聲響是大門門環的聲音時，兩人停下了動作。自從來到王都，從沒有人來敲過這幢宅邸的大門。做買賣的時候都是他們親自前往，從沒有叫任何人來過宅邸。那是因為這麼大的宅子只住了兩個人，怕人起疑而不得不如此。

而這樣的宅邸，到了今天卻忽然有人來訪。足以想像是有麻煩上門了。

塞巴斯把索琉香留在房間裡，走向大門，掀起門上的窺窗蓋子。

窺窗外可以看到一個發福的男子，以及站在他左右後方待命的王國士兵。

發福男子衣著還算整潔，穿著剪裁合身的上等衣服。胸前掛著反射銅色光輝的沉重徽章。紅潤的臉孔也堆滿肥肉，也許是吃得太好，浮現著油膩的光澤。

而一行人的最後面——有個怪異的男子。

白裡透青的肌膚好像從沒曬過太陽。眼神鋒利，與瘦削的臉頰搭配起來宛如猛禽——而且是專吃死者腐肉的那類。身上的黑衣鬆鬆垮垮，肯定是藏了武器在裡面。

刺激到塞巴斯第六感的，是男人散發出來的血腥味與怨念。

這群三教九流的組合，讓塞巴斯無從判斷一行人的身分與目的。

「……請問是哪位？」

「本人是巡視官史塔凡．黑委士。」

站在前頭的肥胖男子，以多少有些走音的尖聲尖調，報上自己的名號。

巡視官是保衛王都治安的公職人員，也可說是巡邏都市的衛士的上司，職權範圍很廣泛。因此塞巴斯想不到這個叫史塔凡的男人是為了何事而來，大為困惑。

史塔凡無視於塞巴斯的反應，繼續說道：

「我想你應該知道，王國有條法律禁止奴隸買賣……這是拉娜公主身先士卒提出法案，經過審核而制立的。我接到通報，說這幢宅邸的居民違反了這條法律。所以來查個清楚。」

最後史塔凡說「可以讓我進去嗎」，替整段話做結。

流下一道冷汗，塞巴斯猶豫了。

他想到很多拒絕的藉口，但若是把他們趕走，也許會引發更大的麻煩。

也沒人能保證史塔凡真的是公職人員。王國的公職人員都會佩帶史塔凡戴的那種徽章，但也不能證明他是正牌的公職人員。說不定──雖然罪刑很重──也有可能是他偽造的。

話雖然此，放幾個人類進宅邸裡，又能有什麼問題呢。如果對方想動粗，塞巴斯輕輕鬆鬆就能擺平。如果他們偽造身分，反而正合塞巴斯的意。

塞巴斯思考造成的沉默，不知道讓史塔凡怎麼想，他再度開口：

「首先恕我冒昧，可以讓我見宅邸的主人嗎？當然，如果主人不在就沒辦法了，不過我們是特地來調查的，讓我們空手回去，恐怕不會有什麼好結果喔。」

史塔凡臉上毫無歉意地笑著。笑容底下藏著濫用權力的恐嚇意味。

「在這之前我想先請問一下，後面那位男士是？」

「嗯？他叫沙丘隆特。算是這次向我們報案的店家代表。」

「我叫沙丘隆特。幸會。」

看到沙丘隆特冷笑的神情，塞巴斯直覺到自己輸了。

那人的冷笑，有如殘忍獵人嘲笑獵物落入陷阱。想必那人事前已跟各方面做好關說了，才敢大搖大擺地跑來。這樣一想，史塔凡也很可能是正牌的公職人員。而如果自己拒絕，他們也早有準備。既然如此，自己應當盡量刺探對手葫蘆裡在賣什麼藥。

「……我明白了。我去通報小姐一聲。請幾位在這裡稍候片刻。」

「好啊，我們會等，我們會等。」

「不過，請你盡快。我們也不是閒著沒事做的。」

沙丘隆特訕笑著，史塔凡聳聳肩。

「明白了。那麼失陪了。」

塞巴斯放下窺窗的蓋子，轉身走向索琉香的房間。不過在那之前，他必須先去叫琪雅蕾躲進屋子裡才行——

讓帶來的士兵在門外等候，被領進房間裡的兩人——史塔凡與沙丘隆特，一看到索琉香，都露出驚愕的表情。

那臉色說明了他們沒想到會遇見這樣的美人。史塔凡的表情漸漸變得色瞇瞇的，視線在臉蛋與雙胸之間來回遊走。他眼光裡浮現出近似肉慾的邪念，好幾次嚥下口水。反觀沙丘隆特的表情卻正好相反，漸漸繃緊起來，不敢鬆懈。

哪個才是必須警戒的對象，已經不言自明了。塞巴斯請兩人在索琉香對面的沙發上坐下。

早已坐著的索琉香，與就座的史塔凡、沙丘隆特互報名號。

「那麼，究竟有什麼事？」

對於索琉香的提問，史塔凡裝模作樣地乾咳一聲，開口道：

「有家商店向我們通報，說是某人帶走了他們的員工。又聽說當時該名人物向另一名員工支付了一大筆贓款。我國法律是禁止奴隸買賣的……這樣聽起來，好像是違反了這項法規喔？」

相對於史塔凡漸漸興奮起來，語氣越來越硬，索琉香只是窮極無聊地回答：

「是嗎？」

這種口氣讓兩人差點沒翻白眼。兩人明明在威脅她，沒想到她卻能擺出這種態度。

「麻煩的問題我都交給塞巴斯處理。塞巴斯，後面就交給你了。」

「這、這樣好嗎？一個弄不好，妳可能會變成罪犯喔。」

「哎唷，好可怕喔。那麼塞巴斯，等我快變成罪犯了，再來通知我。」

「那麼祝各位順心。」索琉香展現出滿臉笑容，站起身。誰也無法叫住離開房間的她。

美女的笑靨具有多大的力量，在這瞬間獲得證實。

在門還沒發出啪答一聲關上前，外頭的士兵似乎被索琉香的美貌嚇了一跳，傳來驚愕的呼喊。

「——那就由我代替小姐，聽聽兩位怎麼說吧。」

塞巴斯面帶微笑，在兩人面前坐下。看到他的笑容，史塔凡似乎有點退縮。但沙丘隆特代為開口說話，幫他撐住場面。

「也好。那麼就講給塞巴斯先生聽聽吧。如同黑委士大人在大門口說過的，我們……店裡的員工失蹤了。我們逼問一個男人，結果他竟然說自己收錢把人交出去了。我發現這不正是王國法律禁止的奴隸買賣嗎？我不願相信自己店裡的員工竟然會做出這種事來，但出於無奈，也只能報案了。」

「一點也沒錯。絕對不能容許奴隸買賣這種骯髒的犯罪行為！」桌子被用力一拍。「正因為如此，沙丘隆特小弟寧可讓自己的店背負臭名也要報案，真可謂市民典範！」

對於口沫橫飛的史塔凡，沙丘隆特一個低頭表示謝意。

「謝謝稱讚，黑委士大人。」

這是什麼鬧劇？塞巴斯如此心想，同時動腦思考。眼前的兩人絕對是一夥的，既然如此不用懷疑，他們必然是做好了萬全準備才敢直搗黃龍，這樣想來，自己的敗北是無庸置疑了。不過，怎麼做才能讓傷害減到最小呢。

反過來說，塞巴斯的勝利條件是什麼呢？

身為納薩力克的管家，塞巴斯的勝利條件是解決問題，並且不讓風波繼續擴大。絕不是保護琪雅蕾。

可是——

「我認為那個宣稱自己收了錢的男人，可能做了偽證。那個男人現在人在何方？」

「他因為奴隸買賣的罪嫌遭到逮捕，進了拘留所。而我們向他問話，詳細調查的結果就是——」

「得知買下我們員工的人，恐怕就是你了，塞巴斯先生。」

男人遭到逮捕，大概一五一十全說出來了吧。在受到盤問時，有可能被迫供出對他們有利的證詞。

塞巴斯猶豫著是該裝傻、撒謊，還是義正詞嚴地提出反駁。

如果說她不在宅邸裡呢？說她死了呢？

他想到無數的說詞，但都不太可能瞞混得過去，對方也不會輕易收手吧。比起這個，自己應該先問出必須知道的事。

「不過兩位是如何查到我的呢？證據是什麼？」

塞巴斯不明白這一點。他沒有留下能顯示自己的姓名或身分的物品，應該找不出任何證據才是。但兩人卻找到這裡來了，他們究竟是怎麼查到的？他自認外出時十分小心，都有在注意不被人跟蹤。也不認為這座都市裡有人能跟蹤他而不被察覺。

「是卷軸。」

一道閃光通過塞巴斯的腦海。

——在魔法師工會購買的卷軸。

那卷軸的確做工精緻，不是一般的卷軸。認得這種卷軸的人，應該看得出來他的卷軸是在魔法師工會買的。之後只要勤快一點到處問話，應該就能查到一些線索。尤其是管家打扮的人拿著卷軸，自然相當顯眼。

只是，這樣也無法證明琪雅蕾就在這裡。他也可以堅稱只是碰巧有人長得像自己。

可是，如果他們說要搜宅邸，那就麻煩了。沒錯，他們會發現這麼大的宅邸包括琪雅蕾在內，竟然只住了二個人。

這部分只能坦承不諱了。塞巴斯決定聽天由命。

「……我的確是把她帶走了。那是事實。可是當時的她身上受了重傷，是因為她有生命危險，我不得已才採取那種手段。」

「也就是說你承認付錢買下她囉。」

「可以先讓我跟那名男性談談嗎？」

「關於這點很遺憾，不行。要是你們私下串通，那就糟了。」

「談話時——」

兩位可以在一旁聽著。塞巴斯本來想這樣說，但閉上了嘴。

結果這終究都是事先套好招的。就算能找到男人，也不太可能讓狀況變得對自己有利。從這方面進攻只是浪費時間。

「……追究這種問題之前，讓她從事會受到那樣嚴重傷勢的工作，卻沒有法令加以取締，以國家來說不是比較有問題嗎——」

「我們店裡的工作比較嚴苛。會受傷是不得已的。你看嘛，礦山之類的職場不是也有職業傷害嗎。就跟那個是一樣的。」

「……我覺得那不是那種傷。」

「哈哈哈。我們是做服務業的，什麼樣的客人都有。我是有在留意啦。好吧，塞巴斯先生的意見我明白了。下次我會稍微——對，稍微注意點的。」

「……稍微嗎？」

「哎，是啊。介意太多細節是要花錢的，也有一些問題。」

對於塞巴斯的質問，沙丘隆特吊起嘴角訕笑。

相對地，塞巴斯也露出微笑。

「——到此為止了。」

史塔凡嘆了一口氣。是人類面對愚者時的那種態度。

「我的職責是確認是否有奴隸買賣的行為，員工的待遇調查是別人的職責。只能說跟本案毫無關係。」

「……那麼可以請您告訴我，哪位人員專門處理這類問題嗎？」

「……嗯。我是很想告訴你，但是有點難辦。很遺憾，插手管別人工作的人，可是會惹人嫌的。」

「……那麼，請等到我找到相關人員再說。」

史塔凡不懷好意地淫笑。一副「就等你這句話」的態度。

沙丘隆特也一樣訕笑。

「……傷腦筋，我是很想等你啦，但店家已經書面報案了，我必須強制扣押你，盡快進行調查。我們是不得已的。」

也就是說連時間都是有限的。

「照目前的狀況，就環境證據來看，你是罪證確鑿了，不過店家說他們願意對你從輕發落。當然為了和解，你必須支付賠償費。而且銷毀奴隸買賣罪嫌的相關文件也得花點錢。」

「具體來說如何和解？」

「這個嘛。首先希望你把我們的員工還來。再來是你把員工帶走的期間，她本來應該能賺到的金額，這個損失希望由你來填補。」

「原來如此。金額呢？」

「換算成金幣……這個嘛。哎，就算你便宜點吧。一百枚。再加上賠償費追加三百枚，一共四百枚如何？」

「……這金額非常大，是怎麼算出來的？一天等於多少錢，又有哪些細項呢？」

「先、先等一下。」史塔凡打斷他說道：「不是這樣就結束了吧，沙丘隆特小弟。」

「哎唷，差點就忘了。因為我已經提出受害報告，就算我們幾個私下解決，也得花到銷毀費。」

「說得對。沙丘隆特小弟，怎麼可以忘了呢。」

史塔凡不懷好意地笑著。

「……了嗎？」

「嗯？」

「不，沒什麼。」

塞巴斯低聲說道，微笑。

「呃，不好意思，黑委士大人。」沙丘隆特對史塔凡低下頭，說：「銷毀文件的公定價格是賠償費的三分之一，因此是金幣一百枚。合計五百枚對吧。」

「我帶她過來時已經付了錢，也包含在內嗎？」

「怎麼可能呢，先生。聽好了，當你跟對方達成和解，就等於你沒有買過奴隸。換句話說，你在買奴隸時花費的金錢會一筆勾銷。就當作你掉了吧。」

他們竟然要塞巴斯當作掉了一百枚金幣。不過一半大概已經進了他們的口袋吧。

「……不過，她的傷勢還沒完全復原。兩位現在把她帶走，傷勢可能會復發。而且今後若是治療不當，她也許會喪命。我認為還是留在我這裡照顧比較安全，如何？」

沙丘隆特的眼睛發出異樣的光彩。

發現對方的變化，塞巴斯強烈感受到自己的失誤。讓對方察覺到自己對琪雅蕾的執著了。

「原來如此，原來如此，說得的確有理。先不論如果當事人死亡，我們當然要你賠償花在她身上的錢；在她治療結束前，府上的小姐借我們一用如何？」

「哦哦！言之有理。造成人家的空缺，當然要設法填補囉！」

史塔凡滿面的笑臉中，明顯浮現著淫欲。肯定已經在腦中把索琉香剝光了吧。

塞巴斯收起微笑，變得面無表情。

沙丘隆特應該不是認真的，但只要自己有一點漏洞，他很可能會強行進攻。都怪自己暴露出對琪雅蕾的執著，麻煩事惡化的可能性擺在他的眼前。

「……貪得無厭不怕惹禍上身嗎？」

「不准你胡說八道！」

史塔凡面紅耳赤地大吼。

那叫聲跟待宰的豬隻沒兩樣。塞巴斯想著，一語不發地注視著史塔凡。

「什麼叫做貪得無厭！我這樣做是為了捍衛拉娜公主的尊貴意志制定的法律！竟然說我貪心！未免太無禮了！」

「好了好了，別激動，黑委士大人。」

沙丘隆特一插嘴，怒言相向的史塔凡立刻平靜下來。怒氣消得太快，顯示出他剛才並非真的動怒，只是一種威脅的手段。

好爛的演技。塞巴斯在心中嘟噥。

「但我說啊，沙丘隆特小弟……」

「黑委士大人，總之我該說的都說了。我打算後天再來問他如何決定。可以吧，塞巴斯先生。」

「好的。」

以這句話做結，塞巴斯帶所有人到大門口。送他們離開時，留到最後的沙丘隆特對塞巴斯笑笑，送給他一段話：

「不過我得感謝那個賤妾出身的女人呢。某位大人說，他沒想到一個廢棄處分品竟然會是一隻下金蛋的母雞。」

拋下這番話，門扉發出啪答一聲闔上。

彷彿那門是透明的，塞巴斯對一行人投以視線。塞巴斯表情中沒有浮現任何特別的感情。一樣的冷靜表情。然而眼瞳深處，卻有某種明顯的情感浮現。

那是憤怒。

——不，憤怒這種溫和的字眼不足以形容那種感情。

暴怒，激怒。這種字眼才比較貼切。

沙丘隆特離去之際道出真心話，是因為他確定塞巴斯走投無路，無計可施——自己勝券在握。

「索琉香。是不是可以出來了？」

對塞巴斯的聲音產生反應，索琉香如滑溜液體滲出般從影子中現身。索琉香是藉由修習的暗殺者系職業的能力，融入影子之中的。

「妳都聽到了吧？」

塞巴斯這樣說不過是做個確認。而索琉香也點頭表示「當然」。

「那麼您打算怎麼做，塞巴斯大人？」

塞巴斯無法立刻回答這個問題。看到他這種態度，索琉香用明顯冷峻的視線看著他。

「……把那個人類交給他們了事如何？」

「我不認為這樣就能解決問題。」

「……是嗎？」

「如果我暴露出弱點，他們想必會予取予求，直到吸乾我的骨髓吧。他們就是那種人類。我不認為把琪雅蕾交給他們就能夠解決問題。再說問題在於他們調查我們時，查到了多少情報。我們是以商人的身分進入王都，但是只要受到詳細調查就會穿幫──偽裝工作會被他們看穿。」

「那麼，您打算怎麼做？」

「不知道。我想到外頭走走，想想看。」

塞巴斯推開大門，向外走去。

索琉香在沉默之中，一語不發，只是望著塞巴斯愈變愈小的背影。

無聊透頂。

只要沒把那個人類撿回來，就不會發生這一連串的事件了。話雖如此，現在講這些為時已晚。重要的是接下來該怎麼辦。

身為塞巴斯的部下，無視於上司的指示擅作主張雖然不妥，但她覺得繼續放任不管，將會引來更糟的後果。

（要是小妹能出動的話……若是能以昴宿星團的身分行動，就不會有問題了……）

她很猶豫。

她猶豫不已，從來沒這麼猶豫過。

最後她下定決心，舉起左手張開手掌。

如同物體浮上水面，一個卷軸從手掌中突出來。這是她一直保存在體內的卷軸。本來是交給她作為緊急聯絡之用——雖然現在多虧迪米烏哥斯的功勞，低階卷軸的生產已經有了頭緒，不過索琉香出發之時還沒建立起生產體制，因此這個「卷軸」是緊急情況下才能用的——但索琉香判斷現在情況正該使用。

她打開卷軸，解放封印在裡面的魔法。使用過的卷軸脆弱地粉碎，化為塵土飄落地面，最後完全消失。

配合魔法的發動，索琉香產生一種類似以絲線與對手相連的感覺，出聲說道：

「是安茲大人嗎？」

「索琉香——嗎？究竟有什麼事？妳會主動聯絡我，是有緊急狀況嗎？」

「是的。」

索琉香講到這裡，停了一下。這是出於她對塞巴斯的忠誠，以及想到有可能是自己的誤會，而產生的停頓。然而她對安茲的忠誠心比什麼都強。

而他們所有人的行動，都應該以納薩力克……更重要的是四十一位無上至尊的利益為最大考量，但塞巴斯目前的行為，可以說忽視了這個準則。

為此，她想仰仗主人的判斷，於是開口說道：

「塞巴斯大人有背叛的可能。」

「嗄！……哎？……不，怎麼可能……嗯哼……不要開玩笑，索琉香。我不允許妳毫無證據就指責別人……妳有證據嗎？」

「是。雖然稱不上是證據——」

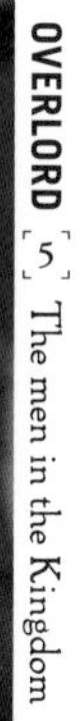

第四章 好漢齊聚

Chapter 4 | Congregated men

1

下火月〔九月〕三日　4：01

布萊恩長期累積的疲勞一口氣襲來，一進了葛傑夫家就陷入昏睡，幾乎睡了整整一天，醒來就吃點東西，然後再度倒頭大睡。

雖然他不想承認，但他在葛傑夫家能這樣休息，是出於安心感。他知道一旦碰上夏提雅，就算是葛傑夫也不堪一擊，然而往昔勁敵的家裡，對布萊恩而言已經是這世上最安全的場所，待在這裡減緩了他的緊張，讓他能夠睡得這麼香甜。

從百葉窗灑落的光線照亮布萊恩的臉。

隔著眼瞼的陽光，將布萊恩的意識從沒有夢境的沉眠世界中喚醒。

布萊恩睜開眼睛，刺眼光線讓他瞇起眼睛。他伸手擋住那道陽光。

布萊恩撐起上半身，坐在床邊，像小老鼠般慌張地四處張望。樸素房間裡只放了最低限度的家具。布萊恩裝備的武具都收在房間一隅。

「這算是王國戰士長招待客人的房間嗎？」

布萊恩望著空蕩蕩的房間，對於沒有其他人感到放心之餘，也酸了兩句，並伸展一下身體。體內骨骼發出喀喀聲，僵硬的身體放鬆，血液恢復循環。

他打了個大呵欠。

「……那傢伙應該也有機會讓部下過夜啊。我覺得這種房間會讓人家失望吧。」

王公貴族之所以會過著奢華無比的生活，不只是因為喜歡享受。這是虛榮，是為了保住顏面。

相同的道理，看到自己的隊長過著富裕的生活，必然能刺激部下們出人頭地的意欲，讓他們產生衝勁。

「……不，輪不到我來管吧。」

布萊恩嘟囔著。然後鼻子哼了一聲。不是對葛傑夫，而是對自己。

大概是受到兩種精神打擊而快被逼瘋的心境，得到撫慰了吧。竟然已經有心情去想這些瑣事。

布萊恩想起那個強大怪物的模樣——無法阻止自己的手發抖。

「果然……」

緊黏在心裡的恐懼尚未剝除。

夏提雅．布拉德弗倫。

就連為劍捨棄一切的男人布萊恩・安格勞斯，都遠遠不及那個絕對強者。擁有匯集了世上所有美麗事物的美貌，魔物中的魔物。真正實力強大之人。

光是回想起來，心中都會湧起貫穿全身的恐懼。

他無時無刻不在害怕那樣的怪物在追趕自己，來到王都的一路上幾乎不眠不休，只是不斷逃命。入睡時也許夏提雅會出現在自己的面前，在道路奔馳時也許她會從黑夜中緩慢現形。受到這種不安壓迫，他沒睡到一晚好覺，只是沒命地逃跑。

之所以選擇逃進王都，是因為他認為人多的地方可能會把自己淹沒，讓她找不到，然而逃跑過程中苛刻的環境造成他精神極度疲憊，以至於產生輕生念頭，這是連他自己都始料未及的。

而遇見葛傑夫也可說是意料之外。抑或是對葛傑夫或許能解決夏提雅的一絲期待，讓布萊恩的雙腳無意識地尋覓他的身影。他找不到答案。

「我到底該怎麼做呢……」

一無所有。

張開手掌，裡面什麼也沒有。

他看向放在房間角落的武具。

為了從葛傑夫・史托羅諾夫手中奪得勝利，他弄到了「刀」。然而，就算打贏了葛傑夫，那又怎樣呢？如今他知道有種存在比自己強上無數倍，既然比上不足，比下有餘又有什麼意義呢？

「倒不如去耕田……或許還比較有意義咧。」

布萊恩正在自嘲時，感覺到有人站在房門外。

「安格勞斯，你醒了嗎……應該醒了吧？」

是這幢宅邸主人的聲音。

「嗯，史托羅諾夫。我醒了。」

門被打開，葛傑夫走進房間裡。一身武裝穿戴齊全。

「睡得真久啊。你真的睡得很沉，把我嚇了一跳。」

「是啊，謝謝你讓我睡了一覺。不好意思。」

「別在意。不過，我現在得立刻動身前往王城。等我回來以後，再告訴我你發生了什麼事吧。」

「……很慘喔？你搞不好也會變得像我一樣。」

「即使如此還是非聽不可。我想我們可以一邊喝酒一邊聊，心情應該會輕鬆點……在我回來之前，你就當這裡是自己家吧。想吃什麼跟家裡的幫傭講，應該都會弄給你。還有如果你要上街……你有錢嗎？」

「……沒有，不過……如果有需要，我可以賣掉身上的道具。」

布萊恩舉起戴著戒指的手給葛傑夫看。

「這樣好嗎？應該不便宜吧？」

「沒關係，我不在乎。」

這個道具本來也是為了打倒葛傑夫而取得的。如今他知道這種行為毫無意義，寶貝地留著道具又有何用？

「高價的道具有時候無法輕易脫手，買家也需要籌錢吧。這你拿去。」

葛傑夫扔出一個小布袋。布萊恩接住它，布袋響起金屬摩擦的鏘啷聲。

「……不好意思。那就先借我了。」

2

下火月〔九月〕三日 10：31

考慮著該如何處置從離開宅邸就跟蹤自己的五人，塞巴斯隨興漫步。沒什麼特別的目的。他這樣做只是相信動動身體改變心情，就能想到好主意。

不久，他看到前方路上擠了一群人。

那裡傳來說不上是怒罵還是哄笑的聲音，以及毆打某種東西的聲響。人群中傳來「要出人命了」或是「還是去叫士兵來吧」等聲音。

群眾擋住了視線，不過可以肯定的是，那裡正在進行某種暴力行為。

塞巴斯心想也許該走別條路，打算轉換方向，只猶豫了一瞬間——還是往前走。

他往人群的中央走去。

「不好意思。」

只留下這句話，塞巴斯就穿越人群，走進中間。

老人以異樣的動作滑過眼前、穿越人群的姿態似乎引來眾人的驚愕與畏懼，看著塞巴斯經過自己面前的人都驚呆了。

除了塞巴斯之外，好像還有別人想往中間走，聽得見那人說「請讓一讓」，但好像無法穿越人群，進退不得。

塞巴斯毫無困難地踏進人群中央，親眼確認到發生了什麼事。

好幾個衣衫不太整潔的男人，正在對某個東西又踢又踹。

塞巴斯一聲不吭地繼續走向前去。直到伸手就能碰到男人的距離才停下來。

「幹什麼，老頭！」

在場的五個男人當中，有一個人注意到塞巴斯，凶巴巴地問。

「我只是覺得有點吵，過來看看。」

「你也想討打嗎？」

男人們都跑過來，將塞巴斯圍住。他們離開原地，剛才踢了老半天的東西便顯露出來。應該是名小男孩吧。男孩虛脫地躺臥在地，臉上流著血，不知是從嘴裡還是鼻孔流出的。

也許是因為被踢了太久，男孩昏死過去，不過似乎還有一口氣在。

塞巴斯看看男人們。包圍自己的男人們身上與嘴巴發出酒味。整張臉漲得通紅，但不是因為激烈運動。

喝醉了所以無法控制暴力傾向嗎？

塞巴斯面無表情地問道：

「我不知道你們為什麼這樣做，不過是不是可以收手了？」

「嗄？這傢伙手上的食物把我的衣服弄髒了耶，怎麼能放過他啊。」

一個男人指著衣服上的一個地方。的確沾到了些什麼。可是男人們的衣服本來就髒兮兮的。這樣想想，這點髒汙並不顯眼。

塞巴斯視線朝向五個年輕人當中，看起來像是老大的那一個。即使是對人類來說微不足道的差異，擁有戰士卓越感受力的塞巴斯都能感覺出來。

「不過……這都市治安還真差啊。」

「啊？」

聽到塞巴斯彷彿確認遠處某種事物的發言，某個男人以為他們被忽視，發出不快聲音。

「……滾吧。」

「啊？你說什麼，老頭。」

「我再說一次。滾吧。」

「臭老頭！」

像是老大的男人漲紅了臉，握緊拳頭——然後虛軟倒地。

驚呼聲此起彼落。當然剩下的四個男人也不例外。

塞巴斯做的事很簡單。他只是握拳瞄準——以人類勉強能辨識的速度——打穿了男人的下巴，讓男人的腦部受到高速震盪罷了。他也可以用看不見的速度把對方揍飛，但這樣無法嚇唬其他男人。所以他出手才刻意輕點。

「還要打嗎？」

塞巴斯平靜地低語。

那種冷靜與強悍似乎足以令男人們酒意全失，他們倒退幾步，不約而同地連聲道歉。

塞巴斯心想「你們找錯道歉的對象了吧」，但沒說出口。

男人們抱起昏倒的同伴逃之夭夭，塞巴斯不再去看他們，想走到男孩身邊。然而走到一半就停了下來。

自己到底在做什麼？

現在自己該做的，是想辦法解決面臨的問題。只有傻瓜才會在這種時候還去自找麻煩。就是因為自己太有同情心，做事又不經大腦思考，才會身陷棘手的狀況，不是嗎？

總之男孩已經得救了。自己應該滿意了。

塞巴斯心裡這樣想，卻還是往男孩走去。他觸碰了一動也不動的男孩背部，讓氣流進他的體內。全力注入的話，這點傷勢三兩下就能痊癒，但那樣太引人注目了。

塞巴斯只做到最低限度，然後指向一個碰巧與自己四目交接的人。

「……請把這孩子帶去神殿。胸骨可能也骨折了，請特別小心地放在板子上搬運，不要搖晃得太劇烈。」

看到自己命令的男人點點頭，塞巴斯跨出腳步。不需要推開人群。因為他一踏出腳步，人牆就自動開出一條路來。

塞巴斯再度開始前進，沒過多久，就覺察到跟蹤自己的氣息增加了。

不過，只有一個問題。

那就是跟蹤他的人是誰。

從宅邸一路跟蹤的五人，想必是沙丘隆特的手下不會錯。那麼搭救男孩之後跟來的兩人又是誰呢。

腳步聲與步幅像是成年男性，但他想不到會是誰。

「想也想不到答案呢。總之……先抓起來再說吧。」

塞巴斯彎過轉角，往更昏暗的地區走去。那些人仍舊緊跟著他。

「……不過他們真的有在躲藏嗎？」

腳步聲完全沒有隱藏。是沒有那種能力，還是有別的原因呢？塞巴斯感到不解，但決定別想得那麼複雜，抓起來確認就行了。等到差不多沒有其他人的氣息時，塞巴斯決定採取行動，就在同一個時間點，一個沙啞——但年紀尚輕的男子聲音，從一個跟蹤者的方向傳來。

「——不好意思。」

3

下火月〔九月〕三日　10：27

在回到土城的路上，克萊姆邊走邊思忖。

他回想起早上與葛傑夫的一戰，腦中不斷重複著對戰過程，思考如何才能更巧妙地戰鬥。若是還有下次機會，就試試這種戰術吧。就在克萊姆漸漸得到結論時，他發現有一群人擠在一起，其中發出怒罵聲。不遠處有兩名士兵旁觀，好像不知道該如何是好。

人群中央傳來喧嘩聲。而且不是一般的正常吵鬧。

克萊姆表情變得冷峻，走向士兵身邊。

「你們在做什麼？」

突然從背後被人叫住，士兵嚇了一跳，回頭看向克萊姆。

士兵的裝備是鍊甲衫與矛(Spear)。鍊甲衫外面罩著繪有王國徽章的鎧甲罩袍。這是王國一般衛士的裝扮，不過從兩人身上，感覺得出來訓練並不精良。

首先體格就沒怎麼鍛鍊。再來鬍鬚沒有剃乾淨，鍊甲衫也沒有磨亮，給人髒兮兮的感覺，整體呈現一種邋遢感。

「你是……」

衛士被比自己年輕的克萊姆突然叫住，以困惑與稍微惱怒的語氣問道。

「我是非值班人員。」

克萊姆堅定地說，衛士臉上浮現困惑之色。可能是因為少年怎麼看都比衛士們年少，卻散發出自己的身分地位較高的氛圍吧。

衛士們似乎判斷放低姿態比較不會出錯，紛紛挺直了背脊。

「民眾好像發生了什麼騷動。」

這點事我當然知道。克萊姆強忍住想斥責對方的心情。不同於警衛王城的士兵，巡邏市鎮的衛士都是從平民當中提拔出來的，沒有經過充分訓練。說穿了就只是學會如何使用武器的平民罷了。

克萊姆將視線從戰戰兢兢的衛士身上移向人群。與其期待這兩個人，自己出面解決還比較快。

雖然插手管不屬於自己分內的衛士工作，或許構成了越權行為，但人民遇到困難若是袖手旁觀，怎麼有臉見慈悲為懷的主人。

「你們在這裡等著。」

不等兩人回答，克萊姆下定決心，推開群眾，硬是將身體塞進去。雖然多少有點縫隙，但仍然無法穿過人群。不對，要是有人辦得到，那才叫做異常。

他差點被擠到外面，但還是拚命撥開人群前進，這時中心位置傳來了聲音。

「……滾吧。」

「啊？你說什麼，老頭。」

「我再說一次。滾吧。」

「臭老頭！」

糟糕。

他們打得不過癮，還想對老人動手。

克萊姆漲紅著臉拚命推擠，穿過了人群，一名老人的身影出現在他的視野裡。還有一群男人正要包圍他。男人們腳邊有個遭到痛打，變得像塊破布的小孩。

老人穿著高雅，感覺得到某地貴族或是貴族傭人的大家風範。打算包圍老人的男人們全都身強力壯，而且好像都喝醉了。一眼就能看出哪邊是壞人。

其中一個看起來最強壯的男人握緊了拳頭。老人與男人相比之下，有著壓倒性的差距。身體的厚實、肌肉的隆起、不怕見血的暴力性。只要男人拳頭一揮，輕易就能把老人的身體揍飛吧。周圍群眾都預測到這一點，想到老人即將面臨的悲劇，發出了小聲慘叫。

然而在這當中，只有克萊姆覺得有些不對勁。

的確看起來是男人比較強壯。然而，他卻覺得那種絕對強者的氛圍，是從老人身上散發出來的。

他愣了一瞬間，錯失了阻止男人施暴的機會。男人握起拳頭──

──隨即虛軟倒地。

克萊姆的周圍發出驚愕的呼喊。

原來是老人握起拳頭，以令人生畏的精確度打穿了男人的下巴。而且是以極快的速度。那高速的一擊，即使像克萊姆鍛鍊過動態視力，都只能勉強看見。

「還要打嗎？」

老人以平靜而深沉的聲音向男人們問道。

那種冷靜，還有從外表無法判斷的身手。光這兩項就足以讓男人們酒意全失。不，就連周圍的人群都被老人的氣魄嚇傻了。男人們已經無心戀戰。

「呃，嗯。是、是我們錯了。」

男人們倒退幾步，異口同聲地道歉，然後抱起丟人現眼地倒在地上的男人逃之夭夭。克萊姆無心去追那些男人。因為老人抬頭挺胸的筆直姿勢奪走了他的心，使他動彈不得。

猶如一挺寶劍的姿勢。目睹了任何戰士都心馳神往的姿態，難怪他不能動了。

老人摸摸男孩的背，應該是在進行觸診，接著將受傷的男孩交給旁人救治，邁步而去。人群分開一條線，為了老人開道。所有人都盯著他的背影，無法轉移視線。老人的神態就是那般迷人。

克萊姆趕緊跑向倒地的男孩，然後取出訓練時葛傑夫送給自己的藥水。

「喝得下嗎？」

沒有回答。完全昏死過去了。

克萊姆打開瓶蓋，將藥水灑在男孩身上。藥水常被認為是口服藥，其實灑在身上也一樣有效。魔法就是這麼偉大。

就像由肌膚吸收般，溶液被吸進男孩的體內。接著男孩的臉色慢慢恢復紅潤。

克萊姆安心地點了個頭。

看到他使用了藥水這種昂貴的道具，周圍群眾皆顯示出跟方才目睹老人神技時一樣的驚愕。

雖然藥水被用掉了，但克萊姆當然一點都不後悔。既然收取了人民的稅金，保護人民、維持安寧，自然是以稅金度日之人的職責。他覺得既然沒能夠保護到人民，這點小事總該得做到。

他已經以藥水進行治療，所以男孩應該已經無恙，不過為了以防萬一，還是帶去神殿看看比較好。他望向方才命令在一旁等候的衛士，看到兩個人變成了三個人，大概是有個人後來才到吧。

衛士們到現在才來，周圍的人們都對他們投以非難的目光。

克萊姆對一名顯得尷尬的衛士出聲說道：

「把這孩子帶去神殿。」

「發生了什麼事……」

「有人對他進行暴力行為。我已經用了治療藥水，所以應該沒有大礙，不過為了安全起見，還是希望你帶他去神殿看看。」

「是。知道了！」

將事後處理交給衛士們，克萊姆判斷這裡已經沒有自己該做的事。自己是王城勤務的士兵，還是別再插手管其他職場的事務吧。

「可以麻煩你們向看到整件事情經過的人，問問詳細情況嗎？」

「知道了。」

「那麼之後就交給你們了。」

看到衛士接到命令而變得有自信，機敏地開始行動，克萊姆站起來，二話不說就往前跑。「您要去哪裡……」他聽見衛士的聲音，但不予理會。

來到老人經過的轉角，克萊姆放慢速度。

然後他跟在老人身後走。

很快地，就看到老人正走在路上。

他想趕快叫住對方，但只差一步，就是拿不出那份勇氣。因為他感覺到一面肉眼看不見的厚牆——一種令人為之震懾的壓迫感。

老人彎過轉角，往更昏暗的地區走去。克萊姆跟上去。明明跟在對方身後走，克萊姆卻不敢出聲叫他。

這下豈不是像跟蹤？

克萊姆對自己的行為感到煩悶。就算不知該如何搭話，也不能跟蹤人家啊。克萊姆想試著改變狀況，悶悶地尾隨其後。

等到踏進空無一人的後巷，克萊姆重複幾次深呼吸，像個跟心儀女性告白的男人那樣，鼓起勇氣出聲呼喚：

「——不好意思。」

聽到有人在叫自己，老人轉過頭來。

老人白髮蒼蒼，鬍鬚也是全白。然而，他的背脊挺直，彷彿鋼鐵鑄成的利劍。五官分明的臉龐有著顯眼皺紋，雖然因此似乎顯得溫厚和藹，然而一雙銳利眼眸卻又恍如緊盯獵物的老鷹。

甚至還散發出某些高級貴族的高尚品格。

「有什麼事嗎？」

老人的聲音多少有些蒼老，但洋溢著凜然難犯的生命力。克萊姆覺得有股看不見的壓力逼向自己，喉嚨發出咕嘟一聲。

「啊，啊——」

道。

受到老人的魄力所壓迫，克萊姆說不出話來。見他這樣，老人似乎放鬆了身體緊繃的力道。

「您是哪位？」

語調略顯柔和。克萊姆這才從沉重的壓迫感獲得解放，喉嚨恢復正常功能。

「……在下名叫克萊姆，是這個國家的一個士兵。謝謝您見義勇為，那本來是我該盡的義務。」

克萊姆深深低頭致謝。老人似乎陷入思忖，稍微瞇起眼睛，終於想到克萊姆說的是什麼事，「啊……」輕聲低喃。

「……沒關係。那我走了。」

老人就此結束話題，正要離開，但克萊姆抬起頭來，向他問道：

「請留步。其實……說來丟臉，但我一直在跟蹤您。因為我有一事相求，雖然自不量力，想笑我沒關係，不過若您不介意，可否將剛才那種技巧教導與我？」

「……什麼意思？」

「是。我長期鑽研武藝，希望能更上一層樓，看到您剛才那無懈可擊的動作，希望您能稍微教我一點那種技術，因此冒昧請求。」

老人上下打量克萊姆。

「嗯……讓我看看您的雙手吧。」

克萊姆伸出雙手，老人仔細端詳他的手掌。這讓克萊姆有點難為情。老人將手掌翻過來，瞥了一眼指甲後，滿意地點頭。

「厚實，堅硬。真是一雙戰士該有的好手。」

聽到對方面帶笑容這樣說，克萊姆頓覺胸口發熱。胸中產生的喜悅足以與被葛傑夫稱讚的感覺匹敵。

「不，我這點程度……不過是勉強沾上戰士的邊罷了。」

「我覺得您不用這麼謙遜……接著可以讓我看看您的劍嗎？」

老人接過了劍，看看握柄，接著以銳利的眼神盯著劍身。

「原來如此……這是備用武器嗎？」

「您怎麼知道的！」

「果然沒錯。您看，這裡有凹痕喔？」

克萊姆凝神細看老人所指的部位。的確，劍身有個地方磨損了一點。大概是在哪次訓練時，砍到不對的地方吧。

「讓您見笑了！」

克萊姆羞得無地自容。

克萊姆知道自己還有待精進，因此為了盡量提昇勝算，在保養武器上幾乎到了神經質的地步。不，應該說他以為是這樣，直到這一刻。

「原來如此。我大致掌握您的性情了。對戰士而言，手與武器是反映人品的明鏡。您是個非常讓人欣賞的人。」

面紅耳赤的克萊姆抬眼望著老人。

他看到的是溫文儒雅的慈祥笑容。

「我知道了。那麼就稍微替您做點訓練吧。不過——」克萊姆正要道謝，但老人阻止了他，接著說：「我有件事想請教您。您說您是位士兵，對吧？是這樣的，前幾天我救了一名女性——」

後來克萊姆聽了自稱塞巴斯的老人一席話，感到氣憤不已。

有人拿拉娜頒布的奴隸解放令如此惡用，而且現況至今沒有任何改善，讓他掩飾不了不愉快的感受。

不，不對。克萊姆搖搖頭。

國家法律規定禁止奴隸買賣。然而，就算不是奴隸買賣，為了還債而被迫在惡劣環境工作，並不是什麼稀奇事。這種法律漏洞多的是。不，就是因為有漏洞，所以才會設法制定禁止奴隸買賣的法律。

拉娜制定的法規幾乎等於沒有意義。腦中一瞬間產生這種淒涼的想法，但他趕走了這種想法。現在得思考的是塞巴斯的狀況。

克萊姆皺起眉頭。

塞巴斯的立場極為不利。的確，只要調查女性的合約內容，應該能夠設法反擊，但他不認為對方在這方面會沒有準備。

一旦對簿公堂，塞巴斯是輸定了。

對方之所以不提出告訴，應該是因為他們判斷這樣能撈到更多錢吧。

「您知不知道有哪位人士沒有貪汙，能夠提供協助的？」

克萊姆只知道一個人。那就是他的主人。克萊姆能滿懷自信地說，沒有一位貴族比拉娜更高潔清廉，更值得信賴了。

但他不能把拉娜介紹給塞巴斯。

那些人都能幹下那種勾當了。在各大權力機構中想必擁有不小的人脈。當然，與他們有來往的貴族應該都是達官顯要。如果擁王派的公主發動強權進行調查或救援行動，造成貴族派的損失，一個弄不好還可能引發派系間的全面抗爭。

行使權力不是那麼容易的事。尤其是像王國這樣分裂成兩個對立派系，弄不好可能會掀起內戰。

他不能害得拉娜做出讓王國分崩離析的事。

正因為如此，他跟拉裘絲她們談話時，才會得到那種結論。因此克萊姆什麼都不說。不，是不能說。

不知道是如何埋解他苦悶的沉默，「這樣啊。」塞巴斯輕聲說著，講出一句讓克萊姆受到重大打擊的話。

「……聽她所說，那個地方其他還有好幾人。不分男女。」

（怎麼會這樣。奴隸買賣組織經營的娼館，除了之前談過的那一家之外，還有別家嗎？還是說……他說的就是我們之前談到的那家娼館？）

「也許可以設法放走那些人……雖然我得先問過主人，不過我的主人擁有領土，只要讓那些人逃去那裡……」

「辦得到嗎？……她也可以到那裡藏身吧？」

「……非常抱歉，塞巴斯大人。這點我也得問過主人，才能向您保證。不過，我的主人很有慈悲心。我想一定不會有問題！」

「哦。受到您如此信賴的主人……想必是位相當了不起的人物吧。」

克萊姆深深點頭回答塞巴斯。告訴他沒有比拉娜更偉大的主人了。

「換個話題，如果有證據顯示那家娼館違反法律，例如進行奴隸買賣的相關行為，會怎麼樣呢？這些證據也會遭到湮滅嗎？」

「是有可能遭到湮滅，不過只要將相關資料送到正確的機構……我由衷盼望王國還沒腐敗至此。」

「……我明白了。那麼容我提出另一個問題。您為何想要變強？」

「咦？」

話題轉變得比剛才還急，克萊姆不由得發出怪聲。

「您剛才說，希望我訓練您。我認為您是值得信賴的人，但是我想知道您為何會想得到力量。」

對於塞巴斯的疑問，克萊姆瞇細了眼。

為什麼想變強。

克萊姆是沒人要的孩子，連父母的長相都沒見過。這在王國內並不稀奇。孤兒死在爛泥之中也不是什麼新鮮事。

克萊姆本來也注定在那個下雨的日子如此死去。

然而——克萊姆在那一天，遇見了太陽。只能在髒汙暗處匍匐爬行的存在，為那道光輝深深著了迷。

兒時只是憧憬，然後隨著成長，那份心意變得更加堅定不移。

——這是愛意。

這份心意非得加以扼殺不可。像吟遊詩人歌詠的英雄譚那樣的奇蹟，在現實生活中絕不可能發生。如同沒有人能搆得到太陽，克萊姆的情意也絕不可能傳達給她。不，是不可以傳達給她。

克萊姆深愛的女性注定將成為他人的妻室。身為公主的她，不可能屬於克萊姆這種來路不明，身分比平民還低賤的人。

如果國王倒下，第一王子繼承王位，拉娜肯定會立刻被迫嫁給某個大貴族。恐怕王子與大貴族已經談過這樁婚事了。也說不定會為了政治策略而嫁到某個鄰近國家。

正值婚齡的拉娜尚未婚嫁，而且也沒有未婚夫，是很不可思議的事。

現在這個瞬間是如此貴重，若是能讓時光停止流動，他願意付出任何代價，換取這段有如黃金的時間。只要不把時間花在訓練上，他大可以享受更多這段時光。

克萊姆沒有才能，只是個凡人。即使如此，經過一再鍛鍊，他仍然獲得了以士兵來說相當強大的實力。那麼就此滿足，停止鍛鍊，多跟隨在拉娜的身邊，才不會浪費了這段時光，不是嗎？

可是——這樣真的好嗎？

克萊姆憧憬著那有如太陽的光輝。這不是謊言，也沒有錯。是克萊姆的真心誠意。

但是——

「因為我是個男子漢。」

克萊姆笑了。

沒錯。克萊姆想站在拉娜的身邊。太陽在天空中燦爛照耀。區區凡人絕不可能與其並肩而立。即使如此，他仍然想攀上顛峰，盡可能接近太陽。

他不希望自己永遠只能憧憬、仰望。

這是少年卑微渺小的心意，但也是少年配得上擁有的心意。

他想成為配得上憧憬女性的男人。縱然永遠不可能結合。

正因為他懷抱著這份心意，才能撐過沒有朋友的生活、辛苦的修行，以及減少睡眠時間的勤學。

如果有人想笑他的想法愚昧，那就去笑吧。

因為除非真正愛上一個人，否則是絕不可能理解他的這份心意的。

塞巴斯嚴肅地觀察他的神情，瞇起了眼睛，像要理解隱藏在克萊姆簡短回覆中的千言萬語。然後他滿意地點點頭。

「聽您剛才的回答，我已經決定好要鍛鍊您什麼了。」

克萊姆正想道謝，但塞巴斯伸手制止他。

「不過恕我直言，我看您並沒有才能。若是真的要帶您練武，必須花上相當長的時間。然而，我並沒有那麼多的時間。我想為您做一種短時間內就有成效的鍛鍊，不過……相當嚴苛喔？」

克萊姆的喉嚨響了一聲。

塞巴斯眼中的色彩，讓克萊姆的背脊起了一陣冷顫。

那眼光擁有難以置信的力量，超越了葛傑夫認真時的魄力。所以他沒能立刻回答。

「我就明說了。也許會喪命。」

他不是在開玩笑。

克萊姆直覺了解到這一點。他不怕死。但是必須是為了拉娜而死。他絕不會想為了私人理由而拋棄性命。

他不是膽小鬼。不，也許他其實很膽小。

吞下一口唾液，克萊姆猶豫了。有一段時間，四下籠罩著靜寂，甚至還能聽見遠方的喧囂。

「會不會喪命要看您的心態……如果您有重視的事物，有即使在地上爬也要活下去的理由，我想應該不要緊。」

他不是要指導自己武術嗎？克萊姆腦中浮現這個疑問，不過現在的問題不在這裡。他思考塞巴斯話中的含意，正確理解，然後拿出答案。

「我已有覺悟了。拜託您了。」

「您有自信不會喪命？」

克萊姆搖頭。並非如此。

是因為克萊姆永遠有理由，縱然要在地上爬也要活下去。

塞巴斯凝視克萊姆的雙眼，似乎從中看出了他的心意。塞巴斯重重點頭。

「我懂了。那麼，就在這裡進行鍛鍊吧。」

「就在這裡嗎？」

「是的。時間也很短，只需幾分鐘即可。請拿起武器吧。」

究竟要做什麼呢。克萊姆心中懷著對未知的不安與困惑，還有少許的期待與好奇心交雜，拔出了劍。

刀劍出鞘的聲音在狹窄巷道裡響起。

克萊姆將劍擺至中段，塞巴斯目不轉睛地看著他。

「那麼我要上了。請您挺住。」

然後下個瞬間——

——以塞巴斯為中心，彷彿朝全方位射出了寒冰利刃。

克萊姆已經說不出話來了。

以塞巴斯為中心洶湧旋轉的氣息，是殺意。

一瞬間就能捏碎克萊姆的心臟，彷彿鮮明能見的滾滾殺氣如怒濤般進逼而來。他似乎聽見某處傳來靈魂被捏碎的慘叫。彷彿近在咫尺，又像遠在他方，也像是從自己嘴裡喊出來的。

受到殺意的黑色濁流翻弄，克萊姆感到自己的意識逐漸染成白色。由於太過強烈的恐懼感，他的身體想放棄意識，隨波逐流。

「……『男子漢』就這點程度嗎？這還只是熱身呢。」

克萊姆在逐漸模糊的意識中，聽見塞巴斯失望的聲音，顯得格外大聲。

那句話的意思，比任何刀刃都更深地刺傷了克萊姆的心。甚至讓他在短短一瞬間內，忘了來自前方的恐懼。

心臟發出重重的砰咚一聲。

「呼！」

克萊姆呼出一大口氣。

他實在太害怕了，好想逃跑。但他雙眼噙著淚水，拚命忍耐。握劍的手抖個不停，劍尖發瘋似的亂晃。全身發出的顫抖讓鍊甲衫發出吵雜的噪音。

即使如此，克萊姆仍然咬緊格格打顫的牙齒，試著承受塞巴斯帶來的恐怖。

塞巴斯對這副窩囊相恥笑了一聲，右拳舉到眼前，慢慢握緊。不到幾次眨眼的時間，眼前的拳頭已經握得像球一樣圓。

那拳頭如拉弓般慢慢後退。

克萊姆明白到即將發生什麼事，左右搖頭。當然，塞巴斯不會理會他的這種反應。

「那麼……請受死吧。」

如同拉到全滿的箭矢離弦般，只聽到破風的「嗡」一聲，塞巴斯的拳頭飛了出來。

——這是即死。

在拉長的時間中，克萊姆產生了直覺。如同遠遠凌駕自己身高的巨大鐵球排山倒海而來，完整的死亡想像支配了克萊姆的頭腦。就算舉劍當成盾牌，拳頭也能輕易將其擊碎吧。全身已無法動彈。置身於過度緊張的狀態下，身體僵硬了。

——沒有辦法能逃離眼前的死亡。

克萊姆死心之餘，對這樣的自己火冒三丈。

如果不能為了拉娜而死，為什麼不在那時候死掉算了。在雨中受凍發抖，一個人死掉算了。

眼前浮現出拉娜美麗的容顏。

據說人在瀕死之際，眼前會出現走馬燈似的影像。一般認為那是大腦在搜尋過去的紀錄，摸索逃離現況的手段。然而自己最後看見的卻是敬愛主人的笑容，還真有點可笑。

沒錯，克萊姆看見的拉娜是笑著的。

自己起初獲救時，幼小的拉娜並沒有對他露出笑容。她是從什麼時候，才開始對自己展露笑靨的呢。

他不記得了。不過，他還記得拉娜那時露出了怯生生的笑容。

如果知道克萊姆死了，那副笑容會變得陰鬱嗎？如同太陽被厚厚雲層遮蔽。

——開什麼玩笑！

克萊姆心中捲起熊熊怒火。

這條被扔在路旁的性命，是她撿起來的。那麼這條命便不再屬於自己。己身全為了拉娜而存在。為了讓她獲得小小的幸福——

沒有任何辦法可以脫身嗎——！

恐怖鎖鏈被爆發的激烈情感粉碎。

雙手能動了。

雙腳也能動了。

只想閉起來的雙眼穩穩地睜開，拚命試圖以肉眼捕捉超高速進逼的鐵拳。

全身感官達到極限敏銳，連些微空氣的振動都能感覺出來。

有種現象稱為「火災現場的蠻力」。這是說在陷入極限狀況時，大腦對肌肉的限制會得到解除，而發揮難以置信的爆發力。

同時腦內還會分泌大量的荷爾蒙，思考能力專精於求生。大腦以高速處理各種龐大資料，搜尋出最佳行動方式。

只有在這個瞬間，克萊姆站上了一流戰士的領域。然而塞巴斯的攻擊速度卻遠遠超越了這個領域。為時已晚了吧。或許沒有時間閃避塞巴斯的拳頭了。即使如此他還是得動。絕對不放棄。

在極度壓縮的時間之內，克萊姆看見自己的速度簡直慢如烏龜，但他扭轉身子，拚命地移動。

然後——

轟的一聲，塞巴斯的拳頭通過克萊姆的臉旁邊。帶來的風壓拔掉了他好幾根頭髮。

平靜的聲音傳進耳裡。

「恭喜您。克服死亡恐懼有何感想？」

——克萊姆不懂他的意思，一臉呆愣。

「面對死亡的感覺如何？克服死亡的感覺呢？」

克萊姆重複著急促的呼吸，用一種失了魂的茫然表情望著塞巴斯。塞巴斯一點殺意也沒有，好像剛才只是一場騙局。他漸漸理解了塞巴斯的意思，這才放下心來。

彷彿剛才是被激烈殺意所支撐著，克萊姆的身體像斷線人偶般不支倒地。

他跪伏在巷子裡的地上，貪婪地將新鮮空氣送進肺裡。

「……幸好您沒有休克而死。有時候會有這種狀況的，就是因為確定自己必死無疑，而放棄維持生命現象。」

克萊姆的喉嚨深處還殘留著苦味。他確信這就是死亡的滋味。

「只要再重複個幾次，想必您就會變得能克服一般恐懼了。不過有一點必須注意，那就是恐懼能夠刺激生存本能。若是這方面完全麻痺了，就連顯而易見的危險也會變得感覺不出來。您必須仔細分辨真正的危險。」

「……恕、恕我失禮，但您究竟是什麼人？」

克萊姆匍匐在地，呻吟似的問他。

「這問題是什麼意思？」

「那、那股殺氣不是常人能發出的。您究竟是……」

「一個對本領有自信的老人罷了。目前來說。」

克萊姆無法從微笑的塞巴斯臉上移開視線。他看起來只是溫厚地笑著，卻又像是遠遠超越葛傑夫，絕對強者的獰猛傲笑。

也許遠遠超過鄰近諸國最強戰士葛傑夫的存在。

——克萊姆要自己的好奇心就此滿足。他認為不能繼續深入，追究這個問題。

即使如此，塞巴斯這位老者究竟是什麼來頭？只有這個疑問強烈殘留心底。該不會是那十三英雄之一吧。他甚至有這種想法。

「那麼差不多可以再來一次——」

「——等、等等！我有話想問你們！」

打斷塞巴斯的話，後面響起一個含有許多畏懼的男子聲音。

4

下火月〔九月〕三日 9:42

布萊恩出了葛傑夫的家。

回頭看看，想到回來時的事，他將房屋外觀仔細記在腦子裡。因為葛傑夫帶他來時，他體溫過低，意識有些朦朧，所以記得不大清楚。

他之前就知道葛傑夫家的住址，因為他想將來有一天要找葛傑夫挑戰，所以收集過情報。不過那只是聽人描述，有點誤差。

「屋頂上根本沒有插把劍嘛。」

他對賣給自己假情報的情報販子咒罵了一句，細細觀察房屋。

比起貴族們居住的宅邸，這房子小多了，比較像是小康市民的住宅。不過讓葛傑夫與家裡幫傭的老夫妻三個人住，也綽綽有餘了。

將房子外形牢記起來後，布萊恩邁出腳步。

沒有特別要去哪裡。

也不想再去選購武器、防具或魔法道具了。

「今後該怎麼做呢……」

嘟噥聲消失在半空中。

他覺得就此消失在某處也無所謂。其實他到現在，還受到這種念頭強烈吸引。

他探尋自己的內心想要什麼，然而心中只有空虛的洞穴。目的完全遭到粉碎，連殘骸都不剩。

既然如此，為什麼——

他低頭看看右手，還握著刀。衣服底下穿著鍊甲衫。

來到王都的路上，他緊緊握著這把刀不放，是因為恐懼。他知道遇上夏提雅那種怪物，那種能以小指指甲彈開布萊恩全力攻擊的怪物，這把刀根本沒用，但是手無寸鐵還是會讓他恐懼不安。

那麼現在拿著刀的理由又是什麼？他大可以放在葛傑夫家裡。還是因為不安嗎。

布萊恩一想，左右搖頭。

不對。

但既然如此，自己又是出於何種感情而拿著刀？結果，他找不出答案。

布萊恩回想起以前初次來到王都的記憶，四處漫步。有些建築物依然一如往昔，例如魔法師工會或王城，但也看到許多記憶中沒有的新建築。布萊恩正在享受記憶與現實的乖離時，前方路上發生了騷動。

那吵鬧聲讓他蹙起眉頭。人群中傳來的氣息是尖銳的暴力。

布萊恩正打算往別處走，改變腳尖方向時，一名老人吸引了他的目光。老人用有如滑行的動作鑽進人群之中。

「……什、什麼？那動作是怎麼回事？」

他眨了好幾下眼睛，同時無意識地發出驚嘆。那動作實在太令人無法置信。他不禁以為自己在做所謂的白日夢，或是受到某種魔法效果的影響。

老人的動作，恐怕就連布萊恩都辨不到。那是必須掌握對手的意識與整體人群的推擠之中產生的力量流動，才能辦到的神技。

——那以動作來說，已經達到了一種顛峰。

他的雙腳毫不猶豫地往人群移動。

布萊恩一再推開其他人，走到中央，正好看見老人以高速震盪男人下巴的瞬間。

（什麼？剛才那一擊……如果是我的話，擋得下嗎？很難？他誘導了男人的意識與視線？是我多心嗎？不過話說回來，那一擊的動作實在漂亮，都可以當成教科書了……）

他反覆玩味剛才看見的那一擊，口中不禁發出感嘆的呻吟。

他沒有看得很清楚，也很難拿相同基準比較劍士與拳士。即使如此，那短短的時間就足以讓布萊恩理解到，眼前的老者身手相當了得。

也許那人比自己還強。

布萊恩咬緊下唇，想把老人的側臉與自己記憶中的強者資料做比對。然而他的記憶中沒有過這號人物。

（他究竟是何方神聖？）

老人轉眼間就走出了人群。一個少年追在他的背後走去。彷彿被引誘般，布萊恩也一時衝動，開始跟在少年身後。

他總覺得老人的背後好像有雙眼睛，不敢直接追在他後面，不過跟著少年就不用擔這個心了。況且狡猾地說，就算少年被發現，自己也還安全。

跟蹤沒多久，布萊恩就發現了緊跟老人或少年的多數氣息。不過布萊恩一點也不在乎。不久兩人轉進轉角，往更昏暗的地區走去。那種有如受到誘導的行動，讓布萊恩心生不安。

少年難道都不覺得奇怪嗎。就在他開始訝異時，少年向老人說話了。

兩人正好是在彎過轉角的近處開始對話，因此布萊恩躲在轉角前方，偷聽他們談話。

簡而言之，少年是在向老人求教。

（想得美。那個老人不可能收那點程度的小鬼當弟子。）

拿兩人的才能一比較，如果少年是石子，老人就是巨大的寶石。兩人所生活的世界實在差太多了。

（……真可悲。不明白彼此實力的差距，竟然是這麼可悲的事。適可而止吧，小鬼。）

布萊恩沒說出口，只在口中喃喃自語。

這番話是對少年說的，同時也是對自以為天下無敵，過去那個愚蠢的自己吐露的自嘲。

他繼續偷聽——娼館的話題他毫無興趣——結果老人好像願意為少年做一次鍛鍊。布萊恩實在不認為那點程度的少年有什麼可取之處，能夠吸引那樣厲害的老人。

（這是怎麼回事？難道我又看錯人了？不，不可能。那個小鬼作為武人的能力沒什麼大不了的，也應該毫無天分才對！）

老人想怎麼鍛鍊他呢。然而從這裡只能聽見聲音，看不到情況。布萊恩輸給好奇心，想從轉角偷窺，消除了氣息慢慢移動。說時遲那時快——

全身受到駭人的氣息貫穿。

發出不成語言的尖叫。

全身為之凍結。

那種感覺就像巨大的肉食猛獸臉貼臉對自己吐氣。來勢洶洶的殺意讓世界為之變色，別說動一下，連眨眼都辦不到。甚至誤以為心臟都停止了跳動。

布萊恩認為夏提雅．布拉德弗倫是這世界上最強的存在。而此時這股氣息似乎與她不相上下。

若是心靈脆弱之人，恐怕就不是錯覺，而是真的停止心跳了。

他雙腳打顫，一屁股跌坐在地。

（連自己都這副德性了，那個少年豈不是要氣絕身亡了嗎？）

運氣好一點也要昏死過去吧。

布萊恩在地上爬著，心驚膽戰地偷看兩人的狀況，赫然看見一幕難以置信的光景，受到的衝擊令他一時之間完全忘了害怕。

少年還站著。

他跟布萊恩一樣，雙腿嚇得發抖。但仍然站著。

（這、這是怎麼回事？為什麼那個沒多少本事的小鬼，還能站得住！）

自己丟臉地嚇到腿軟，少年卻還能維持站姿，讓他難以理解。

是不是少年擁有能抵禦恐懼的魔法道具或武技？還是他具有特別的天生異能（Talent）？

的確，不能保證他沒有這些東西。然而，望著少年不可靠的背影，他直覺到以上皆非。

少年比布萊恩更強。

雖然答案令他難以置信，但也只有這個可能性：

（不可能！不可能有這種事！）

少年看起來有鍛鍊身體，但肌肉量還不夠。從跟蹤時的腳步與身體的移動方式推測，他也不覺得少年有多少才能。明明不過是這點斤兩的少年，結果卻完全不同。

（這、這是怎麼回事。我真有這麼弱小嗎？）

視野變得模糊。

布萊恩知道自己在流淚，但提不起勁擦眼淚。

「嗚，嗚嗚……嗚嗚……嗚……」

他拚命壓抑住嗚咽。但淚水仍然源源不絕地流出。

「為什麼，啊……為什麼啊。」

布萊恩握緊地面的泥土，使力讓自己站起來。然而排山倒海般的殺氣使他無法動彈，雙腳簡直像受到他人支配般動也不動。他只能抬起臉，看著兩人的情況。

看得到背影。

少年到現在仍然站著。

少年還在與放出殺氣的老人對峙。本以為弱小的背影，如今看起來遙不可及。

「我……」

竟然這麼弱小嗎？

等到殺氣都已經煙消霧散，自己卻只能勉強站起來，讓布萊恩對自己氣惱不已。

少年與老人似乎還要繼續鍛鍊，但布萊恩忍不住了，他鼓起勇氣衝出轉角，喊道：

「——等、等等！」

如今的布萊恩已經沒那心情想到不便打擾兩人修行，或是找個恰當的時機現身。

聽見那拚死拚活的語氣，少年回過頭來，肩膀劇烈一震，面露驚愕的表情。若是立場顛倒，布萊恩也會做出相同反應吧。

「首先，我真心對打擾兩人表示歉意。因為我實在等不及了。」

「……您跟這人認識嗎，塞巴斯大人？」

「不，不認識。原來如此，也不是您的朋友嗎……」

兩人以懷疑的眼光看向他。不過這他早就料到了。

「首先容在下報上姓名，在下名叫布萊恩．安格勞斯。請讓在下再度對打擾兩位表示歉意。真的很抱歉。」

他比剛才更深地低頭。可以感覺到兩人稍微動了一下。

等覺得表達了夠長的歉意後，抬起臉一看，可以感覺到兩人的戒心比剛才淡了點。

「那麼有什麼事嗎？」

對於老人的疑問，布萊恩瞄了一眼少年。

「究竟是什麼事？」

見少年一副不解的樣子，布萊恩嘔血似的問他：

「為什麼……你為什麼面對那樣的殺氣，還能站得住！」

少年略為睜大雙眼。由於他裝作面無表情，因此從這點小小的變化中，都能感受到巨大的感情波動。

「我想問個清楚。那股殺氣超出了常人所能承受的領域。連我……抱歉，連在下都承受不了。然而你卻不一樣。你承受住了。你站得住。你是怎麼辦到的！那麼困難的事！」

興奮使他變得語無倫次。但他就是壓抑不住。面臨夏提雅．布拉德弗倫壓倒性的力量，害怕得逃跑的自己。遭遇與她同等的殺氣迎面來襲，卻還能屹立不動的少年。他想知道這差距是源自於哪裡。

他無論如何都想知道。

布萊恩的熱誠似乎傳達給少年了，他雖然困惑，但還是認真想了想，然後回答：

「……我不知道。我也一點都不明白，自己怎麼能承受得住那樣的殺氣暴風。不過，也許是……因為我想著主人的事吧。」

「……主人？」

「是的。只要想到我侍奉的大人……我就有力量繼續撐下去。」

怎麼可能因為這種理由就撐得住。布萊恩差點沒大叫出聲。但在那之前，老人靜靜地開口解釋：

「也就是說他的忠義之心，足以克服恐懼。安格勞斯先生。人們只要是為了珍惜的事物，能夠發揮出無法置信的力量。如同在崩塌的房屋中，母親能為了幫助孩子而抬起柱子，又如同丈夫能單手拉起快要從高處摔落的妻子。我認為這是人的力量。也就是說，這孩子也發揮了這種力量。而且這跟您並非毫無關係。只要您有絕對不能讓步的事物，想必就能發揮超越您想像的力量。」

布萊恩無法相信。他絕對不能讓步的事物，就是對強大力量的渴望，但那根本沒有任何意義啊。輕易就被擊潰，結果自己只能害怕地逃走。

漸漸轉為陰沉，俯視著地面的臉，因為老人接下來的一番話而猛然抬起。

「……自己一個人培養起來的信心是非常脆弱的。因為一旦自己受到挫折，一切就結束了。不要什麼都靠自己，只要能與別人共同建立信心，為了別人付出，就算遭受挫敗也不會倒下。」

布萊恩陷入沉思。自己有這樣的事物嗎？

然而什麼都想不到。因為一切都被他當成無用之物捨棄掉了。難道說他以為追求強大實力時不需要的那些事物，其實才是最重要的嗎？

布萊恩不禁發笑。笑自己的人生滿是錯誤。所以他忍不住講出了近似抱怨的話來。

「統統都被我捨棄掉了。現在還來得及挽回嗎？」

「沒問題的。就連沒有才能的我都辦得到了。安格勞斯大人這樣的人物一定行！絕對不會太晚或來不及。」

少年的話語毫無根據。然而不可思議的是，這番話卻為布萊恩的內心帶來溫暖。

「你真是溫柔，而且又堅強呢……真的很抱歉。」

突然被人道歉，少年愣了一愣。如此勇氣十足的人物，自己竟然把他當成小鬼，還瞧不起他。

（真是愚蠢。我真是太愚蠢了……）

「對了，您說您叫布萊恩．安格勞斯……莫非是過去曾與史托羅諾夫大人打得不分高下的那位？」

「……你真清楚啊……你也看過那場對戰了？」

「啊，我沒有看到。只是聽看過的人說的。那位大人說安格勞斯大人是相當厲害的劍士，即使在王國實力也是數一數二，看到您的舉手投足，重心穩當的動作，讓我知道那位大人果真所言不假！」

被對方純粹的好意壓倒，布萊恩吞吞吐吐地回答：

「……呃，謝、謝謝。我、我覺得自己還差得遠了，不過被你這樣稱讚……倒是有點高興呢。」

「嗯……安格勞斯先生。」

「老先生。請直呼我為安格勞斯就可以了。像在下這樣的小人物，不配讓您以敬稱相稱的！」

「既然如此，我叫塞巴斯．強，希望您能叫我塞巴斯……那麼，安格勞斯小弟。」

「小弟」這種稱呼讓布萊恩有點害臊，不過以兩人的年齡差距來看，這樣的稱呼的確不奇怪。

「可以請您替這位克萊姆小弟鍛鍊劍術嗎？我想這對安格勞斯小弟來說，也一定有所助益，如何？」

「啊！這真是失禮了！我的名字是克萊姆，安格勞斯大人。」

「不是要由老先生……失禮了。不是要由塞巴斯大人鍛鍊他嗎？剛才在下打擾兩位之前，好像有聽見兩位談這件事？」

「是的。我本來是想這樣做的，不過在那之前，好像有客人來了，我想先招呼他們幾位——來了呢。看來是準備武裝花了一點時間。」

塞巴斯看向一個方向，布萊恩慢了點，也往同一個方向看去。

三名男子慢吞吞地現身。他們身穿鍊甲衫，戴著皮革厚手套的手上，握著拔出的利刃。

他們散發的已經不是敵意，而是明確的殺意。那股殺意是衝著老人來的，但看起來不像是會有慈悲心腸放走目擊者。

看到這幫人，布萊恩不禁驚愕，啞著嗓子喊叫：

「不會吧！遭遇到那種殺氣，竟然還敢過來！實力當真這麼了得！」

若真是如此，那麼他們每一個人的本領恐怕都能與布萊恩匹敵——不，是比他更高超。跟蹤技巧那麼笨拙，只是因為他們修習的是戰士系技術，不擅長潛行嗎？

然而，塞巴斯否定了布萊恩的擔憂。

「我剛才的殺氣只有針對你們兩位喔？」

「……咦？」

布萊恩自己都覺得發出的聲音很蠢。

「我對克萊姆小弟發出殺氣是為了訓練，對您則是因為不知道您的真面目，想逼您露面，或是削減您的戰意、敵意等等。由於我從一開始就把他們視為敵人，因此沒對他們發出殺氣。要是把人家嚇跑就不好了。」

聽到塞巴斯若無其事地解釋著驚人的真相，布萊恩連驚訝都懶得驚訝了。竟然能精密控制那樣濃厚的殺氣，根本已經超出了常識能理解的範圍。

「原、原來如此。那麼您知道他們是什麼人嗎？」

「大致上可以猜到，不過還不能夠確定。所以，我想抓一、兩個人起來，問出情報。不過——」

塞巴斯低頭致歉。

「我無意將兩位牽扯進來。可以請你們立刻離開這裡嗎？」

「在那之前，我想問一個問題。他們……是犯罪者嗎？」

「……給人的感覺應該是。一看就覺得是作惡多端的那一型。」

聽布萊恩這樣說，克萊姆的眼瞳燃起熱火。

「也許會妨礙到您，但我也想一起戰鬥。身為保衛王都治安之人，保護人民是我應盡的職責。」

也沒人能斷定塞巴斯就是正義的一方吧。布萊恩心中竊想。沒錯，與出現的這幾人相比，誰都會覺得態度廉潔正直的塞巴斯是對的。但沒人能保證真是如此。

（真是青澀……）

不過，他也能體會少年的心情。

拿保護孩童免於醉漢暴力的人物與這幾個男人一比，就算是布萊恩，也會毫不猶豫地決定該幫哪一邊。

「我想您大概不需要助陣，不過……塞巴斯大人。請讓我……呃不，請讓在下也助您一臂之力吧。」

布萊恩站到克萊姆身邊。塞巴斯不需要他們掩護……甚至可以說他們離開也沒差。只是，他想效法一下為別人而戰的克萊姆，選選看過去的自己絕對不會選擇的答案。他想保護這個擁有一顆堅強的心，但劍術本領差強人意的少年。

布萊恩看見男人們握著的武器，皺起眉頭。

「毒藥嗎……使用可能傷害到自己的武器，代表他們應該有點經驗……是暗殺者嗎？」

這種短劍稱為破甲劍（Mail Breaker），劍身刻有凹槽，裡面反射著危險液體的油亮光澤。再看男人們不同於劍士等職業，更注重機動性的輕巧身手，比布萊恩的喃喃自語更肯定了一切。

「克萊姆小兄弟。當心點。除非你有能抗毒的魔法道具，否則千萬小心，一擊都不能讓他們打到。」

如果將體能提升到布萊恩這個等級，就能幾乎百毒不侵，不過以克萊姆的能力，恐怕抵禦不了強力的毒藥。

「從正面現身卻不立刻動手，是想等另外兩人前後包抄吧？難得有這個機會，就先從正面突破如何？」

塞巴斯故意大聲講話讓對方聽見，男人們的動作一瞬間停住了。圍攻計畫被對手看穿，讓他們產生了動搖。

「這樣最妥當吧。先擊潰前面再解決後面應該比較安全。」

布萊恩肯定塞巴斯所言。然而這個意見被提出的本人否決了。

「啊，這樣會讓對方逃走呢。這樣吧，前面三人由我來對付，可以請兩位對付繞到背後的兩人嗎？」
布萊恩表示了解後，克萊姆也點頭表示同意。這是塞巴斯的戰鬥，兩人是勉強請塞巴斯同意他們幫忙。只要塞巴斯沒犯什麼致命性的錯誤，他們應該照塞巴斯說的做。
「好，上吧。」
布萊恩對克萊姆說完後，轉身背對男人們。之所以敢在充滿敵意的男人們面前顯得毫無防備，是因為有塞巴斯在。將自己的背後交給塞巴斯，有如靠著厚重的城牆般令人安心。
「那麼，雖然很遺憾……請各位就當我的對手吧——哎呀，請不要三心二意去打那兩人的主意，好嗎？」
布萊恩轉頭一看，只見塞巴斯右手手指間夾著三把短劍。他張開手指，男人們扔向毫無防備的布萊恩或克萊姆的短劍便應聲落地。
男人們的殺意明顯地越來越弱。
（這是當然了。扔出的短劍被人用那種方式擋下，誰都會喪失戰意的。終於明白到塞巴斯大人的強大了嗎？不過現在明白也來不及了。）
他們不可能逃出那個老人的手掌心。就算兵分三路也沒用。
「真是厲害。」
克萊姆站到布萊恩的身邊。

「是啊。就算誰跟我說塞巴斯大人才是王國的最強戰士，我也會信。」

「比戰士長還強嗎？」

「你說史托羅諾夫啊。嗯。那位老者就算由我……在下……抱歉，讓我輕鬆點講話吧。就算由我與史托羅諾夫兩人一起上，肯定也毫無勝算吧……哦，來了。」

兩個男人繞到另一邊，出現在他們面前。這兩人果不其然，穿著打扮也跟剛才那三人相同。身旁傳來拔劍出鞘的聲音，布萊恩慢了一點，也跟著拔刀。

「沒有讓其中一人躲起來偷扔短劍，大概是因為被那位老先生看穿了吧。」

伏兵就是要不為人知才有效，要是已經被看穿，就只是分散戰力罷了。對方應該是判斷既然都被看穿了，不如一次全部出動，個別對付比較有勝算。

「真是天真的想法……克萊姆小兄弟，我對付右邊那個。左邊那個交給你。」

觀察男人們的動作，布萊恩看出哪個比較弱，向少年做出指示。少年點了個頭，舉起了劍。那種毫無遲疑的態度，是歷經過生死交關的人才有的反應。知道他絕非只做過訓練的實戰新手，讓布萊恩頓時放心。

（應該是克萊姆小兄弟的勝算比較大，不過……考慮到對手會使毒，也許只能險勝。）

就算克萊姆有實戰經驗，布萊恩也不認為他會歷經血戰，經常有機會對付使毒的對手。搞不好這就是他的第一次經驗。

就連布萊恩自己在跟會用腐蝕強酸或劇毒的魔物戰鬥時，都會變得太過慎重，而難以發揮全副實力。

（是否該立刻宰了這傢伙……然後去支援他？這樣對他有幫助嗎？我主動去幫他，會不會反而傷了他的自尊心？要代替他對付敵人嗎？不……還是說塞巴斯大人打算一有危險就出手幫他？如果塞巴斯大人沒有要出手相助的意思，我該介入嗎？想不到我會有為這種問題煩惱的一天……）

布萊恩用沒握刀的手抓抓頭，從正面緊盯敵人。

「好了。不好意思，就請你當彌補我空白期的祭品吧。」

三擊。

塞巴斯踏進攻擊範圍，朝著別說防禦，連反應都來不及的男人們打進三拳。戰鬥就這樣結束了。

當然了。連在納薩力克都擁有頂尖戰鬥力的塞巴斯，這種程度的暗殺者用小指頭就能解決掉。

男人們昏死過去，像章魚一樣軟綿綿地不支倒地，塞巴斯從他們身上移開視線，看向後方的戰鬥。

布萊恩的功夫始終壓倒對手，看著令人安心。

與他對峙的暗殺者似乎想找機會開溜，但布萊恩不放過他，將其玩弄於股掌之間。不，那不能說是玩弄，塞巴斯感覺那是藉著施展各種攻擊，恢復自己變得生疏的本領。

（對了，剛才好像聽見他說「空白期」。另外也是因為擔心克萊姆小弟，隨時準備出手幫助，所以才沒認真應戰吧。看來這人還滿善良的。）

塞巴斯將視線從布萊恩移向克萊姆。

（嗯，應該不會有事吧。）

一進一退的攻防戰。雖然有毒武器讓人略感不安，不過似乎也不用立刻出手搭救。自己遇到的麻煩把親切的外人牽扯進來，讓他過意不去。不過——

（若不是他說希望能變強，我就會去幫他了……以命相搏的戰鬥也會是很好的訓練。等有危險再去幫忙吧。）

塞巴斯摸著鬍鬚，觀望克萊姆的戰鬥。

克萊姆以劍擋開突刺。

背後流下一道冷汗。只差一點就要刺中鎧甲了。與他對戰的男人冷酷無情的臉上，一瞬間產生失望的神色。

克萊姆將劍向前一刺，測量兩者距離。反觀對手則是頻頻前後挪動位置，不想讓他把握距離。

克萊姆的戰鬥方法向來都是以盾防禦，同時以劍攻擊，這時必須只以劍戰鬥，對他來說是折磨身心的經驗。而且塗了毒藥的刀刃也讓人緊張萬分。破甲劍是特化於突刺攻擊的武器，因此他很清楚只要注意突刺就行。即使如此，連一個擦傷都不能有的狀況仍然讓身體動作變得畏縮。

他調整一下被肉體與精神兩方面的疲勞打亂的呼吸。

（對手也一樣。不是只有自己覺得累。）

對手的額頭上也滿是汗水。對方的戰鬥方式是以靈活身手愚弄敵人，符合暗殺者的風格。為此只要四肢受到任何一擊，就會失去優勢，摧毀彼此戰鬥力的均衡。

一擊就會分勝負。

這就是兩人之間緊張感的來源。當然，雙方實力相當的戰鬥都是這樣的。然而這一戰的這種傾向更顯著。

「呼！」

吐出一口氣，克萊姆砍向敵人。這記劍擊揮動幅度小，沒使上多少力。這是因為如果大力揮砍，遭到閃避時將會產生巨大破綻。

暗殺者輕易閃過這一擊，伸手探入懷中。克萊姆察覺到下一道攻擊，盯緊暗殺者的手部動作。

短劍扔出，克萊姆以手中利劍打落。

運氣很好。由於他有細心注意，才能幸運將其彈開。

然而還來不及安心地呼一口氣，暗殺者已經壓低姿勢，如滑行般闖進攻擊範圍內。

（不好！）

背脊竄過一陣冷顫。

沒有辦法擋下這記追擊。他打掉短劍時，因為害怕而把劍揮得太大。如今劍浮在半空中，想轉回來迎擊也來不及。他想專心閃避，但論敏捷性，暗殺者比他強。

無計可施了。至少以手臂為盾——

克萊姆做好覺悟時，緊逼而來的暗殺者忽然按住了臉，往後大大跳開。

原來是一顆豆大的小石子，從後方打中了暗殺者的左眼瞼上面。克萊姆極限狀態下加速的精神，確認到這個狀況。

不用回頭，他也知道是誰扔的。背後傳來塞巴斯的聲音，就是最好的證據。

「畏怯是很重要的感情。不過不可以被畏怯束縛。我從剛才看到現在，覺得您的戰鬥方式太過單調，沒有全力以赴。如果對手已有準備犧牲一隻手臂的話，您肯定已經喪命了。既然體能輸給對手，就以心靈取勝。精神有時候是能凌駕肉體的。」

克萊姆在心中回答「是」，驚訝地發現自己心情輕鬆多了。不是因為有人幫忙，可以依賴，而是因為有人在旁邊看著自己，令他放心。

的確，他還沒完全拭去或許會喪命的恐懼，但即使如此——

「如果……我死了，請告訴拉娜大人……公主殿下，說我有英勇應戰。」

他呼出長長一口氣，靜靜地舉劍擺好架式。

克萊姆感覺到暗殺者的眼中潛藏著不同於剛才的光芒。雖然只是短暫的時間，然而經過這段生死之戰，也許自己與暗殺者的心靈相通了。

暗殺者意識到克萊姆已做好覺悟，似乎也一樣做好了覺悟。

暗殺者踏出腳步。當然他什麼也沒說，只是一口氣拉近距離。

確認對手踏進攻擊範圍，克萊姆舉劍往下揮砍。霎時間，暗殺者向後跳開。原來是男人看穿了克萊姆的劍速，以自己作為誘餌，耍了個假動作。

然而，暗殺者只忽略了一點。

也許暗殺者的確幾乎看穿了克萊姆的所有劍擊。然而，只有一招是他不知道的。克萊姆能夠滿懷自信地施展，來自上段的一擊，比其他所有劍擊更快，也更重。

朝肩窩砍下的劍被鍊甲衫擋住，沒能將皮肉一刀兩斷。但它輕易折斷了鎖骨，並且壓爛了肌肉，連同肩胛骨一塊粉碎。

暗殺者整個人翻倒在地。過度的劇痛使他淌著口水，發出不成聲的慘叫。

「漂亮。」

塞巴斯自背後現身，隨隨便便地踹了暗殺者的腹部一腳。

光是這麼一下，暗殺者就像斷線人偶般安靜下來。想必是昏倒了吧。

視野角落，布萊恩已經解決了暗殺者，輕鬆地揮揮手，慶祝克萊姆的勝利。

「那麼我要開始盤問了。有什麼想問的別客氣，盡量問吧。」

塞巴斯將其中一人帶來，將男人打醒。男人身體一震恢復了意識，塞巴斯將手放在他的額頭上。時間不到兩秒。塞巴斯並沒有按得很用力，男人的頭卻往後重重一晃，像鐘擺似的回到原位。

這時，男人的眼睛已經失去焦點，變得像醉漢的眼神。

塞巴斯開始質問。身為暗殺者，本應守口如瓶的男人，竟然毫不隱瞞地說個不停。面對這異樣的光景，克萊姆向塞巴斯問道：

「您對他做了什麼？」

「這是稱為『傀儡掌』的特殊技能……看來是成功了，還好。」

這種技術克萊姆從未聽過，但更令他蹙眉的，是男人洩漏的情報。

他們是八指的警備部門最強的戰士「六臂」中的一人訓練出的暗殺者，似乎是為了殺害塞巴斯而尾隨他。布萊恩向克萊姆問道：

「……我知道的不多，不過八指應該是個很大的犯罪集團吧。我記得他們在傭兵方面也有門路……」

「是啊。其中最可怕的是六臂，指的是號稱組織最強戰力的六名強者。我記得曾聽說他們每個人的實力都可以與精鋼級匹敵。不過究竟是哪六個人，這種黑社會的內幕我就不太清楚了。」

男人又說出現在塞巴斯侍奉宅邸的沙丘隆特正是「六臂」中的一人，綽號「幻魔」，他的計畫似乎是做掉塞巴斯，好讓美貌的女主人任由他們擺布。

聽到這裡，克萊姆受到一股寒氣侵襲。發生來源是塞巴斯。

塞巴斯慢慢站起來，布萊恩向他問道：

「那麼塞巴斯大人，您接下來打算怎麼做？」

「我已下定決心。總之我先去擊潰造成問題的那個地點。況且根據此人的說法，沙丘隆特似乎也在那裡。沾上身的火花就快點撢掉吧。」

聽他回答得輕鬆，克萊姆與布萊恩都倒抽一口氣。

既然他要殺進對方的大本營，就表示他有自信能勝過精鋼級——也就是在人類之中擁有最頂尖戰鬥能力的人。

不過，兩人都不覺得意外。

（能在轉眼間打倒頗有實力的三名暗殺者，赫赫有名的安格勞斯大人又對他表示敬意。塞巴斯大人究竟是何方神聖？莫非是退隱的精鋼級冒險者？）

「……況且聽說那裡還有其他人遭到囚禁，還是趕緊採取行動比較好吧。」

「有道理。暗殺者沒有回巢會令對方起疑，要是他們把受到囚禁的人移動到其他地點，就救不到那些人了。」

時間拖得越長對己方越不利，對手則相對有利。塞巴斯置身的就是這種狀況。

「那麼我打算現在直接過去。非常抱歉，我不會改變這個決心。可以請兩位將這個暗殺者抬到值勤站嗎？」

「請等一下！塞巴斯大人！若您不嫌棄的話，可以讓我……在下也提供協助嗎？當然，在下是說如果您願意的話。」

「還有我。守護王都治安，是身為拉娜大人屬下的我應盡的義務。如果王國人民受到欺凌，我定會以這把劍拯救他們。」

「……我看安格勞斯小弟還沒問題，但您的話，可能有點危險喔。」

「我明白。」

「克萊姆小弟……我想塞巴斯大人可能也是嫌你礙事喔？雖然以塞巴斯大人來看，你跟在下大概都差不多就是了。」

「不不，我沒那個意思。我純粹是擔心您罷了。希望您知道，我無法像剛才那樣保護您。」

「我已有覺悟了。」

「……接下來要做的行為，也許不能對您或您的主人帶來榮譽喔？我認為有其他機會更適合您賭命戰鬥，您不覺得嗎？」

「若是因為危險就視若無睹，將會證明我這個男人沒有侍奉主人的價值。如同那位大人拯救人民，我也想盡我所能，向陷入水深火熱的人們伸出援手。」

如同她當時對自己伸出援手——

也許是感覺到他的堅定決心，塞巴斯與布萊恩面面相覷。

「……您已經有所覺悟了吧？」

被塞巴斯這樣問，克萊姆點了一個頭。

「我明白了。既然如此，我也無須多言。那麼兩位，請助我一臂之力。」

第五章 熄火，漫天火花

Chapter 5 | Extinguished, soard sparks of fire

下火月〔九月〕三日　12：07

1

「店鋪就在這扇門的後方。據暗殺者所說，那邊那棟建築物似乎也有入口呢。」

塞巴斯站在娼館入口，琪雅蕾被扔出來的門前，指著幾棟房屋隔壁的建物。在向暗殺者問話時，布萊恩以及克萊姆雖也在現場，但他們沒來過娼館，對塞巴斯的說明毫無疑問。

「的確是這樣。入口同時也具有逃生口的用途，那人說至少會由兩人站崗，既然如此，也許我們該兵分二路。以戰力來說要分組的話，正面就交給塞巴斯大人一個人。那邊由我與克萊姆小兄弟進攻，您看如何？」

「我不反對，克萊姆小弟呢？」

「我也沒有異議。不過，安格勞斯大人。進入內部之後要怎麼做？兩人一起搜索嗎？」

「我希望你可以改口叫我布萊恩了。也希望塞巴斯大人能這樣稱呼在下。那麼……本來為了安全起見，應該兩人一起行動，但也許會有連暗殺者都不知道的密道。趁塞巴斯大人從正面入侵，吸引敵人注意時，我們得盡快探索建築物的內部。」

「這種地方常會有頭子才知道的密道喔。」布萊恩好像回想起什麼事來，低聲說道。

「既然如此，我們進去之後要分頭搜索？」

「……反正都冒著危險闖進去了，就該盡量達成最好的結果吧。」

聽布萊恩這樣說，塞巴斯與克萊姆都點點頭。

「那麼安——布萊恩大人實力在我之上，可以請您搜索屋內嗎？」

「這樣很好。那就請克萊姆小弟守住那邊的出口吧。」

搜索屋內當然比較容易遇到敵人，可以料想得到必然更加危險，因此是該交給比克萊姆強上許多的布萊恩。

「那麼最後確認就差不多這樣了吧？」

他們在來到娼館的路上先大致討論過，不過也有些細節必須看到現場才能決定。這些細節都在這裡做好決定，沒有人對塞巴斯的詢問提出異議。

塞巴斯向前走出一步，靠近看起來相當厚重的金屬門。克萊姆絕對推不開的大門，擺在塞巴斯面前卻像薄紙一樣。

正面這種防衛最森嚴的地方，雖然只由一個人單槍匹馬闖入，但兩人都不擔心。因為進攻的人物據稱就連鄰近諸國最強的戰士葛傑夫．史托羅諾夫，以及能與他打成平手的布萊恩．安格勞斯兩個人加起來都打不贏了，根本已經超出人類的範疇。

「那麼我們走吧。聽他們剛才說，在那邊的出入口連續敲四下門，是他們之間的暗號。我想兩位應該沒有忘記，不過還是提醒一下。」

「謝謝您。」

克萊姆並沒有忘，不過還是向塞巴斯道謝。

「還有，我會盡量把他們抓起來，不過若是遭到抵抗，我會毫不留情地痛下殺手。沒有問題吧？」

看到塞巴斯溫柔地微笑，克萊姆與布萊恩的背脊一陣冰涼。

他的應對方式十分正確，沒有任何不當。自己如果遇到相同的狀況，同樣會這麼做吧。兩人都如此作想。但即使如此，仍然有種懼意竄過他們的背脊，因為塞巴斯的神情簡直像有雙重人格。

溫厚和善的紳士與冷靜透徹的戰士。寬容與無情同時存在於他的內心，到了偏激的地步。

他們有種預感，要是就這樣送塞巴斯進去，他恐怕會把裡面的人趕盡殺絕。

克萊姆戰戰兢兢地對塞巴斯說：

「我想奪去幾人的性命，也是在所難免的，只要您盡量避免無益的殺生就好。畢竟我們的人數較少。只是如果遇見疑似八指幹部的人物，可以請您設法逮住他嗎？將重要人物抓起來盤問，能減少今後的犧牲者。」

「我不是殺人魔，不是來大屠殺的，請放心。」

看到他溫柔的微笑，克萊姆放了心。

「失禮了。那麼就拜託您了。」

●

「那麼，就一口氣將這裡搗毀，先爭取一點時間吧。」

只要砸了這家娼館，應該能暫時阻止他們對塞巴斯的干涉吧。若是進行得順利，弄到了機密資料什麼的，他們說不定會忙於處理這方面的事，而把琪雅蕾的事情完全拋在腦後。

就算情況再糟，只能爭取到時間，至少也有機會讓琪雅蕾逃走。說不定還能找到更好的辦法。

「在耶．蘭提爾有位商人親切地找我攀談，不知道能否請他幫忙？」

就算琪雅蕾振作起來了，也還是需要值得信賴的某人提供援助，才有可能過著更幸福的人生。

塞巴斯重新面對厚重的鐵門。他一面想起那時琪雅蕾被扔在這裡的情況，一面觸碰門扉。門扉以木頭打上鐵板製成，又重又厚。一眼就看得出來人類不靠工具很難破壞這扇門。

「克萊姆小弟不知道要不要緊。」

那個名叫布萊恩・安格勞斯的男子不用擔心。就算與沙丘隆特交手，他也應該不會落敗。然而，克萊姆就不同了。他絕不可能打贏沙丘隆特。

是他主動提出要闖進娼館——提供協助，應該已經有所覺悟，但塞巴斯總是不樂見試圖幫助自己的年輕、善良生命白白喪失。

「真希望那樣的少年能活得久一點……」

他道出年長者的普遍想法。當然，塞巴斯是以老人設定創造出來的，以出生到現在的時間來算，其實他比克萊姆還年輕。

「只有沙丘隆特最好能由我打倒，這樣比較穩妥。只希望他們別碰上他就好。」

塞巴斯向四十一位無上至尊祈求克萊姆平安無事。

如果沙丘隆特是這個設施的最強戰力，很有可能會用來對付自己，但如果是擔任某人的保鑣，有可能會護送那人逃出這裡。

塞巴斯感到些許焦躁，握住門把，轉動。

轉到一半手就停住了。既然是這種地下行業，門當然是上鎖的。

「我不擅長開鎖，不過……也沒辦法了。就用我的方法開鎖吧。」

塞巴斯有些傷腦筋地喃喃自語，沉下腰。他收起右手做出手刀，左手在前擺好架式。那姿勢完美無缺，軀幹穩如泰山，有如千年杉樹般泰然自若。

「呼！」

接著發生的，是令人難以置信的光景。

手臂插進了鐵門，而且還是鉸鏈的部位。不，豈止如此，那手臂還不斷發出低沉聲響陷入門中。

鉸鏈發出哀嚎，與牆壁告別。

塞巴斯隨手推開失去抵抗的門扉。

「什……麼……？」

一進門就是一條通道，對面那一頭有扇半掩的門，前面站著個留著鬍子的大塊頭男人，張口瞠目，一臉白痴相。

「門生鏽了，所以我稍微用點力，硬是把門拉開了。建議您替鉸鏈上點油吧。」

塞巴斯對男人如此說完，關上了門。不，更正確來說，是把門板靠在門框上。

在男人完全愣住時，塞巴斯毫不客氣地踏進屋內。

「——喂，怎麼了？」

「剛才那是什麼聲音啊！」

男人背後傳來別的男人的聲音。

不過，正面看著塞巴斯的男人沒理他們，只是對塞巴斯出聲道：

「……呃……歡、歡迎光臨？」

完全陷入混亂的男人，愣愣地看著塞巴斯走到眼前。在這種地方工作的人，理應早已習慣了暴力。然而發生在眼前的光景，實在超出他至今累積的常識太多了。

無視於同伴在背後質問，男人諂媚地對塞巴斯陪笑臉。因為生存本能告訴他，討好對手是最好的選擇。不，也許他只是拚命騙自己說對方是哪個客人的管家，才會做出如此反應。

大鬍子的男人抽搐著臉頰拚命擺笑臉的模樣，實在不太好看。

塞巴斯面露微笑。那笑容既慈祥又柔和。然而潛藏在眼中的感情卻沒有一絲好意。比較接近鋒利刀劍迷惑人心的詭譎光輝。

「可以請您讓讓嗎？」

轟咚。不，應該是咚砰吧。令人作嘔的聲響響遍四周。

一個身穿武裝的強壯成人男性。體重少說也有八十五公斤。此時卻像開玩笑似的在半空中旋轉，以肉眼無法辨識的速度飛向一旁。男人的軀體就這樣狠狠撞上旁邊的牆壁，發出如水爆炸開來的轟然巨響。

猶如巨人的拳頭擊中房屋，整棟房子劇烈搖晃。

「……糟糕。應該在更裡面的位置殺他，可以當做很好的防柵……好吧，反正裡面好像還有人，接下來注意點也就是了。」

塞巴斯叮嚀自己再放鬆點力道，同時走過屍體旁邊，往裡面走。

他把門大大打開，走進裡面的房間，舉止優雅地環顧室內。那與其說是侵入敵營，倒比較像是在無人房屋裡漫步。

那裡有兩個男人。

他們目瞪口呆，看著塞巴斯背後旁邊牆壁上綻放的整面血紅花朵。

房間裡充斥著在納薩力克絕對看不到的廉價酒類的氣味，一瞬間就與鮮血、內臟及內容物發出的異味交相混合，調配出令人反胃的芳香。

塞巴斯整理了一下向琪雅蕾與暗殺者問來的情報，試著想起這棟房屋的格局。她的記憶殘缺不全，記不得什麼重要資訊，不過她告訴塞巴斯真正的店在地下室。暗殺者沒有去過地下室的店，所以接下來派不上用場。

他望著地板，然而通往地下的樓梯似乎隱藏得很巧妙，塞巴斯找不到。

自己找不到的話，問知道的人就行了。

「不好意思。有件事想請教您……」

「噫咿！」

他才剛對一個男人開口，那人就馬上發出沙啞慘叫。看來他的腦中已經沒有應戰這個選項了。這讓塞巴斯放下心。他一想到琪雅蕾的事情下手就不知輕重，會一拳送對方上西天。既然對方沒有戰意，那麼只要折斷雙腳應該就夠了。

嚇得渾身發抖的男人緊貼牆壁，想盡可能離塞巴斯遠一點。塞巴斯不帶感情地看著男人的窩囊樣，只有嘴角泛出笑意。

「噫嗚！」

那人更害怕了。尿騷味在房裡擴散開來。

把人家嚇唬得太過度了。塞巴斯蹙起眉頭。

一個男人翻著白眼虛軟倒地。極度的緊張感使他失去了意識。另一個男人羨慕不已地望著他。

「唉……我剛才說有件事想請教，其實是這樣的，我想到地下室去。可以請您告訴我怎麼下去嗎？」

「……這、這……」

塞巴斯從不敢背叛組織的男人眼裡，看見了恐懼之色。跟那些暗殺者一樣，這個男的似乎也怕遭到組織肅清。塞巴斯想起頭一個遇到的那個男人，照他拿了塞巴斯的錢逃走時的態度，肅清大概就等於「死」吧。

是該說還是不該說呢。男人還在猶豫不決時，塞巴斯講出一句話斬斷他的猶豫。

「這裡有兩張嘴。我也不是一定要問您喔？」

男人額頭上頓時冒出冷汗，背脊抖了一下。

「那、那、那！那裡，在那裡有個隱藏門！」

「那裡嗎。」

經他這麼一說，仔細一瞧，該處地板的確有道縫隙，跟旁邊的地板分隔開來。

「原來如此，謝謝您。那麼您已經沒有用處了。」

塞巴斯面露微笑，男人意識到這句話接下來是什麼意思，鐵青著臉不住顫抖。但他還是抱著些許期望，開口說道：

「拜、拜託。不、不要殺我！」

「不行。」

毫不猶豫的回答讓房間為之凍結。男人睜圓了眼。人類在拒絕接受不願相信的話語時，就會露出那副表情。

「可是，我不是都告訴你了嗎！拜託，我什麼都願意做，饒我一命吧！」

「是這樣沒錯，但是……」塞巴斯嘆息似的吐出一口氣，搖頭。「不行。」

「你……你是在開玩笑吧？」

「要當我是開玩笑也行，不過結果都是一樣的喔？」

「……神……啊。」

想起自己搭救琪雅蕾時她那悽慘的模樣，塞巴斯略微瞇細了眼睛。

參與那種惡行的人竟敢向神求救，這些人豈有那種權利。再說對塞巴斯而言，神就是四十一位無上至尊。男人這樣做像是侮辱了他們。

「這是您自作自受。」

斷絕一切希望，冷如鋼鐵的話語，讓男人直覺明白到自己的死亡。

要逃，還是要戰？面臨這兩個選項的瞬間，男人毫不猶疑地選擇了——逃。

敢與塞巴斯敵對，下場不言而喻。倒不如選擇逃跑，還有一絲生存的可能性。他的這種想法是正確的。

因為他至少因此延長了幾秒，或者該說零點幾秒的壽命。

男人朝著門口跑去，塞巴斯一瞬間就追上他，身體輕輕一旋。疾風掠過男人的頭部位置，身體像斷了線般滾倒在地。一顆球輕快地撞上牆壁，留下血跡滾落地板。

慢了一拍後，大量鮮血從男人失去頭顱的脖子溢出，流了滿地。

真是神乎其技。以迴旋踢僅僅踢飛頭顱的技巧，本身就需要難以置信的速度與力道，但最可怕的是塞巴斯穿在腳上的鞋子，竟然沒有沾上一點汙漬。

他讓皮鞋啪啪響著，走到翻白眼倒地的另一名男子身邊，抬腿往下一踢。伴隨著枯樹折斷的聲響，男人的身體一陣痙攣。痙攣幾下之後，男人的身體便動也不動了。

「……只要回想看看您至今的所作所為，會遭到何種下場豈不是自明之理嗎？不過，請放心。我會讓您用身體做一點補償的。」

塞巴斯開始回收屍體。

他要把屍體破壞得慘不忍睹，擺設在樓梯上，讓想從這邊逃跑的人嚇破膽，裹足不前。由於無法破壞出入口，因此塞巴斯想到用這個辦法困住他們。

把撿來的屍體隨意放置在各處後，塞巴斯抬腳踏向地板上的隱藏門。

先是金屬零件毀壞的聲音。接著地板開出一個大洞。遭到破壞的門板發出意外響亮的匡啷匡啷聲，沿著堅固的樓梯一路滑下。

「原來如此……只要破壞這個樓梯……應該就不能從這裡脫逃了吧。」

●

那裡是一間不算大的房間。

空蕩蕩的房裡只有一個衣櫃。還有一張床。

床鋪並非簡陋地在稻草上鋪床單，而是棉花內材的床墊。品質很好，像是供貴族使用的那種。不過這床墊似乎重視的是功能性，外觀樸素，沒有做任何裝飾。

床墊上坐著一個裸體男子。

年齡早就過了中年。暴飲暴食的影響讓身體鬆弛肥胖。

五官原本就只勉強達到平均，卻又因為加上了鬆垮贅肉，替長相大為扣分。不管是誰來看，都會覺得這個男人簡直像頭豬。豬本來是聰明又愛乾淨的可愛動物。不過這裡所說的豬，是指愚鈍、品性低劣又骯髒的罵人話。

他的名字是史塔凡・黑委士。

他揚起拳頭往下——往床墊打下去。

毆打皮肉的聲音響起。

史塔凡鬆垮的臉孔浮現喜悅之情。皮肉被打扁的觸感傳到手上，同時為他帶來一陣渾身起毛的快感。他身體抖了一抖。

「哦哦……」

慢慢舉起的拳頭上沾滿了黏糊糊的鮮紅血漿。

史塔凡壓倒了一個裸女。

女人鼻青臉腫，臉部肌膚滿是瘀血斑點。鼻子被打歪，流出的鼻血乾涸，黏在皮膚上。嘴唇與眼瞼也腫成大包，原本端正的五官全變了形。雖然身上也有瘀血痕跡，但還沒臉部那麼嚴重。周圍床單上都是變色的血跡。

直到剛才還拚命舉起來保護臉部的雙手，如今無力地癱在床上，髮絲在床單上散亂的模樣，宛若在水中盪漾。

「喂，怎麼啦。已經沒力了嗎？啊啊？」

女人不像是還有意識的樣子。

史塔凡掄起拳頭打下去。

碰的一聲，拳頭撞到臉頰肉與下面的骨頭，讓史塔凡的手也痛了一下。

史塔凡的表情扭曲起來。

「嘖。很痛耶！」

他帶著怒氣再給女人一拳。

隨著砰的一聲，床鋪發出嘰嘰聲響。女人腫得像顆球的皮膚裂開，拳頭沾到了血。黏糊糊的鮮血飛濺到床單上，染出深紅色的汙斑。

「……嗚……」

女人即使遭到毆打也不再掙扎，肉體幾乎沒有反應。

遭到這樣不停毆打，是會要人命的。然而女子尚有一口氣在，並不是因為史塔凡手下留情。女人之所以還能苟延殘喘，是因為床墊分散了衝擊力道。如果她是躺在硬床上挨揍，恐怕早已一命嗚呼。

史塔凡出手這麼狠，不是因為知道床墊有這種效果，而是因為女人就算死了也不關他的事。只要付點錢處理就能了事。

實際上，史塔凡已經在這家店裡活活打死了幾個女人。

不過，也搞不好是因為每次打死人都要付錢處理，多少傷了一點荷包，讓他無意識地下手輕一點。

望著女人動也不動的臉龐，史塔凡伸出舌頭舔舔自己的嘴唇。

這家娼館正適合用來滿足特殊的性癖好。一般娼館絕不可能讓客人做這種事。不，也許其實可以，但史塔凡不知道那麼多。

有奴隸的時候多好。

奴隸屬於一種財產，粗魯使用的人容易遭到輕蔑。就跟揮霍無度的人會招人白眼是一樣的道理。

然而，對史塔凡這種具有特殊性癖好的人來說，奴隸是能夠簡便滿足自己慾望的唯一手段。失去了這個手段，史塔凡就只能跑來這種地方洩慾。要不是他得知有這家店，真不知道會變成怎樣。

自己一定會忍耐不住而犯下罪行，遭到逮捕吧。

對於向自己介紹這家店——相對地自己也必須為了他們方便，暗中行使權力——的貴族主人，他真是感激涕零。

「感謝您——我的主人。」

史塔凡的眼瞳中浮現平靜的感情。從史塔凡的性癖好與性格很難想像，其實他只對自己的主人懷抱著深切的感謝。

不過——

從腹部深處一點一滴湧起的火焰——憤怒。

這是對造成他失去奴隸這個洩慾口的女人產生的情緒。

「——那個娘們！」

他氣得滿臉發紅，眼布血絲。

自己壓倒在床的女人，與他想起自己本該侍奉的王室——公主的臉重疊在一塊。史塔凡把體內咻咻吹起的煩躁集中在拳頭上，對女人飽以老拳。

隨著砰的一聲，新鮮血液再度飛散。

「要是能把、那張臉打得血肉模糊、不知道有、多爽啊！」

他一次又一次地痛毆女人的臉。

拳頭打中臉頰，嘴裡可能被牙齒刮破了。驚人的大量血液，從腫脹的雙唇縫隙中溢出。

如今女人即使被揍，也只是稍微抖一下罷了。

「——呼……呼……」

狠狠揍了幾下後，史塔凡肩膀上下起伏，氣喘吁吁。額頭與身上滿是油亮的汗水。

史塔凡看看自己壓住的女人。那豈是一個慘字了得，根本早已跨越半死不活的界線，往死亡邊緣走進幾步了。躺在那裡的是個斷線人偶。

史塔凡的喉嚨發出咕嘟一聲。

沒有什麼比姦淫傷痕累累的女人更令他興奮。尤其是那女人原本越美越好。因為任何事都比不上美麗的事物毀壞更能滿足他的嗜虐心。

「要是也能這樣玩弄那個女人，不知道會有多爽。」

史塔凡的腦中，浮現方才造訪的那幢宅邸女主人高傲的臉龐。那女人的美貌足以與這個國家的公主，號稱最美麗的女性匹敵。

當然，史塔凡也很清楚，自己不可能恣意玩弄那麼上等的女人。能用來滿足史塔凡性癖好的，只有被扔進這家娼館，最後用一用就要廢棄的人類。

如果是那樣美麗的女子，應該會被權勢顯赫的貴族砸下大筆金錢買走，為了不讓買賣行為曝光而送去自己的領地，讓她過著禁臠生活吧。

「真想揍一次那種女人——把她活活打死。」

要是能那樣做的話，不知道有多愉快，多滿足啊。

當然，這是癡人說夢。

史塔凡看向自己壓住的女人。裸露的酥胸微微上下起伏。確認這一點，他的嘴唇下流地揚起。

史塔凡伸手攫住女人的乳房。女人的乳房柔軟地被捏得變形。

女人完全沒有反應。奄奄一息的她，已經無法對這點程度的痛楚產生反應了。史塔凡壓住的女人，現在與人偶唯一的差異，大概就是柔軟的身體吧。

只是，史塔凡對她的毫無抵抗感到些許不滿。

救命啊。

饒了我吧。

對不起。

住手啊。

女人的慘叫重回史塔凡的腦中。

是否應該趁她還有力氣叫時上她？

史塔凡感到有些遺憾，繼續揉捏女人的乳房。

被轉送進這家娼館的女人，大半精神都已經異常，心靈選擇逃避現實。這樣想來，今天服務史塔凡的女人算是比較好了。

「那個女人也是這樣嗎？」

史塔凡腦中浮現的是琪雅蕾。那個放走她的娼館男員工後來落得什麼下場，史塔凡沒有興趣知道。

只是，一想起在造訪的宅邸遇見的那個老管家，史塔凡就無法壓抑滿心的嘲笑。

那東西不曉得被多少男人睡過，有時候連女人或人類以外的東西都當了恩客，根本沒有袒護她的價值。那個管家竟然暗示說願意為她付出幾百枚金幣，差點沒讓他當場笑出來。

「對了，那個逃走的女人也叫得很好聽呢。」

他回溯記憶，想起她發出的慘叫。以轉送這家娼館的女人來說，她還算正常。

史塔凡露出淫笑，開始滿足自己的獸慾。他一隻手抓住壓住的女人赤裸的腳，大大張開。骨瘦如柴的腳細到史塔凡一隻手就能整個握住。

史塔凡將身體湊近女人張開的兩腿之間。

他握住慾火焚身而變硬的那玩意——

伴隨著喀嚓一聲，門扉慢慢開啟。

「啊！」

史塔凡慌忙看向房門，視野中出現一名似曾相識的老人。然後他立即想起那名老人是何方神聖。

是在那幢宅邸遇見的管家。

老人——塞巴斯讓皮鞋發出喀喀聲，隨隨便便就走進房間。看到他那極其自然的舉動，史塔凡一句話也說不出來。

那幢宅邸的管家，怎麼會出現在這裡？為什麼他會進來這個房間？遭遇無法理解的事態，讓腦袋變得一片空白。

塞巴斯站到史塔凡身旁。然後他看看被史塔凡壓住的女人，接著對史塔凡投以冰冷無比的視線。

「您喜歡揍人是吧？」

「啊！」

異樣的氛圍讓史塔凡站起來，想去拿衣服。

然而塞巴斯的動作比他更快。

史塔凡的耳畔響起「啪」的一聲。同時史塔凡的視野嚴重震盪。

慢了一拍後，史塔凡的右臉頰開始發燙，一陣熱辣痛楚擴散開來。

挨揍了——不，這種情形應該說是挨巴掌了吧。史塔凡好不容易才理解這一點。

「媽的，你好大的——」

史塔凡的臉頰再度清脆的啪地一響。然後沒完沒了。

左，右，左，右，左，右，左，右——

「路手——！」

從來只有史塔凡揍人，沒有別人揍他的，這幾下子讓他痛得眼角都泛淚了。

他抬起雙手遮著臉後退。

兩個腮幫子像被燙傷似的陣陣作痛。

「哈、哈的！你好大的喊子，敢這樣對偶！」

紅腫的臉頰一講話就疼。

「不行嗎？」

「垃還用收嗎！蠢貨！裡當偶是什麼人！」

「不過是個愚人罷了。」

他輕易逼近退後的史塔凡，啪！再給史塔凡一個耳光。

「路手！拜託路手！」

像挨爸媽揍的小孩子一樣，史塔凡護著臉頰。

他是很喜歡使用暴力，但毆打的對象總是弱勢的存在。縱使塞巴斯的外觀只是個老人，史塔凡也不敢打他。要確定對方絕對無法抵抗，他才敢動手。

或許是覺察了史塔凡的內心懦弱，塞巴斯對他失去興趣，移動視線看向女子。

「真是太慘了……」

塞巴斯站到女子身旁，史塔凡從他身邊跑走。

「笨蛋！」

史塔凡氣得七竅生煙。多麼愚蠢的老頭啊。

他要把這宅子裡的所有人都叫來，狠狠給那老頭一番教訓。老頭竟敢對他這樣的大人物動手，他絕對不會輕饒。一定要讓他嘗夠痛苦與恐懼。

他腦中浮現出管家的主人，那個美若天仙的女子。

奴僕的失敗，主人必須負責。他要讓這對主從為他的疼痛負起責任。讓老頭知道他打了什麼人。

史塔凡一邊暗忖，一邊上下抖動著啤酒肚，衝出房門外。

「來輪啊！有沒有輪在啊！」

他大聲喊叫。

只要一叫，應該會有哪個員工過來看看。

然而他的指望落空了。他一踏上走道就明白到這點。

走道上鴉雀無聲。

簡直好像沒半個人似的。

史塔凡全身光溜溜的，畏怯地東張西望。

走道上的寂靜——異樣的氛圍讓史塔凡害怕起來。

一看，左右兩邊都有好幾扇門。沒人開門出來是理所當然的。這家店的主顧幾乎都有著特殊的性癖好——而且是有危險性的，所以隔音設備完善。

但是，不可能連員工都沒聽見。

店裡的人帶史塔凡到剛才那個房間時，他看到了幾個員工。每個都是身強力壯的男人，體格壯碩，塞巴斯那種老人根本不能比。

「為什麼都沒輪來！」

「——因為他們不是死了，就是昏倒了。」

平靜的聲音回答史塔凡的大叫。

急忙轉頭一看，塞巴斯表情平靜地站在那裡。

「裡面好像有幾個人……不過大多都沉眠了。」

「那、那四不可能的！裡以為這裡有多少輪啊！」

「……看似員工的人樓上有三個，樓下有十個。您這樣的人則有七個。」

這人在胡說八道些什麼啊。史塔凡用不可置信的表情看著塞巴斯。

「總之，樓上樓下沒有人能來救您。那些員工就算恢復意識了，他們的腳也被我打碎，手臂被我折斷了。只能像毛蟲一樣在地上爬。」

史塔凡臉上驚愕不已。他心想不可能，可是娼館內的異樣氛圍卻證明塞巴斯所言不假。

「好了，我不覺得有放您生路的必要。就請您死在這裡吧。」

塞巴斯並未作勢拔刀或是拿出武器。他只是沉默不語，若無其事地走向史塔凡。那平凡無奇的舉動反而讓史塔凡害怕。因為他明白到塞巴斯是真的要他死。

「冷冷！冷冷！偶可以給裡……務，偶是說偶可以給林好暨！」

「……我聽不太清楚您說什麼，您是說您會給我好處嗎？原來如此……我沒興趣。」

「辣裡為什麼要這樣對偶！」

自己沒道理遭到這種對待。再說自己為什麼非得遭到殺害呢。史塔凡的想法第一次傳達給了塞巴斯。

「……您捫心自問，都還不明白嗎？」

史塔凡回想自己的所作所為。自己有犯過什麼錯嗎？

塞巴斯嘆了口氣。

「……是嗎？」

跟塞巴斯說話的速度一樣快，塞巴斯的前踢踹進史塔凡的腹部，將他狠狠踢飛。

「沒有活著的價值就是這個意思呢。」

好幾處內臟破裂，難以置信的痛楚襲向史塔凡。那種劇痛足以讓人痛苦掙扎而死，但史塔凡只是腦內一片朦朧，還有意識。

痛啊！

痛啊！

痛啊！

他很想一邊大叫一邊打滾，但劇烈的痛楚讓他無法動彈。

「您就這樣慢慢死去吧。」

冰冷的聲音落在史塔凡身上。他想出聲求救，但喉嚨動也不動。

汗水流進眼睛裡，眼前變得模糊。視野當中，可以看見塞巴斯離去的背影。

救救我！

救救我！

要多少錢我都給，救救我！

已經沒人能回答他無聲的求救。

最後史塔凡承受著腹部湧起的劇痛，慢慢死去。

2

下火月〔九月〕三日　12：12

「克萊姆小兄弟，樓上的人都殺了吧。我們沒有工具能綑綁他們，而且要是他們大聲呼救就糟了。就算把他們打昏，他們搞不好會醒來，在這種狀況下制壓缺乏情報的地點太危險了……怎麼了？」

「啊，不，沒什麼。」

克萊姆搖搖頭，趕跑不安的情緒。心臟發出全力奔跑時的跳動聲，但是他盡可能地加以忽視。

「失禮了。我這邊已經沒問題了。隨時可以行動。」

「是嗎？……嗯，看來你已經切換意識了。自從來到這裡，你的樣子就怪怪的，不過現在的你，已經是一副戰士的神情了。我能體會你的不安。因為這裡有目前的你打不贏的強敵。不過你放心。有我在，塞巴斯大人也在。你只要想著存活下來就好。為了你的心靈支柱。」

布萊恩用力拍拍克萊姆的肩膀，拿著已經拔出的刀，敲了四下門。

克萊姆也握緊了劍。

門扉後方傳來沉重的腳步聲，然後聽見開鎖的聲音，而且是三道。

門一半開的瞬間，克萊姆按照作戰計畫，把門用力一拉。

還沒聽見驚訝的叫聲，布萊恩已經殺了進去。隨即傳來斬斷皮肉的聲音，接著是重物倒地的聲響。

克萊姆慢了一步，也衝進屋內。

先進入屋內的布萊恩正好砍倒第二個人。室內還有一個裝備短劍與皮甲的男人。克萊姆朝向那人奔去，一口氣縮短距離。

「啊！你是什麼人！」

男人慌忙拿短劍去刺克萊姆，但克萊姆輕輕鬆鬆就用劍彈開。

然後高舉利劍，從上段一口氣往下砍。

那人想以短劍擋住，但區區短劍實在無法抵禦克萊姆施加全身體重的沉重一擊。對方的劍彈開，克萊姆的劍刃就這樣砍進男人的肩窩，穿過咽喉。

男人倒地發出痛苦呻吟的同時，想不到人體中竟有這麼多的血，流滿了一地。那人面臨死亡，身體一陣陣的痙攣。

克萊姆判斷給了對手致命傷，保持戒備的同時也沒減損氣勢，衝向房間深處。並沒有敵人躲藏在室內揮劍砍來。背後傳來布萊恩跑上通往二樓的樓梯的聲音。

室內只放了些平凡無奇的家具。克萊姆確認沒有敵人後，跑向下一個房間。

然後過了一分鐘。

巡視過各自負責的樓層，確定沒有其他敵人後，克萊姆與布萊恩在入口會合。

「我稍微看了一下一樓，沒有任何人在。」

「二樓也是。這裡連張床都沒有，表示他們飲食起居不在這裡……我看錯不了，應該還是有密道，這些人大概是住在那裡吧。」

「找得到那條密道嗎？我只知道應該不會在二樓。」

「不，我沒找到類似的通道。不過如果克萊姆小兄弟說得對，那應該會在一樓吧。」

克萊姆與布萊恩交換一個眼神，然後看看室內。

由於克萊姆沒有修習盜賊系的技能，因此光是環顧室內，是找不到密道的。若是這裡有麵粉之類的細小粉末，而且有時間的話，他們也許會到處灑粉然後吹開，找出隱藏通道。用這種方法，粉末會跑進隱藏門的縫隙，變得容易辨識。然而他們手邊沒有麵粉，也沒時間到處灑。所以克萊姆從腰包中拿出了魔法道具。

這是以前蒼薔薇的格格蘭送給他的小手鈴。她說「在沒有盜賊同伴的情況下冒險很危險，但有時候迫不得已。碰到這種情況時，有沒有這個道具可是會有很大的差別」，克萊姆看看這幾只鈴鐺側面部分的圖案，從三只鈴鐺中選出自己需要的。

他取出的魔法道具，叫做隱藏門探測鈴（Bell of Detect Secret Doors）。

克萊姆感覺到布萊恩在身旁興味盎然地看著鈴鐺，搖了搖鈴。鈴鐺發出只有拿著的人才能聽見的清涼音色。

對鈴聲產生反應，地板的一個角落亮起蒼白光芒。那光一明一滅，告訴他這裡有隱藏門。

「哦，好方便的道具啊。不像我持有的道具全都是強化自己能力的，只能在戰鬥中派上用場。」

「可是以戰士來說，那不是理所當然的嗎？」

「戰士啊……」

克萊姆離開苦笑著的布萊恩身邊，將隱藏門的位置記在腦中，繞了一樓一圈。這個道具的魔法效果會持續一段時間。他必須在這段時間內巨細靡遺地搜過一遍。他繞了一圈，不過除了一開始的地方之外，沒有其他位置對魔法起反應。

再來只要打開這扇隱藏門，潛入其中即可，不過克萊姆瞇起眼睛，看著隱藏門。然後他嘆了口氣，再度拿出三只手鈴。

這次選用的手鈴，上面的圖案跟剛才的不一樣。接著他照樣搖搖鈴。

跟剛才有些類似，但不完全一樣的鈴聲響遍四周。

解除陷阱鈴（Bell of Remove Trap）。

萬事小心為上。身為戰士的克萊姆沒有發現並拆除陷阱的能力，中了陷阱時也沒有應對辦法。如果同伴中有魔法吟唱者之類的話，就算中了麻痺或毒也能幫自己治療，然而這裡只有兩個戰士。聽說有的戰技可以讓毒物等等失去效果一段時間，但克萊姆沒學到，也沒帶解毒藥水。他必須當作一中毒就完蛋了。

與其中陷阱，即使是一天使用次數有限的道具，也應該毫不猶豫地使用。

一個沉重的喀鏘聲，從隱藏門響起。

克萊姆把劍插進隱藏門的縫隙，撬開它。

木頭地板的一角一下子抬起來，倒往反方向。隱藏門的內側安裝了十字弓。搭在十字弓上的方鏃箭（Quarrel）尖端部分，在燈光的照耀下，發出不同於金屬的奇妙反光。

克萊姆換個位置，端詳十字弓。

尖端部分沾著極為黏滑的液態物質。八成是毒藥。

如果剛才隨便打開門，塗了毒藥的方鏃箭一定已經射向自己。

克萊姆放心地微微呼出一口氣，檢查能不能拆下十字弓。可惜裝得十分牢固，沒有工具是拆不掉的。

克萊姆放棄這個念頭，往隱藏門的深處看看。

底下有道陡直的樓梯向下延伸，前方受到角度影響而看不見。樓梯與周圍都以石塊打穩，相當堅固。

「那，怎麼辦？要在這裡等嗎？」

「我有點不擅長在屋內戰鬥。希望能到裡面找個寬敞、容易應戰的場所，在那裡等敵人出現。」

「以一對一的狀況來想，在樓梯上守株待兔勝算比較大，不過如果你在這裡發生戰鬥，等我往裡面走的時候，有可能會聽不到戰鬥聲……再說也有可能出現增援，放棄這裡應該是對的。那麼，我們一起下去吧。」

「是。麻煩您了。」

「我走前面。你跟我拉開一點距離跟上來。」

「了解。先說一聲，剛才的解除陷阱道具一天只能用三次，但是不能連續使用，中間必須隔三十分鐘才會生效。所以接下來無法依靠道具。」

「知道了。我一路上會盡量小心。發現什麼的時候跟我講一下。」

布萊恩說完，先踩下了樓梯。克萊姆跟隨其後。

走在前面的布萊恩為了小心起見，用刀戳刺著梯段，一步一步謹慎前進。

走完了樓梯，前面的通道緊密地鋪著石板，牆壁也用石塊做了補強。幾公尺前方看得到一扇木門，周圍以鐵板做補強。

他不認為逃生通道會設置比十字弓更危險的陷阱，不過經常聽說一個陷阱洞穴就能讓重武裝的戰士失去戰力。只有這種陷阱絕對要避免。

即使只有短短的一小段路，布萊恩仍舊花了許多時間慎重前進，終於來到門前。克萊姆在樓梯下待機，以免發生什麼意外時受到波及。

布萊恩先用刀戳了戳門。戳了幾下之後，才下定決心握住門把——一轉。然後停住。

克萊姆正在擔心發生了什麼狀況時，布萊恩轉過頭來，苦著臉說：

「……上鎖了。」

當然了。想也知道會上鎖。

「有沒有什麼辦法？沒有我就直接打破了。」

「啊，有的。請等我一下。」

他拿出三只手鈴中的最後一個，朝著門搖一搖。

藉著解鎖鈴(Bell of Open Lock)的功效，傳來門鎖打開的微弱聲響。

布萊恩轉動門把，把門打開一條縫隙，窺視室內狀況。

「沒人呢。我先進去。」

跟在布萊恩之後，克萊姆也闖入了房間。

是一個敞廳。

房間靠著牆邊放置著好幾個塞得下人的籠子與木箱等等。也許是雜物間吧。可是以雜物間來說似乎有點太寬敞了。

對面有扇沒有鎖的門。克萊姆側耳傾聽，可以聽見遠方似乎起了騷動，有點吵雜。

布萊恩回過頭，向克萊姆問道：

「這裡怎麼樣？我覺得夠寬敞了……不過也因此必須同時對付好幾個人喔。」

「如果對方不只一個人，我會打開出口的門，到樓梯附近戰鬥。」

「我知道了。我隨便搜索一下，很快就回來，你可別死了喔，克萊姆。」

「麻煩您了。布萊恩大人也請多加小心。」

「剛才的道具……方便借我用嗎？」

「當然。抱歉我顧慮不周。」

克萊姆把三個鈴鐺一起交給布萊恩。布萊恩將這些鈴鐺收進腰帶上的小包。然後他臉上浮現戰士該有的精悍神態，只說了句「那我走了」就走進沒上鎖的門，往娼館深處走去。

剩下克萊姆一個人環顧安靜的室內。

他第一個先四處檢查，確定木箱後面沒人，或是有沒有祕密通道。雖然畢竟只是戰士程度的搜索，不過他覺得應該沒有隱藏門什麼的。接著他檢查大量的木箱。

他希望能獲得八指其他設施的情報。如果能查到走私品或違法品，那就更棒了。當然，大致上的搜索必須等到占領此處後才能進行，不過在那之前，自己還是該在能力範圍內盡量搜查一下。

木箱有大有小，他走向最大的那個。大小來說，長寬高差不多各有兩公尺吧。

他檢查這樣大的木箱有沒有藏著陷阱。當然，就跟剛才一樣，克萊姆沒有探索能力，因此只能拙劣地學著盜賊的做法。

他把耳朵貼在木箱上，聽聽裡面的聲音。

他不覺得木箱裡會關著什麼，但這裡畢竟是接近黑社會的場所，說不準會發現什麼。也有可能走私了非合法的生物之類。

可想而知，聽不到聲音。克萊姆接著伸出手，試著打開上面的蓋子。

——打不開。

動都動不了一下。

他找找看有沒有鐵撬棍或撥火棒，但放眼望去，室內好像沒有這類工具。

「……沒辦法了。」

接著他去打開一個有一立方公尺大的木箱。

這個很容易就打開了。探頭看看裡面，箱子裡裝了各色服飾。從貫頭衣到貴族千金會穿的華服，應有盡有。

「這些是什麼？難道是有什麼藏在衣服底下……好像也不是……備用服飾？還有類似工作服的衣服，這是女僕裝？到底是做什麼用的？」

克萊姆搞不懂這堆衣服是做什麼用的。他拿起一件瞧瞧，但就只是普通的衣服。如果硬要與犯罪扯上關係，頂多是偷來的吧，但不足以當成搗毀這家娼館的明確證據。

搞不懂的事情就先不去管它。克萊姆走向大小相同的另一個箱子。這時，屋裡響起好大的啪答一聲。

這是不可能的。他早就環顧過整個室內，確定沒有人。霎時間，腦中閃過一個念頭。

會不會是有人使用「透明化(Invisibility)」隱藏形體，從一開始就躲在室內呢。

被自己的想法嚇得身體一震，克萊姆慌忙看向聲音的來源。是剛才那個打不開的兩立方公尺大箱子，那箱子有一面是緊貼著牆的，此時相對的那一面木板已經打開。

箱子內部暴露在外，裡面沒有任何物品，只有兩個男人。箱子深處是一條通道，本來該有的牆壁開了個洞。原來密道是跟木箱連在一起的。

克萊姆完全驚得呆了，這時男人們一同走出了箱子。

克萊姆的背後流下冷汗。

其中一名男子的外貌，與塞巴斯描述的某個人物十分酷似。那人的名字是沙丘隆特。是這次攻堅行動中最大的障礙，也是最想捕獲的頭號人物。

他是六臂的一名成員，實力足與精鋼級冒險者匹敵。對克萊姆來說毫無勝算的敵人單手握著出鞘的利刃，瞇細了眼問道：

「都已經藉由『警報(Alarm)』得知有人入侵，還特地為了不碰上他們而走密道了……我看還是應該另外做一條通道吧？」

「現在說這些有什麼用？」

後方的男子尖聲尖調地回答。

「哎唷？那個男生好像在哪兒見過呢？」

「在這種狀況下，要是跟我說你睡過那個少年，可別怪我發脾氣喔？」

「討厭啦，沙丘隆特。怎麼可能嘛。我想起來了，沒錯，是這世界上我最痛恨的那個賤貨的部下呢。」

「哦，那就是那個公主大人的部下嘍。」

沙丘隆特從頭到腳打量著克萊姆身上的每個角落。

後方的男子視線中流露出令人生厭的情慾之色，但沙丘隆特的眼神是在看清克萊姆作為戰士的力量，或者是如毒蛇般判斷能否將獵物一口吞下肚。

後方的男人伸出舌頭舔舐嘴唇，向沙丘隆特問道：

「我想把那小子也帶走，如何？」

克萊姆背脊一陣發毛，肛門癢了起來。

（這傢伙是那種的喔！）

「要多收額外費用喔。」

無視於克萊姆內心的大叫，沙丘隆特轉向克萊姆。這人的姿態本來就沒有一點破綻，現在克萊姆更覺得像是面對堅不可摧的城牆。

沙丘隆特突然踏出一步。

迎面而來的壓力讓克萊姆後退一步。

力量差距懸殊的戰鬥，當然通常都不會花太多時間。然而，克萊姆卻得開始執行這項艱難的任務。

（只要維持防禦態勢，專心抵擋攻擊，應該可以爭取到其中一位大人趕來的時間。）

不過，在那之前得先做一件事。

克萊姆深深吸進一口氣。

「請來救我——！」

他扯著嗓門大喊。幾乎要把累積在肺裡的所有空氣都吐出來。

單打獨鬥獲勝不能算是勝利。捕獲這些人不讓他們逃走才是勝利。反過來說，如果讓這名男子這樣的強者——也就是很可能掌握多數情報的人逃走，那等於是全盤皆輸。

既然如此，大聲求助又有什麼好猶豫的呢？

實際上，沙丘隆特的臉色頓時凶惡起來。

如此一來，對方就有必要短時間決勝負。換句話說，戰鬥很可能變成以大招為主。

克萊姆不敢鬆懈，持續觀察。

「岢可道爾先生。要把這傢伙帶走變得有點困難了。我得在援軍趕來前解決掉他。」

「怎麼這樣啊！你不是六臂之一嗎。連把這麼一個小鬼打昏都辦不到嗎！這樣豈不是有負幻魔之名！」

「這樣講就尷尬了。好吧，我會盡量試試，不過請您記得，只要能讓您逃走，就算是我方的勝利喔？」

克萊姆不敢鬆懈，瞪著沙丘隆特，想找出他被稱為幻魔的來由。如果是綽號的話，總不會取個離本身能力太遠的名字。既然如此，只要查出理由，就能掌握對方一部分的能力。只是很可惜，他無法從對手的外觀或裝備品看出任何端倪。

克萊姆深知戰況於己不利，但仍然發出咆哮鼓舞自己。

「這扇門有我死守。只要我還有一口氣在，你們別想逃離這裡！」

「辦不辦得到，馬上就能分曉了。等你被我打趴在地，醜態盡出時就知道了。」

沙丘隆特慢慢舉劍，擺好架式。

（嗯？）

克萊姆懷疑起自己的眼睛。

那劍的形體搖曳了。不是眼睛錯覺。那異常現象很快就消失了，但克萊姆確定自己沒有看錯。

是某種武技嗎——

對手之所以稱為幻魔，想必來由就在這裡。這就表示對手已經發動了某種力量。他並沒有大意，但還是該提昇警戒等級。

沙丘隆特踏進攻擊範圍，揮劍一砍。

那動作實在不像能與精鋼級冒險者匹敵。甚至比克萊姆還差一點。他配合揮劍的軌跡，舉劍準備抵禦——冷不防感到一陣寒意，連忙跳開。

突如其來地，軀幹側面發生一陣劇痛，差點被打飛出去。

「呃啊，嗚！」

他就這樣發出雜亂的腳步聲後退，撞上牆壁。沒那閒工夫思考發生了什麼事。沙丘隆特已經逼近眼前。

他跟剛才一樣揮劍砍來。克萊姆舉劍保護頭部，一個觔斗飛向左邊逃開。

右上臂產生劇痛。

他在一段急速翻滾後直接起身，看也不看就往背後揮劍。

劍刃只砍到空氣。

知道對手無意追擊後，他按住右臂回頭一看，只見沙丘隆特正一邊留意自己的舉動，一邊跑向通往樓梯的門前。

克萊姆無視於試著開門的沙丘隆特，望向岢可道爾。他想既然沙丘隆特待在這裡是為了護衛岢可道爾，光是這個動作就足以形成牽制了。他猜得果然沒錯。

沙丘隆特停止開門，站到克萊姆與岢可道爾之間，嘖了一聲。接著他先看看門與克萊姆，然後望向岦可道爾，表情大幅扭曲。

「中計了！對不起了。我得在這裡殺了這小鬼。」

「你說什麼？留這小子活口，可以拿來威脅那個死丫頭耶？」

「我被他騙了。都是因為這小鬼站在守衛門口的位置……他說要死守那扇門也是手法之一。這小鬼……竟然操弄了我的思維。」

（……很好！上當了。他們對外頭果然一無所知。這樣他們就不會逃跑了。）

他們只有一名護衛，在克萊姆還活著且能繼續戰鬥的狀況下，選擇逃走是愚蠢的行為。這是因為如果樓上的樓梯口有克萊姆的同伴，他們可能會遭到夾擊。同樣的道理，在與克萊姆分出勝負前，也不能讓岦可道爾一個人逃走。

克萊姆明明宣稱要死守門扉，卻很快就離開門前，作勢要對岦可道爾下手，唬住了沙丘隆特。如今他應該深信門外躲著伏兵，預備以夾擊的方式捉住岦可道爾，這個想法會限制住他的行動。

沙丘隆特應該會判斷，想安全逃走，就得在這裡解決掉克萊姆。當然前提是他不知道外頭的狀況。要是知道的話，早就打開門溜之大吉了。

對於頓時高漲的殺意，贏了賭注的克萊姆將劍舉高。

「！」

克萊姆忍受著軀幹側邊與右上臂部位傳來的痛楚。也許有幾根骨頭斷了，所幸還能動。不，若不是那個變態對克萊姆懷有奇怪的慾望，也許自己已經被砍死了。縱然穿著鍊甲衫，也並不能完全防禦斬擊。

（不過，那種攻擊究竟是什麼奇招？是以超高速多揮一次劍嗎？我覺得好像不是……）

克萊姆腦中閃過葛傑夫的臉。

葛傑夫．史托羅諾夫的獨創武技「六光極斬」據說能同時連續攻擊對手六次。那麼對手的招數會不會是比他差一點的武技，像是「二光極斬」之類的？

然而這樣一來，沙丘隆特的招式就會變成第一擊速度普普，只有第二擊速度飛快的詭異武技。

（太不協調了。要是能解開那個招數的祕密，還能設法應對……總之一味防禦於我不利。主動出擊吧。）

嚥下一口唾液，克萊姆開始奔跑。視線從沙丘隆特移向哻可道爾。

沙丘隆特的神色苦不堪言地扭曲起來。

（他是負責護衛的，就算只是做做樣子，也不喜歡看到保護對象遇襲吧。因為我也是這樣，所以很能體會。）

他一面以自己的經驗用在對方身上，一面接近。

（幻影的妖魔……如果可能的話……也許這招本身就是個圈套，不過……有確認一下的價值。）

他逼近距離，揮劍往下劈砍。然而這招一如預期，輕易就被彈開。他壓制住傳來的衝擊力道，再次往下切砍。由於沒有將劍舉高，使的力氣不大，但也足夠了。

攻擊再度被沙丘隆特的劍彈開，克萊姆滿意地點頭，拉開距離。

「是幻術！不是戰技！」

以劍彈回的瞬間，產生了某種迥異感。他感覺攻擊還沒擊中眼前看見的劍，就先被彈開來了。

「那右手本身就是幻術。真正的手臂與劍是隱形的！」

也就是說，以為擋下的劍其實是幻術，是隱形劍砍中了肉體。

沙丘隆特臉上的表情完全消失，以平板的語調開始說道：

「……沒錯。這不過是部分透明的魔法與幻覺魔法的組合罷了。我修習了幻術師(Illusionist)與輕戰士(Fencer)的職業。一旦識破原理，其實不過是個小戲法，對吧？想笑的話可以笑喔？」

怎麼可能笑得出來。的確道理講起來很簡單，也會覺得之前怎麼沒想到。然而，在一擊就會要命的死戰中，沒什麼比看不見的劍更恐怖。而且看得見幻影反而更容易被迷惑。

「由於能力分散到兩個職業，光以戰士來判斷，也許我還不及你，不過……」

沙丘隆特握劍的手轉了一圈。然而，那真的是他的手臂嗎。也有可能現在看見的是幻影手臂，真正的手已經拔出短劍，正在伺機扔向自己。

體會到幻術的可怕，克萊姆淌著冷汗。

「在魔力系魔法吟唱者當中，幻術師只能使用屬於幻覺的魔法。雖說有的高階傷害魔法能夠施行幻術攻擊，讓大腦產生錯覺而致死……但我還沒那麼厲害。」

「聽起來像在撒謊。沒有證據能保證你說的是真的。」

「說的對。」沙丘隆特笑著。「哎，不過呢，你也沒有必要相信。好了，讓我想想我本來想說什麼……對了。總之因為如此，我無法對自己施加強化魔法。也無法施法讓你弱化。不過……你能看穿虛幻與現實嗎？」

話音甫落，沙丘隆特的身體分裂，變成好幾個沙丘隆特重疊的模樣。

「『多重殘像(Multiple Vision)』。」

誰都會覺得中間那個是本尊，但沒人能保證正是如此。

（怎麼能給魔法吟唱者時間！）

克萊姆的目的是爭取時間，但是讓魔法吟唱者有時間使用補助魔法太危險了。

克萊姆高聲吶喊，使用能力提升與感知強化的戰技，一口氣衝往沙丘隆特縮短距離。

「『閃輝暗點(Scintillating Scotoma)』。」

「嗚呃！」

克萊姆的視野突然缺了一塊。然而，魔法的效果立即消失了。看來是魔法的抵抗(Resist)生效了。

克萊姆踏向敵人，像要橫掃一切般揮劍。然而，只有其中一個人進了攻擊範圍。如果將所有對象都納入攻擊範圍內，將被迫進行超近身戰。這樣用劍時無法使力。

劍砍中了其中一個沙丘隆特，將其橫著一刀兩斷。然而對方並未噴出鮮血，劍刃沒遭到任何抵抗，直接通過了對方的身體。

「——猜錯了。」

一陣冰涼從五臟六腑升起。喉嚨附近忽然變熱了。克萊姆伸出左手護住發熱的部位。

覆蓋咽喉的手發生一陣劇痛，鮮血湧出，帶來一種弄溼衣服的討厭觸感。要不是感受到了殺氣，或是沒能當機立斷犧牲一隻手，喉嚨早已被切斷了。他慶幸撿回一條命之餘，咬緊牙根，忍著痛揮劍橫掃。

劍刃又一次沒遇到抵抗，只劃開了空氣。

繼續這樣下去不妙。

克萊姆意識到這點，同時切換武技，換成一邊使用「迴避」一邊後退。視野中可以看見剩下的兩個沙丘隆特同時舉劍過頭。克萊姆知道那些劍全是幻影，將全副神經集中在耳朵。

自己身穿的鍊甲衫，還有體內傳來的心臟跳動聲都成了噪音。現在該聽見的，只有眼前男人發出的聲音。

（——不對——不對——就是這個！）

那絕非從舉起劈砍的劍發出的聲音。眼前空無一物的空間傳來些微的風切聲，朝著克萊姆的臉而來，而且是正中央。

克萊姆慌忙轉頭——伴隨著臉頰產生的熱度，有種皮肉被撕扯開的痛楚。滾燙液體從臉頰流出，沿著脖子流下。

「二分之一！」

克萊姆吐出流進嘴裡的血，將一切全賭在這一擊上。

剛才左手被拿來當成肉盾，此時左臂手腕以下除了疼痛，什麼都感覺不到。他不知道手指還有沒有辦法動。也許連神經都被斬斷了。但克萊姆還是讓左手握住劍柄，至少能添點力氣也好。

一股爆炸性的疼痛傳來，他咬緊牙根。然而，左手還能動，也能握住劍柄。他覺得整隻左手彷彿嚴重腫脹，應該只是劇痛造成的錯覺。

他以雙手握緊劍柄，使出最大的力氣，將劍舉至上段，猛力揮砍。

鮮血——噴出來了。隨著切開堅硬物體的觸感，鮮血像噴水池一樣噴出。這次好像擊中本體了。

攻擊似乎命中了要害，沙丘隆特重重倒在地板上。克萊姆不敢相信自己能擊敗與精鋼級冒險者匹敵的男人，但他的確躺在地上，這是不容分辯的事實。壓抑住湧上心頭的喜悅，克萊姆看了一眼注視著自己的岢可道爾。

他似乎無意逃跑。

也許是精神稍微鬆懈了，從臉頰與左臂傳至全身的痛楚甚至讓他噁心欲嘔。

「算不上是大獲全勝呢……」

要是能連沙丘隆特一起逮捕，那就沒話說了，但那對克萊姆來說太困難了。即使如此，能捕獲六臂試著護衛逃逸的男人，想必也能獲得相當充分的情報。

克萊姆想逮捕對方，踏出一步，忽然對岢可道爾的表情起了疑心。他看起來太輕鬆了。

他為何能如此輕鬆？

這時，一個滾燙的觸感貫穿了腹部。

身體霎時如斷線般喪失氣力。視野一瞬間變得全黑，當他回過神時，自己已經倒在地板上了。他無法理解發生了什麼事。被燒紅鐵棍插進腹部般的痛楚擴散開來，他粗重地喘氣。一雙腳踏進他只看得見地板的視野。

「很遺憾，我不能讓你贏。」

他拚命往上看，只見幾乎毫髮無傷的沙丘隆特站在那裡。

「『假死(Fox Sleep)』。這是在受傷後發動的幻術。剛才那下很痛喔。你一定以為給了我致命一擊吧？」

他動動手指，在自己的胸口劃下一道直線。應該是克萊姆砍中他的劍軌吧。

「呼。呼。呼。呼……」

克萊姆重複著急促粗重的喘息，感覺著鮮血自腹部流出，浸溼鍊甲衫與衣服。

——會死。

克萊姆拚命拉回被劇痛撕扯得四分五裂，即將喪失的意識。

——只要一失去意識，肯定會死。

然而就算維持住意識，死亡也只是時間問題，對手大有可能給自己最後一擊。

自己是與能跟精鋼級冒險者匹敵的男人戰鬥。已經算是英勇善戰了。事情至此，除了放棄別無他法。雙方實力差距太明顯了，就是這麼回事。

可是——他無法放棄。

他不可能放棄。

克萊姆咬緊牙關，幾乎要把牙齒咬碎。

他不能容許自己死亡，也不准自己沒有拉娜的命令擅自喪命。

「咕，嘰！嘰，嘰嘰……」

他發出既像咬牙又像呻吟的低吼，激勵快要輸給劇痛的心靈。

還不能死。不可以死。

克萊姆拚命想起拉娜的事。他今天仍然要回到她的身邊——

「時間有限。就用這個送你上西天吧。永別了。」

沙丘隆特拿劍朝向發出呻吟的少年。

他受了致命傷，死亡只是時間的問題。但沙丘隆特有種預感，覺得最好趁現在給他最後一擊。

「……吶，要不要把他帶回去？」

「豈可道爾先生，饒了我吧。這扇門後面搞不好有小鬼的同伴耶？再說就算把他帶走，他也撐不到我們抵達安全地點啦。請您放棄吧。」

「那，至少把人頭帶回去吧。人家要附上鮮花，把它寄給那個賤ㄚ頭。」

「好好好。只有頭的話還可以……啊，嗚喔！」

沙丘隆特大大往後跳開。

少年揮劍了。

以瀕死的少年來說，那劍擊銳利而穩固。

沙丘隆特本來用侮蔑的目光看向拚死抵抗的獵物，突然瞪大雙眼。

少年竟以劍代替拐杖，站了起來。

不可能。

沙丘隆特至今奪去的性命不下百人，由他來看，剛才的一擊確實是致命傷。他絕不可能還站得起來。

然而，眼前光景輕易背叛了沙丘隆特自經驗累積的知識。

「為、為什麼還站得起來？」

教人毛骨悚然。簡直像是不死者。

少年嘴巴流著長長的口水，死白的臉色怎麼看都像放棄了人性。

「還……死……娜大人……的恩情……」

潛藏異樣煌火的眼光朝向自己，使沙丘隆特一時倒抽了口冷氣。那是一種恐懼。是對於少年化不可能為可能的畏懼。

少年踉蹌了一下，沙丘隆特這才回過神來。霎時間湧上心頭的是羞恥。

身為六臂之一，居然對比自己弱小的對手感到害怕，這種事教他如何承認。

「半死不活的！早點下地獄吧！」

沙丘隆特踏向對方一步。他確信只要武器一刺，對手就死定了。

然而他這樣想，實在太低估對手了。

誠然以總體實力而論，克萊姆與沙丘隆特有著明顯的壓倒性差距。然而，修習幻術師與輕戰士雙職業的沙丘隆特，與僅修習戰士一職的克萊姆。光從戰士的能耐來看，豈止沒有差距，根本可說是克萊姆比較強。是因為有魔法的存在，克萊姆才會比不上沙丘隆特。在沒有魔法強化的狀況下，沙丘隆特才是比較弱的一方。

劃出嗡的一聲，劍刃從高處砍下，發出尖銳的金屬聲。

他之所以能擋下少年來自上段的一擊，是因為瀕死的少年動作已經遲鈍。

冷汗沿著沙丘隆特的臉流下。

對方瀕臨死亡。被這點分散了注意的沙丘隆特，睜大了陰暗的雙眼。

因為沙丘隆特作為輕戰士，一直以來做過無數次閃避敵人攻擊的鍛鍊，知道此時他以劍擋下的少年的一擊，實在不同凡響。

——這不是瀕死之人使出的一擊。

感到焦躁的沙丘隆特，腦中閃過這句話。

不對，不只如此，那劍速甚至比完好無傷時更快了。
「怎麼搞的！這傢伙！」
在戰鬥中站上更高的領域。雖然不是絕無可能，但沙丘隆特從未實際親眼看過這種人。
少年甚至給他一種拿掉了什麼束縛的感覺。
「發生了什麼狀況！魔法道具？武技？」
焦躁的語氣緊張到聽不出誰才是占優勢的一方。

克萊姆發生了什麼變化？很簡單。
塞巴斯替他做的鍛鍊，造成腦部保護肉體的功能出現混亂。
對生存的執著，與接受塞巴斯鍛鍊時目睹的死亡重疊在一起，讓大腦跟那時候一樣解除了限制，解放有如火災現場的蠻力。
雖然那場鍛鍊只不過是讓克萊姆見識了一記攻擊，然而若沒有那場鍛鍊，他早已束手無策地死在這裡了。

擋下剛強一擊的沙丘隆特，被遠遠撞飛到後方。
狠狠砸在地板上的衝擊力穿越背部，震盪了腹部。雖有山銅製的鍊甲衫吸收衝擊，但肺部仍然有一瞬間失去了所有空氣，令他無法呼吸。

發生了什麼事？受到衝擊的沙丘隆特本人完全無法理解，然而隔岸觀火的岢可道爾卻看得一清二楚。

沙丘隆特是被踢飛了。

少年發自上段的劍擊被擋下後，立刻踹了沙丘隆特一腳。

沙丘隆特雖然搞不清楚狀況，但還是急忙站起來。對於以靈敏身手為最大財產的輕戰士而言，趴在地上就等於置身死地。

「可惡！這傢伙沒點士兵樣！竟然連腳都用上了！士兵就應該墨守成規，一成不變地戰鬥啊！」

沙丘隆特慌忙翻滾著起身，咋舌之餘出聲怒罵。

不同於接受士兵之類訓練培養的技術，那種士氣的打鬥方式簡直像在對付冒險者。因此更不容小覷。

沙丘隆特心中開始產生焦慮。

起初他以為勝利手到擒來。這種小鬼，要殺他還不容易。然而如今，他感到自己漸漸失去了那份從容。

沙丘隆特站起來，看見自己視為危險的少年慢慢虛軟倒地，倒抽一口氣。

少年的臉色極差，就像剛才一連串的攻防燒盡了僅存的生命之火。不，事實就是如此。如同蠟燭在最後一瞬間冒出大朵燭火，他發動的就是那種力量吧。

此時的少年，只要輕輕一碰就會喪命。

看到少年這副模樣，沙丘隆特感到稍微放心，接著受到困惑與憤怒所支配。

他氣身為八指最強的「六臂」之一，竟然被這樣一個小兵逼到這種地步。也氣自己心裡竟然會覺得焦急。話雖如此，勝敗這下揭曉了。只要殺了他逃走就行。

然而——

「——該適可而止了吧。」

看來是勉強趕上了。

倒在地板上的克萊姆滿臉虛汗，發青到了慘白的地步。但他還有一口氣在。只是貫穿腹部的是致命傷，若不立即治療，幾分鐘後就會喪命吧。

布萊恩覺得還不能放心，踏進房間裡。

室內有兩個男人。其中一人看起來不像有戰鬥能力。

「別理會那種可疑分子，殺了就是了嘛。」

「要是這麼做，那人會衝過來一刀把我砍死的。那個男人跟剛才的小鬼不一樣。是我必須全力以赴，集中精神應戰才能打贏的對手。只要我稍微鬆懈或是分心，馬上就玩完了。」

這麼說來，回答的男人就是沙丘隆特了。布萊恩明白了對方的身分。的確外貌等等都跟聽到的內容十分相似。而且那人手握染血刀刃，又做了一個分身，布萊恩本來就懷疑是他，這下更確定了。

布萊恩一語不發，毫無顧忌地走上前，隨手拔刀一砍。還沒砍中，沙丘隆特已經向後跳開，刀刃只砍到空氣。不過布萊恩這樣做，也只是為了讓對手離開克萊姆身邊罷了。他跨過倒地的克萊姆，在能保護他的位置駐足。

「克萊姆，你還好嗎？有沒有帶什麼能療傷的道具？」

他語氣緊張，問得很快。要是沒有帶的話，就得趕緊找其他辦法救命。

「哈。哈。哈。哈。有……有……帶。」

他輕瞄一眼，看到克萊姆放開劍的手動了一下。

「這樣啊。」

布萊恩放下心中大石，回答之後，眼神凶猛地看向沙丘隆特。

「接下來由我對付你。讓我替那小子報仇吧。」

「……真有自信，不過也不奇怪吧。竟然帶著刀這種來自南方的珍貴高價武器……在王國沒聽過你這號人物……可以問你的名字嗎？」

他沒打算回答。

克萊姆是與自己志同道合的——哥兒們。好兄弟差點遭到殺害，怎麼可能還平心靜氣地回話……這時，布萊恩忽然產生了疑問。

（我以前是這種人嗎？）

自己以前不是只顧修練劍術，何時還管過其他事了？布萊恩疑惑了一下，然後輕聲笑了起來。

（……哦，我懂了。）

心志、夢想、目標、自己的人生，還有對生命的態度，都被那個怪物，夏提雅・布拉德弗倫破壞殆盡，而產生出來的縫隙之中，介入了克萊姆這號人物。面對塞巴斯這個謎樣存在散發的凶惡殺氣，自己只能俯首稱臣；克萊姆比自己弱小，卻撐過去了，就在布萊恩對他油生尊敬之情時，克萊姆進入了他的內心。因為他從克萊姆的身上，看見了自己所缺少的男人光采。

他擋在克萊姆前面，與沙丘隆特互相瞪視。不知道克萊姆能否從這時的布萊恩身上，看到當初布萊恩從他的背影看見的意志？

若是往昔的自己，想必已經哈哈大笑了。笑自己變得懦弱。

過去他以為背負著某些事物，對戰士來說就是弱點。以為只有鋒利如劍，才是戰士所需要的。

不過——現在他懂了。

「原來也有這種人生觀啊……原來如此，葛傑夫……我看我恐怕直到現在，都還比不上你呢。」

「你沒聽見嗎？可以再問你一次嗎？你叫什麼名字？」

「真是不好意思。我覺得告訴你也沒用，不過好吧……我叫布萊恩·安格勞斯。」

沙丘隆特瞪大了雙眼。

「什麼！你就是那個……！」

「不會吧！他就是本人？是不是在撒謊啊？」

「不，我看不會錯，岢可道爾先生。高價的武器能證明戰士的層級。像那樣的戰士，刀這種武器的確配得上他。」

布萊恩面露苦笑。

「今天遇到的人，一半以上都認識我……要是以前的我也許會很得意，不過現在卻感覺有點複雜呢。」

看到沙丘隆特露出友好的笑容，布萊恩不明所以。不過他的疑問很快得到解答。

「我說，安格勞斯！我看我們別打了吧？像你這般強大的人，有資格加入我們。怎麼樣，要不要成為我們的一分子？以你的本事，一定能成為六臂之一。實力到了你這種程度，光用看的就能看出來。你跟我們都是一樣的，想獲得力量，對吧？看你的眼睛就知道了。」

「……說得沒錯。」

「是嗎？那我告訴你，八指是個不錯的地方喔。對擁有力量之人來說，是最棒的組織！擁有強大力量的魔法道具也要多少有多少。瞧，這件山銅製的鍊甲衫！這把祕銀鍛造的劍！戒指！衣服！長靴！全都是魔法道具！來吧，布萊恩．安格勞斯。成為我們的同伴，跟我一樣成為六臂之一吧。」

「……無聊透頂。你們這集團就這點程度啊。」

布萊恩難以置信的冷淡、侮蔑的態度，讓沙丘隆特的表情為之凍結。

「什麼？」

「你沒聽見嗎？我說你們只有這點程度，聚集起來也沒什麼了不起的。」

「你！……哼。如果要這樣說的話，那你的實力不也是沒什麼了不起嗎！」

「是啊。我這點程度沒什麼了不起。見識過真正強大怪物的我清楚得很。」

對方自以為強大的態度，就像小水窪裡的青蛙一樣，布萊恩可憐他，出自真正的親切心做出警告。

「你的實力也是一樣。也許我們實力相當吧。所以我才要警告你。我們的實力真的沒什麼了不起。」

布萊恩轉過頭去，隔著肩膀確認克萊姆喝下藥水後的狀況。

「而且我知道了一件事。那就是為了別人而努力獲得的力量，比孤獨一人鍛鍊的力量強多了。」

布萊恩笑著說。那笑容充滿善意而爽朗。

「也許我知道的只是一小部分。但我總算是知道了。」

「我完全聽不懂你在說什麼……太遺憾了，安格勞斯。可惜我得在這裡殺了與赫赫有名的史托羅諾夫實力相當的天才劍士。」

「你辦得到嗎，只為自己揮劍的你行嗎？」

「當然，我能殺你。殺你還不簡單。殺了你之後，再殺了躺在地上的小鬼。我不會再手下留情，也不會當好玩了。我要使出全力。」

看著沙丘隆特開始吟唱魔法，他感覺到背後有人在動，發出警告。

「別動，克萊姆小弟。你還沒全好吧？」

他立刻停止動作。

布萊恩露出微笑，對於這樣的自己感到跟剛才一樣的驚訝，又說：

「剩下就交給我。」

「——麻煩您了。」

布萊恩以笑代替回答，收刀入鞘，沉下腰肢，同時將刀連同刀鞘上下翻轉過來。

「請多小心。沙丘隆特會使用幻術。肉眼看見的不見得就是真實。」

「原來如此……的確是難纏的對手……不過沒問題。」

布萊恩一步也不動，只是默默盯著沙丘隆特。對方不知何時變出了五個殘像，並且帶有幾種類似魔法的閃耀光彩。不只如此，身上還披著像是黑影披風的東西。他一點也看不出來對方施加了何種魔法。

「謝謝你給我時間準備。魔法吟唱者只要有時間準備，就能變得比戰士更強。你輸定了，安格勞斯！」

「嗯，不用謝。我跟他講了兩句話後……也覺得自己絕對不會輸。」

「……大言不慚。站在原地不動是為了保護那小鬼嗎？可真溫柔啊。」

他聽見趴在地上的克萊姆動了一下，發出清脆的聲響。

他一定覺得是自己讓敵人有時間使用強化魔法，而在後悔吧。所以布萊恩用能讓克萊姆聽得一清二楚的聲音宣言道：

「——一擊。」

「什麼？」

「我說我一擊就能解決你，沙丘隆特。」

「那你就試試看！」

沙丘隆特拖著殘像衝了過來。

對手進入刀的攻擊範圍，布萊恩一轉身，滿不在乎地對跑來的沙丘隆特露出毫無防備的背部。然後——中間夾著克萊姆，神速一擊朝向無人空間揮砍而出。

轟咚一聲，牆壁震動了。

躺在地上的克萊姆與岦可道爾的視線，都轉向聲音發生的來源。

在那裡的是沙丘隆特。那具身軀滾倒在地，動也不動。劍掉落在一旁。

布萊恩抽刀出鞘的一擊打飛了沙丘隆特，以令人驚駭的力道將他打到牆上。要不是用刀背砍的，沙丘隆特的身體早被一刀兩斷了。就算穿著山銅製的鍊甲衫肯定也無濟於事。那一擊的力量就是如此強大。

「……我的『領域』能夠發現任何存在，就算看不見也一樣。前方以幻影吸引我的注意，再從背後攻擊……雖然算得上高招，不巧遇到的是我。再說你挑克萊姆小兄弟下手也太失策了。我猜你應該是想殺了他，然後嘲笑我沒能保護到他吧，但你為了攻擊躺在地上的克萊姆小弟，卻疏於注意我的舉動。你忘了你在跟誰交戰嗎？」

布萊恩收刀入鞘，對克萊姆笑笑。

「看，一擊吧？」

「太精采了！」

在這個聲音之外，又聽見了另一個「太精采了」，兩個重疊在一起。兩人吃了一驚。聽見的是塞巴斯的聲音，這沒什麼好驚愕的。是聲音傳來的方向讓他們吃驚。

兩人將視線轉向岢可道爾原本站著的位置。

塞巴斯就在那裡。旁邊是虛軟倒地的岢可道爾。

「您什麼時候來的？」

聽布萊恩這樣問，塞巴斯心平靜氣地回答：

「剛剛才到。兩位都在注意沙丘隆特，所以好像沒發現我呢。」

「這、這樣啊。」

布萊恩回答的同時，心想這是不可能的。

（我可是發動了「領域」耶？雖然範圍狹窄，但如果是一直線地跑來，應該感測得到才是。但我卻沒能察覺……？至今可是只有那怪物，夏提雅．布拉德弗倫能有如此身手喔？他在對我發出殺氣時，我就在懷疑了，這位人物果然能跟那怪物抗衡。他究竟是何方神聖？）

「總之，被關在這裡的人都已經被救出去了。還有克萊姆小弟，真不好意思，有幾個人激烈抵抗，所以我不得不殺了他們，請原諒……不過在談這些前，應該先替您療傷呢。」

塞巴斯來到克萊姆身邊，將手放在他的腹部上。而且只是短短一瞬間。手一輕輕碰到就離開了。然而效果卻是十分顯著。克萊姆即使喝下藥水仍然鐵青的臉色，立即恢復到健康的狀態。

「我的傷都好了……您是神官嗎？」

「不，我不是行使了神的力量，而是將氣的力量注入您的體內進行治療。」

「修行僧（Monk）嗎！難怪。」

布萊恩叫了一聲，這才明白他為何沒裝備鎧甲或武器，塞巴斯以微笑代表肯定。

「那麼兩位接下來打算怎麼做？」

「這個嘛。首先我想趕去值勤站，解釋這裡發生的狀況，借點兵士過來。在我回來之前，希望兩位能維持這裡的狀況。只是說不定八指還會派援軍來。」

「……既然都幫了，就幫到底吧。」

「我也沒問題。不過，可否請您別把我的事說出去？我是來這個國家經商的，老實說，我並不想繼續插手外國的陰暗面。」

「我都可以。如果問到，麻煩就說我的保證人是史托羅諾夫。」

「我懂了。我會照兩位說的做。那麼不好意思，占用一下兩位的時間。」

3

下火月〔九月〕三日　19：05

當黑夜開始支配王都之時，克萊姆終於回到城堡。

雖然傷勢已經完全治好，但全身筋疲力盡。不只是戰鬥，事後的各項協調也花了很多時間。結果事情能順利解決，恐怕並非因為克萊姆有拉娜撐腰，而是因為衛士都畏懼八指，不太敢積極處理。影響最大的是責任問題。

負責人可能會被八指盯上，殺雞儆猴——這絕非杞人憂天，是很有可能實際發生的。因此，克萊姆將簡單的事情經過寫下來，請士兵送到拉娜手中，獲得許可後，再簽上自己與主人拉娜的名字作為負責人。

當然這樣做會有壞處，但至少能有兩項好處。

其一當然是拉娜的聲譽可獲得提昇。

她檢舉了汙衊王國的組織，而且還是一群染手奴隸買賣這種骯髒行徑的不法分子，不只如此，帶頭對抗犯罪組織的又是她的侍從士兵，這項功績必然能提昇待在宮殿足不出戶的拉娜的評價。

其二是這樣一來，能夠保護塞巴斯，以及他搭救照顧的那名在娼館遭到虐待的女性。成為負責人能夠保護不想引人耳目的他們，也能讓他們不易成為八指的頭號目標。

（攻堅的時候沒幫上忙，這點小事總該做到……）

至於布萊恩，他說他自己會轉達葛傑夫，叫克萊姆不用操心。

克萊姆不經意地想著這些事，敲敲拉娜的房門。

本來拉娜告訴他不用敲門，直接入室就行了，但畢竟時候不早了，冒失地闖入房間總是不太禮貌。自從有一次撞見身穿薄絹的拉娜以來，晚上造訪房間時他一定會敲門。

這點主人也同意了。

克萊姆在還沒聽見回答前，嗅了嗅自己的味道。

他有擦過身體，但因為鼻子已經習慣，不敢確定血腥味有沒有消失。這身模樣實在不該踏進公主的閨房。但他必須緊急將今天發生的事親口稟報拉娜。

最重要的是被關在那家店裡的人。目前她們都被送到值勤站保護，但必須在幾天內將她們送到安全場所。況且其中有人受了傷，還得派遣能使用神官等治療魔法的人前去協助。

（心地善良的拉娜大人，一定會向身陷水深火熱的人民伸出援手。）

想到要麻煩自己的主人這麼多事，克萊姆感到心情沉重。他不禁奢望若是自己能有更多力量該有多好。明明自己能夠侍奉偉大的主人，能夠過著這樣的生活，都是拜她所賜，自己卻幫不上更多忙。

（……奇怪？好像沒有回答……應該沒有吧？）

他沒聽到准許入室的回答。

門前沒有人站崗守夜，這個時間拉娜應該也還沒睡。還是說她沒通知站崗守夜的人，就不小心睡著了？

克萊姆再度敲門。

這次他聽見室內傳來微小聲音准許入室，克萊姆放了心，走進房間裡。他早已決定好第一件事要做什麼。

「抱歉我回來得晚了。」

他猛然低頭致歉。

「你害我好擔心！」

拉娜語氣中有著明顯的怒氣。這真是教人驚訝。克萊姆的主人極少發怒，縱然遭到侮辱，她也從未在克萊姆面前顯現出怒氣。正因如此，更讓他明白到拉娜是真的很擔心自己。

他強壓住眼角泛出的溫暖水珠，低著頭再度誠心道歉。

「我是真的很擔心你喔！想到會不會是八指先下手為強，對克萊姆做了什麼，我就……

那麼，究竟發生了什麼事？我已經收到簡單的報告，但可以請你詳細告訴我嗎？」

克萊姆本來要站著講，拉娜要他在老位子坐下。

克萊姆就座，面前放了一只茶杯，拉娜用保溫瓶替他倒了紅茶，冒出裊裊熱氣。

他道聲謝，啜飲一口溫度適中的紅茶。

克萊姆將整件事情一五一十告訴拉娜。因為有些人需要倚靠拉娜的幫助。

「那麼你看到那些人，有什麼感覺？」

聽完整件事情經過，拉娜最初提出的問題讓克萊姆有些不解。但既然主人問了，自己就必須回答。

「我覺得她們很可憐。要是我有更多力量，就能拯救那些人免於受苦了。」

「這樣啊……克萊姆覺得她們很可憐是吧。」

「是。」

「這樣啊。克萊姆真是溫柔呢。」

「拉娜大人，如果需要我去護衛她們，我已做好覺悟，隨時可以前往。」

「……到時候再拜託你吧。別說這個了，有件事我得先告訴你。明天，或者最晚後天，我們將對拉裘絲帶來的羊皮紙上記載的八指設施發動攻擊。因為可以想像這次娼館襲擊之後，時間拖得越久，對方的戒備就會越森嚴。」

「萬分抱歉！都是因為我擅作主張！」

「不，請不要在意。你應該當作我們藉此下定了決心。況且我很讚賞克萊姆這次的表現喔。你捕獲了六臂之一的沙丘隆特，還有奴隸買賣的部門長岢可道爾，這項成果足以搖動對手的根基了。所以我想要趕快趁勝追擊。」

拉娜揮了揮既沒速度也沒力量的可愛拳頭。

「趁對手還沒把情報帶出王都前，再給他們一次打擊！」

「我明白了！我這就立刻去休息，養精蓄銳面對明天的行動！」

「拜託你了。我想明天將會是動盪的一天。請你謹記在心。」

克萊姆走出房間。感覺血腥味似乎淡了些。

「真是辛苦你了，克萊姆。接下來……」

喝完變涼的紅茶，拉娜站起身。她走向放著手鈴的地方。那是一種魔法道具，只要在這裡搖動，放在隔壁的另一只手鈴也會跟著震動。想起在隔壁房間待命的女僕的臉，她冷笑著慶幸今天是由那女人值班。

「哎唷，我該擺什麼表情才對？」

拉娜站到鏡子前以雙手夾著臉蛋，上下搓揉。她只是個人類，就算這樣做也不能讓臉變形。只是種類似自我暗示（Affirmation）的行為。

放開手，拉娜面露笑容。

「不對呢。這是以公主身分與人會面的笑容……」

拉娜再度嗤笑。試過各種笑容，最後浮現的是純潔無垢的笑臉。

「這個最好。」

覺得準備已經齊全，拉娜搖搖鈴鐺。很快就有一名女僕前來敲門，走進房間。

「有事想拜託妳，可以幫我準備熱水嗎？」

「遵命，拉娜大人。」

女僕一鞠躬，拉娜對著她笑。

「怎麼了嗎？您似乎心情很好，是不是有什麼好事？」

拉娜確定獵物上鉤，更愉快地笑著。

「我跟妳說，很棒喲！克萊姆立下了好大的功勞喔！」

如同小女孩的講話方式，正符合洩漏重要情報的愚笨公主該有的態度。

「那真是恭喜您了。」

對克萊姆抱有反感的女僕，想巧妙隱藏自己的不悅，語氣中卻流露出隱藏不住的情緒。

——該死。

——這傢伙也該死。

——敢瞧不起我的克萊姆的人都該死。

拉娜假裝沒注意到對方的反應。因為此刻的拉娜是天真無邪的小公主。不會體察他人的惡意，也縱容女僕的無禮。就是這樣一個天真爛漫的——愚蠢的公主。

「就是啊！真的好厲害喔！克萊姆打倒了一群大壞蛋喔。然後他放走了好多被壞人抓起來的人，現在都送到哪裡……送到一個值勤站了。這樣就可以處罰那些幫助壞蛋作惡的貴族了！」

「這樣啊？那真是太厲害了，不愧是拉娜大人的克萊姆先生。那麼可否請大人詳細告訴我，他做了哪些英勇事蹟呢？」

她以為公主愚昧無知，不會起疑。拉娜開始對這個笨女人設下毒計。

一切都在她的手掌心裡。為了讓她獲得想要的東西。

下火月〔九月〕三日　22：10

有一個詭異的集團，彷彿融入黑夜之中。

各個成員都穿著不同的武裝，沒有一點士兵的氛圍。如果要舉出一種氣味最接近他們的人，應該是冒險者吧。

站在前頭的是個銅筋鐵骨的男子。跟在他後頭的是個看似軟弱的美男子與身穿薄絹的女子。後面是身披長袍之人，裝備全身鎧的某人站在隊列尾端。

這個集團看著一扇敞開的門，門內深處完全一片漆黑，早已沒有人的氣息。環視周圍，也不像是有人的樣子。

這狀況相當奇怪。的確娼館內的所有東西都已被運出，送到一處士兵值勤站去了。但就算空無一物，也還是會有人看守。實際上，只要往無人的路口看看，就會發現那裡放著火光耀眼的篝火臺，負責夜間守衛。

然而這個門口卻沒有半個人影，是因為這個集團行使權力，暫時支開了看守的士兵們。

站在前頭巖石般的男子——桀洛凶猛地瞅了一眼被攻陷的娼館，恨得牙癢癢地低聲說：

「這玩笑真是開大了。我還得向岢可道爾致歉才行。都把六臂中的沙丘隆特借給他了，竟然還這麼簡單就被攻陷。而且還是在借給他的當天……太好笑了。」

背後傳來嗤嗤笑聲，桀洛轉頭犀銳地瞪向那人。

身穿薄絹的女子熟知桀洛的性子，連忙開始說道：

「啊，那個……所以老大，現在怎麼辦？要殺掉遭到逮捕的沙丘隆特嗎？若是這樣的話，他人在值勤站，我們都是正面突破型的，解決不來，得向其他部門借用暗殺者……怎麼辦？」

「用不著這麼絕。那傢伙也算派得上用場。我請伯爵出面，立刻把他放出來吧……要花上好大一筆開銷了。你們先把伯爵的喜好列出清單。」

「峇可道爾那邊怎麼解決？」

輕佻的美男子問道。

「那傢伙大概會利用自己的人脈吧。如果他有要求，就用我們的人脈解決，當作是賠罪。那顧客名單怎麼樣了？有聽說被衛士拿走了嗎？」

「這方面的情報還沒進來。應該說，我聽說還沒獲得任何詳細情報。」

長袍底下的聲音十分陰沉。簡直有如從墓穴中向人講話，空虛的聲音讓人背脊發寒。

「那可真想弄到手呢。似乎可以拿來做各種威脅呢。」

「別說傻話了。那個要是落入我們手中，會加強其他部門對我們的疑心。人家會懷疑這次事件全是我們自導自演。若是找到顧客名單就藏在安全的地方，過幾天再拿去還給峇可道爾，向他道歉。況且名單八成是用一般解不開的密碼寫的，我們沒辦法使用啦。」

聽了桀洛一番話，美男子聳聳肩作為回答。

「總之，這方面就之後再進去調查。因為我猜如果有的話，大概會放在隱藏金庫裡吧……不過這門破壞得真猛啊。是怎麼開出這個洞來的？武器不太可能……魔法嗎？」

「是拳頭。」

所有人的視線集中在桀洛身上。桀洛重說一遍，斷定是拳頭造成的痕跡。

「拳頭……這可真了得啊──」

「──別說傻話了。這點程度沒什麼了不起。」

打斷女子敬佩的感嘆，桀洛調整呼吸，做出手刀打向門扉。猶如刺破紙張一般，拳頭插進了門板。桀洛慢慢抽出拳頭，只見門上留下一個與塞巴斯打出的洞相同的痕跡。

美男子沒勁地開口說：

「不能拿老大當標準吧……不過對方能打破以鐵板補強的門板，雖說沙丘隆特是我們之中最弱的，但好歹也算打倒了六臂之一。應該視作大有來頭的強敵吧？」

「說這什麼話。那傢伙輸了，也不代表對手很強吧？」壓低了連衣帽的人，語氣之中含有嘲弄。「他那人只要幻術遭到破解，戰鬥能力比我們幾個差多了。他對付力量差距大的人很行，但碰上程度相當或稍微差些的就輸定了。這你們不也是知道的嗎？」

傳來一絲小小的笑聲。那是在肯定這人的意見，也是對比自己弱小之人的侮蔑。

「該說的已經說完了，我再問一遍，要怎麼辦，收手嗎？我不認為與對手硬碰硬，能獲得足以彌補損失的好處喔。」

「別說傻話了。」

桀洛的語氣中流露出無法完全壓抑的怒氣。

「不把襲擊這家娼館的人幹掉殺雞儆猴，我們的評價會一落千丈啦。別再去想什麼損失了。六臂全體出動，幹掉襲擊者——『不死之王』狄瓦諾克。」

披著長袍之人筆直伸出手。那不屬於活人的手握著的寶珠呼應主人的情感，發出異樣的靈氣。

「『空間斬』佩什利安。」

至今沉默無語，身穿全身鎧的人，以自己的拳頭打向胸口，響起激烈的金屬聲。

「『血舞彎刀（Scimitar）』愛德絲特蓮。」

鏘啷搖響戴在手臂上的金屬環，薄絹裹身的女子優雅地低頭。

「『千殺』馬姆維斯特。」

美男子雙腿一併，鞋跟相撞，發出響亮的「喀」一聲。

「然後是本大爺『鬥鬼』桀洛！」

桀洛周遭的人紛紛點頭，表示同意或了解。

「首先保釋沙丘隆特與遭到逮捕的人，向他們問出情報。問完之後……準備個懂得拷問的傢伙。我們要讓襲擊者見識活地獄。讓他後悔自己的愚蠢行徑！」

下火月〔九月〕三日　17：42

處理完一切事宜，塞巴斯回到宅邸時，已是夕陽西下時分。

（被囚禁的所有人都有克萊姆小弟保護。沙丘隆特與那家店的主人等等全數遭到逮捕。想必會有一段時間紛爭不休。這樣應該能爭取到一點時間吧。）

那麼琪雅蕾該怎麼處置呢。塞巴斯認為最好的方法是將她帶去安全地點，但就塞巴斯所知，天底下只有一個地方最安全。

塞巴斯一面抱頭苦思，終究還是走到了宅邸。

正要開門，手突然停了下來。門的後面有人在。那感覺是索琉香，但塞巴斯不懂她為什麼要站在門後面。

難道有什麼緊急狀況？

塞巴斯內心有種不好的預感，但還是打開了門。然後他看到太過超乎想像的光景，讓他僵在原地。

「您回來了，塞巴斯大人。」

站在那裡的是身穿女僕裝的索琉香。

塞巴斯背脊掀起一陣冷顫。

扮演商賈千金的索琉香，在對事實一無所知的人類——琪雅蕾——待在宅邸時，竟然穿著女僕裝。是因為她不再需要演戲了，還是因為有什麼理由非得穿女僕裝不可呢。

若是前者的話，就表示琪雅蕾遇到不測了。而若是後者的話——

「——塞巴斯大人，安茲大人在屋裡等您。」

聽到索琉香平靜的聲音，塞巴斯的心臟重重跳了一下。

縱然面對強敵或守護者等級的存在，仍能平心靜氣的塞巴斯，聽見自己的主人來訪，竟然緊張萬分。

「為、為什麼……」

他結結巴巴地說。索琉香只是沉默地看著塞巴斯。

「塞巴斯大人。安茲大人在等您。」

沒其他好說的了。索琉香顯示出這種態度，塞巴斯只得跟著她往屋裡走。

那步履有如步向斷頭台的死刑犯般沉重。

OVERLORD
Characters

角色介紹

Character 17

塞巴斯·強

異形類種族

sebas tian

鋼鐵管家

職位——納薩力克地下大墳墓管家。

住處——地下第九層的傭人房之一。

屬性——極善——[正義值:300]

種族等級—不明

職業等級—修行僧——10lv

武王——10lv

前鋒——5lv

內氣武僧——15lv

外氣武僧——5lv

其他

[種族等級]+[職業等級]——合計100級

•種族等級 職業等級•

總級數25級 總級數75級

status 0 50 100

能力表

HP[體力]

MP[魔力]

物理攻擊

物理防禦

敏捷

魔法攻擊

魔法防禦

綜合抗性

特殊性

[最大值爲100時的比例]

Character 18

索琉香・愛普史龍

異形類種族

solution·ε

融解牢籠

職位——納薩力克地下大墳墓戰鬥女僕。

住處——地下第九層的傭人房之一。

屬性——邪惡——[正義值:-400]

種族等級—無定形黏液(Shoggoth)——10lv

初始混沌(Ubbo-Sathla)——10lv

職業等級—暗殺者——2lv

製毒師——4lv

暗殺大師——1lv

其他

[種族等級]+[職業等級]——合計57級

●種族等級 職業等級●

總級數45級 總級數12級

status

能力表

[最大值爲100時的比例]

能力	0–100
HP[體力]	
MP[魔力]	
物理攻擊	
物理防禦	
敏捷	
魔法攻擊	
魔法防禦	
綜合抗性	
特殊性	

Character 19

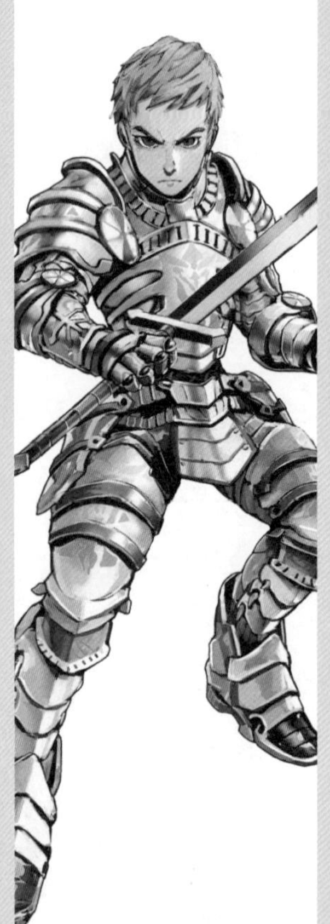

克萊姆

人類種族

climb

忠犬

職位——王國士兵。

住處——羅倫提城。

職業等級—戰士——?lv

守護者——?lv

生日——不明。（被拉娜撿到的那天）

興趣——蒐集英雄譚等故事。

{ personal character }

「黃金」公主撿來的少年。身穿拉娜賜與自己的純白全身鎧，手持闊劍與盾牌。生性勤勉努力，滿腔熱血，誓死效忠拉娜。因此為了能成為拉娜的助力，每天鍛鍊劍術從不懈怠。然而雖然他一再努力，但天生缺乏劍術才能，為此懊惱不已。又因為受到拉娜的特別待遇，除了她以外沒有親近的友人。

Character 20

拉娜·提耶兒·夏爾敦·萊兒·凡瑟芙

人類種族

renner theiere chardelon ryle vaiself

黃金公主

職位——公主。

住處——羅倫提城。

職業等級—公主（一般）——?lv

女演員（一般）——?lv

生日——上火月7日

興趣——看克萊姆。

{ personal character }

里·耶斯提傑王國公主，擁有一頭飄逸的淡色金髮以及猶如藍寶石的眼瞳。其月貌花容使她得到了「黃金」之名。吟遊詩人們爭先恐後向她獻上歌曲，關於她美貌的傳說多如繁星。此外她不只是貌美，且愛國愛民，致力於廢除奴隸買賣等等，在政治舞臺上也嶄露頭角。性情慈悲爲懷，溫和善良，散發著王女應有的耀眼光輝。只是——

Character 21

葛傑夫·史托羅諾夫

人類種族

gazef stronoff

王國最強戰士

職位——王國戰士長。

住處——王都。

職業等級—戰士——?lv

傭兵——?lv

冠軍——?lv

其他

生日——中土月21日

興趣——儲蓄。

{ personal character }

不只在王國，就連鄰近諸國都能聽聞其最強戰士之名，除了貴族以外，國內外對他無不有口皆碑。早先出身平民，在比武大會的決勝賽擊敗布萊恩，成爲國王屬臣。自此以來爲國王盡心盡力，赤膽忠心比任何人都堅定。雖然劍術天賦過人，但至今尚未突破「英雄」的高牆。身上流有來自南方的血統，顯現在髮色與瞳色上。

Character 22

布萊恩·安格勞斯

人類種族

brain unglaus

武藝求道者

職位——無。

住處——無。

職業等級—天才／戰士——?lv

剣術專家——?lv

劍聖——?lv

其他

生日——中風月10日

興趣——練刀。（所有精進武藝之事）

{ personal character }

劍術天才。在精進武藝這一點上極爲貪婪。擁有與王國最強戰士葛傑夫不分軒輊的實力，將葛傑夫看作是勁敵，夙夜匪懈地進行武者修行。然而與夏提雅的一戰讓他目睹超乎想像的強大力量，面臨光靠努力無法攀登的高峰令他失去動力，成了一具空殼。意外地喜歡購物，但那是爲了選購能加強自己能力的道具。

後記

我是作者丸山くがね。才一眨眼的工夫，《OVERLORD》已經推出第五集了。容我向支持本系列的各位讀者表達謝意。謝謝大家。

話說由於第五集與第六集是上下篇，我在想是不是不需要後記？於是跟編輯大人討論了一下，結果編輯大人說有些讀者應該很期待看後記，希望我還是寫一下……有人會期待看後記……嗎？是說後記這玩意讀起來有趣嗎……？嗯……編輯大人此話之意，是不是要我硬掰也得掰些有趣的事呢？

有趣的事……為了處理這次第五集與第六集的諸多事宜，從八月到十一月底，我每個假日都窩在家裡趕出書……我只想得到這些。

不只如此，因為第六集跟第四集一樣是附Drama CD的特裝版，出書過程比平常更緊湊，簡直要人命……

這就是兼職作家啦！

嗯。一點都……不有趣呢。根本是在破壞大家的夢想。

換個話題吧。

《OVERLORD》同時也有在更新網路版小說，不過接著推出的第六集有百分之九十都會是全新創作。

原本我就有在注意將網路版改寫出書時，要盡可能追加些全新要素。這種想法將在下一集成形。

作品本身已經完稿，只要沒出什麼意外，應該會在二〇一四年的一月底發售，希望能在那一集的後記再度與大家見面。

那麼，接下來容我進入謝辭的部分。

為本書繪圖的so-bin大人、負責設計工作的Chord Design Studio、負責校正的大迫大人、編輯F田大人，以及協助《OVERLORD》製作工程的各方人士，謝謝大家。還有Honey，謝謝你多多幫忙。

最後是賞光購買本書的各位讀者，向各位致上最真誠的謝意！

（註：皆指日文版）

二〇一三年十二月

丸山くがね

下一集，
將聚焦探討『倉助』
籠罩著神祕面紗的
生態……！
Postscript by So-bin

（騙你們的。）　So bin

潛藏於王國的地下組織
「八指」最強戰鬥集團
「六臂」即將有所行動。
前往迎擊的是
頂尖菁英精鋼級冒險者
「蒼薔薇」在決戰的
漩渦中，

神祕大惡魔
亞達巴沃
蠢蠢欲動。
在嚴苛抗爭中，
王都包圍於火焰之中。

第6集

Volume Sixe

OVERLORD 6

王國好漢（下）

OVERLORD *Kugane Maruyama* | illustration by so-bin

丸山くがね

illustration◎so-bin

Profile 作者簡介

丸山くがね——開始創作小說以來，變得更不運動了，
結果養出了滿是肥肉的啤酒肚。
這不是在為了冬眠做準備，
所以我正在積極檢討瘦身的必要性。

so-bin——插畫家。
最近不管遇到誰都說我太瘦，
讓我很難過，
所以２０１４年的目標是增重。